Mon ex, sa copine,
mon faux mec et moi

JULIETTE BONTE

Mon ex, sa copine, mon faux mec et moi

roman

HARPERCOLLINS FRANCE

83-85, boulevard Vincent-Auriol, 75646 PARIS CEDEX 13.
Service Lectrices — Tél. : 01 45 82 47 47

www.harlequin.fr

ISBN 978-2-2803-8849-8

Chapitre 1

— Vous ne pouvez pas faire attention ?!

Se frayer un chemin à travers une foule de gens pressés est une véritable épreuve. Les pieds saucissonnés dans une paire d'escarpins bon marché, je mobilise toute mon énergie pour atteindre ces fichues portes.

— Eh ! me hèle une trentenaire, mallette à la main, que je viens de doubler. Ne vous gênez pas, surtout !

— Désolée ! soufflé-je avant de jouer des coudes pour entrer dans le wagon.

Je suis d'accord. Resquiller, c'est mal. Mais là, c'est une question de vie ou de mort. Vraiment. Enfin presque.

Compressée entre une ado qui envoie des cœurs sur son smartphone et une poussette débordant de couvertures, je retiens ma respiration.

Mon patron m'a prévenue : je ne dois plus arriver en retard. Il doit déjà se frotter les mains à l'idée de me passer un savon, mais il ne m'aura pas. J'ai préparé quatre excuses en béton.

1. Le chat de Lili a mangé mon réveil. (Il faudra juste que je me souvienne que nous avons une boule de poils à l'appartement.)

2. J'ai acheté mes chaussures en solde. Traduction :

deux tailles en dessous de la mienne. Traduction de la traduction : impossible de courir. Conclusion : je suis hors de cause.

3. J'ai été malade toute la nuit. Par pur principe de précaution, je ne me suis pas maquillée. Ma peau blafarde et mes cernes plus pourpres qu'un verre de bordeaux me seront enfin utiles.

4. L'ascenseur de l'immeuble était en panne. J'ai dû prendre les escaliers. Mon talon s'est coincé dans une marche. J'ai trébuché. Mon portable est tombé. Je ne l'ai remarqué qu'une fois dehors. J'ai été forcée de faire demi-tour. J'ai failli me faire écraser par un bus en courant sur la route. J'ai eu peur. J'ai fait une crise d'angoisse. Les pompiers sont intervenus. Ils n'ont pas voulu me laisser partir.

Bien sûr, je pourrais aussi dire la vérité, expliquer à Thomson que je n'ai pas entendu les douze sonneries de mon réveil et que j'ai préféré passer vingt minutes dans ma garde-robe à choisir une tenue plutôt que de me dépêcher, mais je ne suis pas certaine qu'il comprendrait.

Avec mon patron, plus vous êtes sincère, plus vous approchez de la porte de sortie. Les mensonges par omission, voire les bobards tout court, sont donc devenus l'une de mes spécialités.

Par exemple, je ne lui avouerai jamais que son chewing-gum ne masque pas l'odeur du fromage qu'il ingurgite tous les matins au petit déjeuner. Je ne lui dirai pas non plus que la combinaison chemise ouverte + tapis de poils est un sacrilège. De son côté, il me descend dès qu'il en a l'occasion et n'offre des promotions qu'à mes collègues. Bref, entre Thomson et moi, c'est une grande histoire de rien du tout fondée sur un tapis de mauvaise foi.

Enfin sortie du wagon bondé, j'entame un nouveau périple à travers les rues enneigées de la capitale.

Lili me surnomme son « aimant à problèmes » ; retards, erreurs et maladresses font partie intégrante de mon quotidien. Les soucis me collent au popotin depuis la naissance et me poursuivront probablement jusqu'à la mort. Mais s'il y a une chose qu'on ne pourra jamais me retirer, c'est la maîtrise du slalom entre les plaques de verglas en talons hauts. Maman m'a toujours dit que je possédais des chevilles de marathonien. Je ne sais pas vraiment si je dois le prendre comme un compliment. Toujours est-il que, parfois, ça m'est bien utile.

En plein mois de décembre, cavaler dans Paris s'apparente à un parcours du combattant. Du Mario Kart grandeur nature. Règle d'or : ne jamais emprunter les rues pavées, qui sont aussi glissantes que des peaux de banane — je vous garantis que s'écrouler de tout son long est aussi douloureux qu'humiliant. Toujours éviter les avenues noires de monde sous peine de voir son chronomètre perdre plusieurs heures. Et le plus important : faire abstraction des boulangeries.

S'il y a bien un truc que j'ai appris, c'est de ne *jamais*, absolument *jamais* s'arrêter devant une vitrine remplie de montagnes de pains au chocolat. On finit toujours par y entrer, s'enfourner cette tarte au citron qui nous fait de l'œil et arriver au travail encore plus à la bourre qu'on ne l'est déjà.

— Comment vas-tu, Chloé ? Deux pains au chocolat et une tarte au citron ?

Oui. Bon. En cas de tempête hivernale, le corps a besoin d'énergie. On a donc le droit de faire une entorse à cette règle.

Je souris à Agathe, la boulangère, devenue une amie, et salive déjà à l'idée de me remplir la panse. D'un geste précis et professionnel, elle prépare les petits délices et me tend le sachet en observant l'horloge.

— Tu es encore en retard, glousse-t-elle.

— C'est pour la bonne cause.

Un clin d'œil échangé et je retourne sous le blizzard.

Ah! Tiens. Une autre qualité: je suis capable de manger et de courir en même temps. Ça n'a pas l'air, comme ça, mais c'est bien plus utile qu'on ne le pense. J'arpente les ruelles, des miettes au coin de la bouche, et me retrouve en moins de cinq minutes devant l'immense bâtiment vitré.

— Bonjour, Chloé! s'exclame Günter, un bonnet de Père Noël vissé sur le crâne.

Le vigile fout les chocottes à tout le monde. Pour qui ne le connaît pas, Günter est un géant capable de provoquer une crise d'angoisse d'un seul regard. Sauf que la réalité est tout autre. Ce colosse est un vrai nounours.

Je me suis rapidement entendue avec lui, bien que notre relation ait très mal démarré.

Ça ne surprendra personne, mon entretien d'embauche a débuté avec quarante-cinq minutes de retard. Pour ma défense, on avait omis de m'informer qu'il y aurait une grève des transports ce jour-là. Et qu'il pleuvrait. Les deux points essentiels, ceux que l'on remarque de prime abord lors d'un rendez-vous professionnel, sont donc partis à vau-l'eau:

1) Ma tenue se composait, au départ, d'un magnifique tailleur appartenant à Lili, qu'elle avait eu la gentillesse de me prêter. Ma tenue a terminé en un amas hideux de tissu trempé et boueux.

2) Ma coiffure se résumait, au départ, à un chignon élaboré sur cheveux lavés, lissés et peignés. Ma coiffure a terminé en une explosion capillaire que j'ai honte d'évoquer aujourd'hui encore.

Quant au dit entretien, il a entièrement tourné autour de mon CV. Que j'avais à peine modifié.

Bien évidemment, Thomson s'est intéressé à mes

notions — inexistantes — de japonais. Il était tellement enthousiaste à l'idée de rencontrer une candidate « parlant couramment la langue nippone » qu'il n'a pu s'empêcher de me poser quelques questions, auxquelles j'ai répondu par une infâme imitation du serveur du restaurant de sushis en bas de chez moi. Un mélange de « konichichi » et « arigaston ». C'est à cet instant que le carnage a débuté.

Flairant la magouille à plein nez, Thomson m'a prise au piège. Je suis tombée dans ses filets de dictateur machiavélique sans parvenir à trouver un moyen de m'en dépêtrer.

Il m'a interrogée sur mes connaissances — inventées — en culture africaine. Sur ma passion — imaginaire — pour l'art conceptuel sud-américain. J'ai même eu droit à « que pensez-vous des déclinaisons hôtelières présentes aux alentours de Cancún ? ». L'unique chose que j'ai pu décliner, ce sont les différentes boissons servies aux étudiants qui se rendent là-bas pour le Spring Break.

Comprenant qu'il avait affaire à une bonimenteuse de foire de haute volée, Thomson a appelé Günter ; en moins de temps qu'il en faut pour le dire, je me suis fait refouler de l'agence par ses deux bras massifs sous le regard incrédule des employés.

Tout aurait pu en rester là, sauf que Günter a pratiquement arraché mon chemisier. Pas le tailleur de Lili, non. *Mon* chemisier. Le seul que je possède et qui n'a pas changé de couleur au lavage. Celui qui m'a coûté un bras. Le bout de tissu qui m'a valu une bagarre avec une mère de famille hargneuse au centre commercial. J'ai donc eu la brillante idée de râler. Puis de me débattre. Puis de râler encore plus fort. J'ai fini dehors, l'arrière-train dans une flaque et les joues empourprées de honte.

Quelques jours plus tard, alors que j'avais perdu tout espoir de me faire embaucher, j'ai reçu un message d'Alice, l'assistante de Thomson, m'informant que j'étais engagée en tant que conseillère au sein d'Infinite & co., l'agence de voyages la plus en vogue de la capitale. Honnêtement, je ne sais toujours pas quelle mouche a piqué le patron. Ce rendez-vous n'aura été que carnage et désastre.

— Tu...

— ... es en retard, terminé-je à bout de souffle.

— Tu as surtout du chocolat autour des lèvres, s'amuse-t-il.

Un mouvement maladroit pour essuyer la preuve de ma gourmandise et je passe le badge dans la machine.

Bien que cela fasse deux ans que j'y travaille, le bâtiment me fait le même effet chaque matin.

Un plafond incroyablement élevé, un sol si brillant qu'il m'a plusieurs fois servi de miroir : l'agence est une ode au consumérisme. Les clients qui viennent ici ont tous le porte-monnaie aussi bien garni que celui de la mère de Lili. C'est simple, je ne vends que des voyages au bout du monde. Le genre tout inclus, avec plage paradisiaque, cocotier en guise de voisin et champagne au petit déjeuner.

Sans cesser de courir, j'emprunte l'escalier puis me dirige vers le troisième étage.

— En retard, cocotte !

Tom me gratifie d'un clin d'œil suivi d'un baiser envoyé dans les airs. Ringardise puissance mille.

Ce trentenaire, conseiller, tout comme moi, prend un soin tout particulier à embobiner les femmes fraîchement divorcées ou déprimées afin de faire grimper sa prime. C'est son truc, il ne vend que des escapades pour cœurs brisés. Et le pire, c'est qu'il y parvient. Avec sa montre plaquée or et son sourire *ultra-bright*, Tom arrive toujours à ses fins.

À vrai dire, c'est même l'un des meilleurs conseillers de l'agence. Quelqu'un qu'il vaut mieux avoir de son côté.

— Jolie jupe.

Il faut juste faire abstraction de son regard lubrique et ne pas hésiter à le rembarrer.

— Tu as tellement peu à te mettre sous la dent pour t'intéresser à ma tenue ?

— Si tu savais, déprime-t-il. Les célibataires disparaissent avec les fêtes de fin d'année.

Je m'empresse de rejoindre mon bureau et dissimule le reste des gâteaux dans mon tiroir secret avant d'ôter manteau et écharpe. Je tente ensuite de me rendre un peu plus présentable : domptage de frisettes, régularisation de la respiration, et essai de différents sourires pour masquer mon état intérieur... C'est ça que je préfère dans ce métier. Faire semblant.

Tout un art.

Quand les clients prennent rendez-vous, ils pensent certainement avoir affaire à une femme de vingt-six ans, à la fois professionnelle et sûre d'elle. Que nenni ! Je passe mes journées à jouer au backgammon sur Internet, je flâne sur les boutiques en ligne pour me dégoter un nouveau parfum que je ne peux pas me payer, et je discute sur les réseaux avec ma voisine de boulot.

Aînée par l'âge, l'ancienneté et la prestance, Clarisse est l'une de mes plus proches collègues. Elle a tout pour elle : l'optimisme, le bagout et la coiffure. Clarisse est parfaite en tout point. Nous nous sommes rapidement rapprochées grâce aux allers-retours prolongés à la machine à café ; les potins, elle adore les dévoiler, et j'adore les écouter.

Mon portable clignote alors que je me rends deux étages plus haut.

Où es-tu ?!

S'il n'y a pas d'émoticônes, Clarisse en est donc au stade 3 de l'impatience. Il ne faut surtout pas dépasser le 5. Ça m'est arrivé une fois, j'ai retenu la leçon.

J'arrive :)

Thomson t'attend !!! Tu ferais mieux de rappliquer avec ta plus belle excuse !!!

Mauvais signe.

Je suis son conseil et détale ventre à terre.

En arrivant devant la porte, je me tâte entre un toc-toc rapide ou une entrée en trombe. Les quelques secondes d'hésitation me sont fatales : le panneau d'acajou s'ouvre à la volée. Sur Alice.

Sans dire un mot, l'assistante me fait signe de rejoindre la seule place vacante autour de la table.

— Je vois que vous faites des horaires une priorité, tonne Thomson.

Le sourire crispé, je m'installe aux côtés de Clarisse.

— J'ai eu un... empêchement.

Attention, sortie imminente de l'excuse numéro 4.

— De quel genre, cette fois ?

La manière dont son menton se lève ne me dit rien qui vaille ; Thomson prend un plaisir fou à ratatiner ses employés devant une assemblée en mal de sensations fortes. Sa centrale nucléaire à moqueries va exploser et je vais me prendre une rafale de railleries.

— J'ai... perdu un talon dans les marches, commencé-je, la gorge serrée.

— Pardon ?

C'est dingue l'effet qu'il me provoque ; il a beau sentir le camembert à 9 heures du matin, il n'en reste pas moins hyper flippant.

— J'ai dû courir... et je me suis fait percuter par une

ambulance... Enfin j'ai failli, les pompiers n'ont pas voulu me laisser seule... Il n'y avait plus d'ascenseur... Je... elles ont été achetées en solde, c'est à cause du chat de ma colocataire...

Le gloussement émanant de l'autre côté de la pièce me noue le ventre ; Anne me dévisage, une main sur la bouche pour masquer son rictus.

Anne est une conseillère émérite, bosseuse et incroyablement passionnée par son travail. J'aurais fortement aimé m'entendre avec elle, son aide aurait été précieuse.

Sauf que non.

Elle ne connaît toujours pas mon prénom, je suis « toi, là » ou « eh, oh, le truc ! ». Elle me prend d'ailleurs pour une assistante, mais elle me fiche la trouille à un point tel que je n'ose pas la reprendre. Cette frousse incontrôlable explique les trucs idiots que j'accepte de faire pour elle ; crapahuter dans tout Paris pour dénicher sa salade romaine bio avec pignons de pin et huile de framboise, ou aller dégoter son café stévia-nuage-de-lait-de-coco qu'on ne peut trouver qu'à cinq arrêts de métro d'ici, par exemple.

— Très bien, opine Thomson.

Très bien ? Il n'aurait quand même pas gobé mon mensonge, si ? Je reste baba tandis qu'Anne fronce les sourcils. Le patron entame ensuite son habituel discours sans se soucier de mon état.

Ce n'est pas normal qu'il ait passé l'éponge. Illogique. Étrange. Troublant. Thomson ne croit jamais ce que je lui dis. Mon instinct est en alerte maximale ; je vais subir un contrecoup, c'est obligé.

— ... Donc, je ferai le choix d'abord, et je vous révélerai la destination ensuite.

Le mot « destination » me ramène rapidement à la réalité.

Aujourd'hui, c'est le Choix du Mois. Un principe instauré pour, et seulement pour, les employés modèles.

Toutes les quatre semaines, nous sommes convoqués en réunion. Thomson commence généralement par féliciter les éléments doués et se plaindre de l'incompétence des autres — partie que j'ai dû louper, ce qui m'arrange puisque je fais partie de la deuxième catégorie. Puis il se lance dans une longue allocution avant d'accaparer notre attention.

Une fois par mois, l'un des conseillers se voit octroyer le droit de partir quelques jours dans l'un des hôtels potentiellement partenaires de l'agence afin de le tester et de vérifier que son standing permet de l'inclure à notre catalogue.

Le rêve. L'extase. Le bonheur total.

Imaginez ! Se dorer la pilule en Polynésie, faire du cheval sur les côtes africaines, danser la salsa à Cuba aux frais de la princesse. Nous avons même l'obligation d'essayer toutes les activités, depuis le massage aux pierres chaudes jusqu'aux restaurants servant plus de homards que l'océan en contient.

Les destinations sont toujours idylliques — indispensable, étant donné la clientèle d'Infinite & co. Le seul petit bémol est que ce sont très souvent Tom et Anne qui remportent la mise. Je ne compte même plus le nombre de voyages qu'ils ont effectués. À deux, ils ont fait le tour de la mappemonde et gémiraient presque de devoir retourner pour la quatrième fois aux Maldives. Les bougres.

De mon côté, ce n'est pas glorieux.

Thomson m'avait sélectionnée il y a un an, pendant les périodes estivales, pour visiter le Cambodge. Le voyage de ma vie. Le moment où, enfin, j'ai entrevu la lumière au bout du tunnel.

Avec Lili, tout était prévu ; les valises étaient préparées, les affaires empaquetées. Je sautillais de joie pendant les deux semaines qui ont précédé le départ. Sauf qu'une épidémie transmise par les moustiques a contraint les autorités françaises à annuler toute escapade sur cette partie du globe. Ma veine habituelle. Je n'ai jamais plus été choisie depuis. Thomson estime sûrement que je porte la poisse, ce qui n'est pas totalement faux.

— Mademoiselle Martin ?

Je redresse le dos en entendant mon nom.

— C'est vous.

Non.

— Quoi ?

— Vous êtes la prochaine conseillère à partir en voyage, répète-t-il en m'offrant son rictus le plus aimable.

Double choc. Attaque cardiaque. Vacillement du côté obscur de la force.

C'est impossible. Mes yeux s'arrondissent comme deux billes ; je le déteste, il me déteste. Nous sommes une conjugaison de détestation. Il y a forcément un malentendu.

— Elle n'est pas la meilleure conseillère ce mois-ci, tente d'objecter Anne.

Malgré l'incompréhension générale, la voir perdre son habituelle contenance me fait jubiler. Tiens, Anne, prends ça !

— Je suppose que vous êtes mieux placée que moi pour prendre les décisions, mademoiselle Henry ? lui répond-il en croisant les bras.

Tiens, Anne, prends encore ça !

— Je... pas du tout, bégaie-t-elle en affaissant les épaules. Je... excusez-moi.

Je me sens reine d'un coup ; tous les regards sont braqués sur mon visage, y compris celui, ravi, de Thomson.

Clarisse me plante discrètement un coude dans les côtes avant d'étirer les lèvres : le Choix du Mois, c'est un peu notre discussion favorite, celle qui revient toujours sur le tapis lors de nos échanges par ordinateurs interposés. Nous avons souvent fait des pronostics, mais jamais nous ne m'y avons incluse. Je suis la bête noire, le boulet, la malchanceuse de service. Je n'arrive pas à croire ce que je suis en train de vivre.

— Le départ est annoncé dans deux semaines, reprend Thomson. Je suis convaincu que vous apprécierez le séjour.

Brésil ? Afrique du Sud ? Chine ? Japon ? Mes neurones dansent la valse pendant de longues secondes silencieuses. Je vais peut-être avoir l'occasion de goûter autre chose que les nouilles sautées de Chez Zuzu. Je me suis toujours demandé à quoi ressemblaient les geishas ; elles sont tellement impressionnantes dans les films, je n'imagine même pas la folie que ça doit être de les voir en vrai. Et s'il me proposait une aventure en Inde ? Ce reportage à la télé était passionnant. Quoique. La circulation y est assez difficile. Tous ces scooters et ces embouteillages interminables... Et puis, je me traîne une allergie aux vaches. Mais je rêverais quand même de découvrir ce pays. Je passerai à la pharmacie pour les antihistaminiques.

D'une grande enjambée, Thomson s'approche du tableau recouvert d'un tissu, puis nous observe. Nous retenons notre souffle comme si nous nous apprêtions à découvrir la nouvelle du siècle.

Ça nous procure chaque fois le même frisson ; sous ce bout de coton tissé se cache le nom d'un lieu. *Du* lieu. De ce lieu qui représente un rêve de quelques jours.

En novembre, Anne s'est rendue à l'île Maurice ; le mois d'avant, Tom a visité Los Angeles. Il ne nous a épargné aucun détail de ses rencontres avec les stars. Il semblerait même que Gwyneth Paltrow lui ait proposé un déjeuner. Bon, c'est Tom. Il ne faut pas se fier à ses histoires. Mais son récit était tellement précis que j'y ai cru — d'ailleurs, personne n'aurait pu lui donner la position de ce grain de beauté.

D'un geste théâtral, Thomson empoigne le drap blanc.

Ça y est, mon tour est venu ! À moi George Clooney et son café ! Bonjour les boutiques de luxe sur les avenues les plus prisées du monde !

Chloé Martin, conseillère en voyages de luxe, part à l'aventure !

Chapitre 2

— La Savoie ?

Un cocktail détoxifiant à la main, Lili me dévisage.

J'ai besoin d'avaler deux bonnes goulées de ma bière avant de répondre.

Quand on tape sur les moteurs de recherche le nom du village où je serai envoyée, on atterrit quelque part en bas de la France. Là où il y a beaucoup de neige et pas l'ombre d'un cocotier.

— Je croyais que ton agence ne s'occupait que de voyages à l'étranger, s'étonne-t-elle.

— Moi aussi. Sauf que Thomson veut apparemment tester « de nouveaux horizons ». Il souhaite commencer par les montagnes, l'air glacé et les raquettes à mettre aux pieds. Mais c'est bien ! me motivé-je. Je ne suis jamais allée au ski. Je vais découvrir, c'est super ! Et je ne me plaindrai pas, ce sont un peu des vacances gratuites.

C'est mon credo. Pas question de râler. On ne chipote pas quand on a la chance de passer quelques jours offerts par sa boîte.

Bon, ça restera du travail, mais en moins contraignant. C'est avec cette pensée ancrée en tête que j'ai passé ma journée.

Quand le patron a dévoilé la fameuse destination,

une nouvelle vague d'incrédulité a traversé la salle de réunion. Non pas que la Savoie soit une destination étrange, simplement, l'agence a horriblement habitué ses employés à des noms comme « Amérique du Sud » ou « Australie ». J'ai donc souri et patiemment attendu son explication avant de le remercier.

Lorsque j'ai pianoté sur l'ordinateur afin de dégoter des images de l'hôtel qui deviendra ma maison pendant dix jours, je me suis réjouie de cette cabane en bois datant des années 1970. J'ai même soufflé de bonheur en apprenant qu'elle avait été retapée il y a seulement vingt ans.

Quand Tom et Anne sont entrés dans mon bureau pour me livrer leur cargaison de moqueries, j'ai éclaté de rire en tapant des mains tant leur humour était désopilant. J'ai peut-être un peu abusé sur ce coup-là.

La montagne, c'est génial. Et mieux encore, l'hôtel ne propose aucune activité. J'aurai donc tout le loisir de profiter des visites au sein de la station et des glissades sur les pistes.

Parce que oui, l'une des meilleures nouvelles est que je n'ai jamais posé les pieds sur deux planches de bois. J'avais bien dérobé le skateboard de ma grande sœur étant plus jeune, mais la fracture du coude m'a convaincue de ne plus jamais réitérer l'expérience.

— Surtout que l'air de la montagne est bon pour la peau, renchérit Lili. On en dit beaucoup de bien dans les magazines !

Lili et les magazines.

Son livre de chevet est un papier people, nos toilettes sont jonchées d'articles sur les sept moyens de perdre ses kilos en trop et les trois méthodes de relaxation des célébrités. Elle est intimement convaincue que les conseils y sont prodigués par le dieu des femmes et que ne pas les respecter équivaudrait à un grave manquement dans notre vie.

Oui. Chez Lili, il existe un dieu pour demoiselles. C'est étrange, mais elle est comme ça.

— Je suis sûre que ça ne sera pas si mal! me soutient-elle. Les moniteurs de ski sont réputés pour leur chute de reins.

Deuxième trait de caractère de ma meilleure amie: elle voue un culte à la gent masculine. Ça, je l'ai découvert dès notre première rencontre.

En débarquant à Paris pour trouver du travail, j'avais omis un léger détail. Un truc absolument insignifiant lorsqu'on vit dans une bourgade, mais qui ici se révèle être un véritable problème.

Le loyer.

J'ai d'abord vécu dans une ancienne chambre de bonne, mais les douches communes décorées des résidus capillaires des occupants de l'étage m'ont vite contrainte à chercher une colocation. J'ai épluché tous les sites pour mettre la main sur la perle rare. Et Lili est apparue. Elle m'a donné rendez-vous chez elle — qui est désormais chez nous — et nous avons sympathisé autour d'une bouteille de rosé et d'une boîte de mouchoirs.

Elle venait de rompre et mon homme de l'époque m'avait lâchement abandonnée. Nous nous sommes rapidement trouvées sur le terrain accidenté des déceptions amoureuses.

J'ai appris qu'il était son supérieur dans la boutique d'accessoires dans laquelle elle bosse toujours. Un quadragénaire sans enfants, à l'attrait certain pour les rousses parfaites aux yeux noisette. Pour Lili, quoi. Ils sont restés ensemble pendant un an avant de mettre un terme à leur histoire.

Depuis ce jour, ma meilleure amie ne veut plus rien de sérieux. Elle ne s'intéresse qu'aux chutes de reins et aux abdos sculptés. J'ai vu plus d'hommes défiler ici en trois ans et demi que depuis ma naissance; Lili a une facilité déconcertante à les amener dans son lit. Une sorte d'aura magnétique. Une magie dont je suis horriblement dépourvue.

— Je n'ai pas envie de me trouver quelqu'un, Lili.

Depuis cette histoire avec Valentin, j'ai décrété que mon cœur était scellé. Pour toujours et à jamais. Pas question qu'un barbu musclé s'y incruste de nouveau.

— Et si tu passais à autre chose? propose-t-elle en hélant le serveur. Il serait peut-être temps que tu oublies le passé, non?

— Tu sais bien que je ne peux pas.

— Oui, oui, soupire-t-elle. Il t'a quittée pour un mannequin avec des jambes aussi longues que celles d'Adriana Karembeu, tu l'aimais à la folie, bla-bla-bla. Il faut que tu te remettes en selle!

— Tu oublies qu'on était fiancés, rétorqué-je tandis que le garçon récupère nos boissons pour nous en apporter de nouvelles.

C'est la partie douloureuse.

Je fréquentais Valentin depuis l'école primaire. Nous nous étions rencontrés alors que je jouais à la marelle; je m'étais lamentablement échouée sur le bitume et il était venu à ma rescousse. Bon, je devais avoir six ans, mais je suis absolument certaine d'avoir eu un coup de foudre. On a grandi ensemble, on allait à l'école puis au collège tous les deux. J'ai passé des années à m'accrocher à lui et j'ai fini par avoir gain de cause.

Nous avons formé un couple pendant quatre ans. Quatre années de bonheur incommensurable. On a même pris un appartement dans la ville la plus proche. Puis il m'a demandée en mariage au restaurant; du romantisme à souhait, avec fleurs et sourires toute la soirée. Et tout s'est soldé par une tromperie nullissime.

Monsieur, devenu photographe, s'est entiché d'Émilie, blond mannequin plantureux aux courbes indécentes. Le cliché. Son instinct de mâle n'a pas pu se contenir, et je les ai retrouvés un après-midi dans notre lit. La raclée de ma vie.

Depuis ce jour, j'ai décidé que je vivrais seule jusqu'à la fin de mes jours. Que je serais une femme d'affaires mondialement reconnue. Et que ma carrière lui en boucherait un coin quand il apprendrait dans les journaux que son ex-fiancée avait fait une percée fulgurante chez les mondains.

Pour l'instant, je n'en suis encore qu'à la partie « seule et déprimée », mais j'y crois.

— Et alors ? Il y a le choix sur cette planète ! Tiens, regarde celui-là, me fait-elle en lorgnant une boule de testostérone en costard.

— Trop sérieux.

— Et celui-là ?

Ses yeux se dirigent vers un groupe de lourdauds aux rires gras.

— Sérieusement, Lili ?

— Si tu fais ta difficile, aussi... Tu as tout pour toi, Chloé. Tu arrives même à t'empiffrer à longueur de journée sans prendre un gramme, ce qui, crois-moi, est un exploit. Des dizaines d'hommes pourraient être à tes pieds !

— Je n'en serais pas si sûre, à ta place.

— Regarde.

D'un air affreusement malicieux, elle se cale sur sa chaise. Lorsque le serveur revient à notre table, je comprends ce qu'elle a derrière la tête ; je lui lance un regard horrifié, la somme silencieusement de renoncer, mais Lili est une personne particulièrement butée. Elle ne m'écoute jamais.

— Excusez-moi, l'apostrophe-t-elle, tandis que mes signaux d'imploration s'intensifient. Que pensez-vous de mon amie ?

Elle a osé.

Les sourcils du serveur s'arquent d'étonnement puis il se retourne. Vers moi.

Certaines fois, je déteste vraiment Lili de tout mon être.

— Je vous demande pardon?

— La trouvez-vous attirante?

Si je pouvais l'égorger avec le décapsuleur, je le ferais.

— Ne répondez pas, dis-je en ricanant, mal à l'aise comme jamais. Son cocktail lui fait dire n'importe quoi.

Il me sourit et semble se détendre.

— Vous êtes très jolie.

— Ah! Tu vois! s'exclame Lili. Elle est persuadée qu'elle n'intéresse personne. C'est fou parce que la moitié des hommes présents la reluquent, mais elle s'en moque parce que son ex-fiancé l'a...

— C'est bon, Lili! Ça m'étonnerait qu'il ait envie de connaître ma vie en détail.

— Détrompez-vous.

Le serveur plonge la main dans la poche de son tablier, en sort un bout de papier et se met à y griffonner quelque chose.

— Si jamais vous avez envie d'oublier votre ex-fiancé.

Choquée, je ne peux qu'attraper le morceau froissé sur lequel se trouve son numéro.

Plan drague du soir en terrasse.

Je le remercie dans un raclement de gorge et attends qu'il s'éloigne avant de fusiller Lili du regard.

— Quoi? sourit-elle en haussant les épaules. Ça prouve bien que j'avais raison.

— Tu sais que je déteste ça!

— C'est vrai, acquiesce-t-elle, sarcastique, c'est tellement insupportable. Je te plains, tu sais. Et si tu te faisais plaisir pour une fois? Il est plutôt mignon.

— Lili!

J'avoue qu'après la troisième bière Kevin a acquis des qualités insoupçonnées. Mais ses œillades appuyées et sa manière de poser la main dans mon dos chaque fois qu'il passe près de notre table me convainquent très rapidement de l'envoyer bouler.

Nous finissons la soirée, au petit restaurant du coin, à papoter sur les déboires sentimentaux de Lili, les problèmes d'alcool de la dernière actrice en vue, et sur son téléphone pour savoir comment survivre en cas d'avalanche.

La vie au travail est faite de hauts et de bas. Entre les clients insatisfaits prenant rendez-vous uniquement pour me cracher des insanités au visage et les préparatifs, mon temps se perd dans les méandres des soucis quotidiens.

Clarisse et moi n'avons presque plus de créneaux pour discuter, j'ai même dû abandonner mes parties de backgammon.

Depuis une semaine, je bosse vraiment, chose qui ne m'était encore jamais arrivée.

Après un nouveau couple de jeunes mariés venus réserver un séjour de rêve sur une île privée perdue dans l'océan Indien, mon portable se met à chanter *Jingle Bells* — une idée de Lili, je ne suis en rien responsable.

— Coucou, maman.

— Ma chérie ! Il faut absolument que tu songes à te munir de Moon Boot ! Ton père et moi avons vu un documentaire à la télévision et le médecin a bien dit qu'un froid trop intense pouvait congeler les parties distales de notre corps ! Tu aurais dû voir les orteils violacés de ce pauvre monsieur, ils n'ont rien pu faire pour lui.

Je n'aurais peut-être pas dû la mettre au courant. Quand je l'ai appelée pour la prévenir que je partais à la montagne après les fêtes de fin d'année, la panique l'a immédiatement happée.

Maman s'inquiète pour tout. Tout le temps. Depuis toujours.

À la maison, j'avais l'interdiction de toucher aux casseroles d'eau chaude, de sortir quand il pleuvait, et je ne parle même pas du tabou entourant son sèche-cheveux. « Un accident domestique est si vite arrivé. » À six ans comme à vingt-six, pas question que son « petit trésor » se blesse de quelque manière que ce soit.

— Maman, je ne pars pas en Alaska. Je vais juste en Savoie.

— La neige reste de la neige ! proteste-t-elle. Veux-tu que je te rappelle la fois où tu as joué dans le jardin et où tu t'es cassé la cheville à cause de ce bonhomme de neige ?

— J'avais neuf ans. Et ne te fais pas de souci, je ne compte pas faire de sculpture sur...

— As-tu pensé à te procurer de la crème solaire ? À ce qu'il paraît, le soleil est ravageur ! D'après l'émission avec ce présentateur absolument charmant, les rayons se reflètent sur la blancheur de la neige. Les coups de soleil sont monnaie courante.

— J'irai en acheter ce week-end.

Et je suis sûre d'oublier cette promesse une fois la conversation terminée.

— Et les bonnets ?

— Je prendrai ceux de Lili. Et j'ai des écharpes, des gants et des chaussettes épaisses, ajouté-je, en anticipant ses prochaines questions. Au fait, je serai à la maison samedi matin.

— Joie ! J'ai prévu un repas en toute simplicité.

La marque de fabrique de ma mère ; à chaque réveillon, elle promet que nous dégusterons un petit quelque chose « fait en deux temps trois mouvements », et nous finissons attablés devant une montagne de plateaux, de la dinde droguée aux hormones de croissance, du saumon acheté en promo et assez de gâteaux pour nourrir tout le village.

— Nous ne serons que cinq cette année, reprend-elle, ta sœur ne peut pas se libérer.

Julie. L'aînée de la famille, mère de quatre enfants et femme de Baptiste, un pète-sec doté d'un sérieux penchant pour le sarcasme.

Petites, nous étions toujours collées l'une à l'autre. Puis Julie est partie faire ses études en Bretagne, y a rencontré son mari et a changé de comportement du tout au tout.

Ma sœur pourrait aisément se rendre à Infinite & co. et s'offrir un tour du monde en séjournant dans tous les hôtels de notre catalogue.

Elle occupe une villa pourvue d'une dizaine de chambres sur la Côte d'Azur et gravite dans les hautes sphères. Elle ne l'exprime jamais clairement, mais comme celle de son mari, sa capacité à laisser entendre tout le mal qu'elle pense de ses parents et sa sœur est colossale. La passion de mon père pour les séries télé du dimanche après-midi ? Elle la dénigre. L'amour de ma mère pour les groupes d'entraide à la mairie du village ? Elle s'en moque. Quant à ce que je suis, dans mon entièreté, à savoir une conseillère de base en voyages doublée d'une célibataire récalcitrante, c'est du pain bénit. Les piques indénombrables que j'ai reçues pourraient faire office de cure-dents pour les tomates cerises d'un banquet.

— Dommage, me contenté-je de répondre. L'année prochaine peut-être.

L'avantage avec ma mère, c'est qu'elle est capable de bifurquer sur une autre conversation en une seconde ; à peine un triste petit « oui » et je l'entends déjà s'épancher sur les nouveaux rideaux qu'elle a achetés via une boutique en ligne. Elle s'attaque ensuite à Suzanne, sa voisine, qui tient vraisemblablement à tailler les haies bordant notre jardin. Quand elle entame le monologue sur papa et sa manie pour le recyclage, Anne entre dans mon bureau.

— Je m'excuse, nous ne vendons pas de baumes pour

le corps ici, bonne journée. Qu'y a-t-il ? fais-je à ma collègue une fois le combiné raccroché.

Anne n'a pas pour habitude d'investir mon cocon. Qu'elle y entre sans prévenir et barre son visage d'un immense sourire annonce une suite des événements très peu plaisante.

— Thomson m'envoie te dire qu'il y a eu un cafouillage dans les billets de train pour ton petit voyage en Savoie, m'explique-t-elle, en appuyant bien sur le dernier mot.

— Comment ça ?

— Alice n'a pas fait attention aux dates, ton séjour est avancé.

— Je pars quand, alors ?

— Le 25, sourit-elle.

Voilà d'où vient sa joie.

Je reste positive. Je ne râlerai pas.

Je vais passer le nouvel an seule, mais ce n'est rien. Je me trouverai loin de Lili le jour que nous préférons dans l'année, mais... OK. Ça ne va pas du tout.

S'il y a bien une fête que j'aime par-dessus tout, c'est celle du 31. Ma meilleure amie et moi avons pour coutume de nous pomponner, de dégoter une imitation d'une robe de couturier au rabais et de sortir jusqu'au bout de la nuit.

C'est le plus beau moment de l'année, celui où nous dépensons nos derniers euros en mousseux qui donne un mal de tête atroce. La soirée où nous évoquons vœux et bonnes résolutions, et dansons comme des ahuries sous les confettis.

Je ne veux pas passer cet instant sans elle. Refus catégorique.

Après cette nouvelle et l'insupportable sentiment de victoire dans les yeux d'Anne lorsqu'elle a quitté la pièce, je m'empare aussitôt du téléphone.

Lili et moi tentons de trouver une solution. Être

porteuse d'un virus uniquement transmissible par le froid. Avoir la cheville foulée. La mort soudaine de son chat. Ma phobie des grands espaces. Une allergie aux sapins.

Les jours qui suivent, je les essaie toutes. Sans exception. Chaque fois, je vais voir Thomson avec mon air de comédienne de série B, mais je me fais rabattre le caquet comme une malpropre.

Je n'y échapperai pas. La Savoie m'attend.

Chapitre 3

Les bras chargés de cadeaux, je sors de mes trois heures de train et hèle un taxi pour terminer le trajet jusqu'à la maison familiale.

Nous sommes le 24 décembre : synonyme de joie, de famille, de bonheur. Les chants de Noël font un tabac à la radio tandis que la voiture traverse plusieurs petits villages. Je m'émerveille devant les décorations, me plaisant à étudier les dizaines de guirlandes et les nœuds rouges accrochés aux devantures des boutiques. Un instant d'accalmie dont je profite au maximum.

Alice m'a rendu visite hier pour me confier les billets. Je suis pratiquement tombée à ses genoux pour qu'elle les déchire ou les lance par mégarde par la fenêtre, en espérant qu'un pigeon les attrape au vol, mais elle n'a rien voulu savoir.

L'assistante de Thomson est dévouée à son travail, et encore plus à son patron. La moindre erreur — m'épargner une expédition en solitaire au fin fond de la Savoie en fait partie — représenterait une tache sur cette perfection à laquelle elle aspire tant.

J'ai passé la soirée à chouiner avec Lili. Même les cocktails et les films à l'eau de rose n'ont pas réussi à nous remonter le moral. Je vais vivre le premier jour d'une nouvelle année sans la présence de ma meilleure amie. Une torture inacceptable, et la raison pour laquelle j'ai complètement bâclé ma valise.

L'effort était au-delà du réel. Je me suis contentée de mes sous-vêtements datant du lycée, de chaussettes à motifs indescriptibles, de quelques chiffons pouvant faire office de tenue de sport, et de cette combinaison d'un rose criard — la seule à ma taille. J'ai même voulu laisser ma trousse à maquillage, mais Lili m'a forcée à la prendre.

Nous nous sommes dit au revoir à la manière des vieux couples ; je l'admets, elle n'a pas agité son mouchoir et ses yeux ont conservé leur sécheresse, mais les voyageurs sur le quai de la gare ont réellement dû penser que nous étions toutes les deux en pleine déprime.

Les paysages urbains sont maintenant loin derrière nous, remplacés par les champs émergeant sous la brume épaisse du matin.

Voir mes parents me fera le plus grand bien. C'est ce que je ne cesse de me répéter. J'imagine déjà maman dans la cuisine, menant une bataille acharnée contre la dinde qui n'entre pas dans le four, et papa usant de subterfuges pour éviter ses sautes d'humeur. Christophe et Jane seront également présents, mon parrain et son « rayon de soleil », les derniers et seuls membres de la famille à fêter Noël avec nous.

Leur style de vie est plutôt original, pour ne pas dire farfelu. Car Christophe et Jane se considèrent comme les enfants de Mère Nature. Chaque fois que je les retrouve, ils semblent avoir franchi un nouveau stade dans leur amour pour les plantes.

Tout a commencé avec le compost. Une idée peu ragoûtante, mais absolument primordiale d'après eux. L'année suivante, ils se sont lancés dans la défense des fermes de proximité. Enfin, ils ont succombé au désir de se couper du monde et de vivre « en communion avec l'âme de la nature ». Traduction: plus de télé, abandon de l'ordinateur et sainte horreur des gens qui ne les comprennent pas. Je ne sais pas où ils en sont aujourd'hui. J'ai un peu peur.

Je passe les cinq derniers kilomètres les doigts sur mon portable: Clarisse m'a promis de garder le contact les dix prochains jours. Elle tient à me faire un topo journalier des potins de l'agence, et ça a déjà commencé.

Alors que le taxi dépasse le panneau de mon village, un SMS m'indique qu'Anne a piqué une crise contre Tom. Deux coqs dans une seule basse-cour. Il semblerait que ce dernier se soit accaparé l'un de ses clients. « Gros Bonnet », comme nous l'appelons.

Mr G. B. est un homme d'affaires richissime ayant fait fortune dans la pub.

Il avait une première femme, très belle et très jeune, qui s'est fait supplanter par une autre, encore plus belle et encore plus jeune. Lui, personne ne l'a jamais vu, mais il semble entretenir un lien tout particulier avec Anne — selon elle, en tout cas, qui répète à l'envi qu'elle demeure sa conseillère préférée. Il faut dire qu'une fois qu'on a posé ses griffes sur Gros Bonnet, mieux vaut ne pas les retirer: il effectue quinze à vingt voyages par an et choisit soigneusement ses destinations. Ce sont toujours des endroits fastueux où même les robinets crachent de l'or. Il se plaît à vagabonder du côté de Dubaï, notamment. Je suppose qu'il y emmène sa conquête du moment, la couvre de bijoux en tout genre, puis s'entiche d'une nouvelle âme, moins ridée, et la gâte tout autant sur un autre continent.

Si Anne a réellement perdu son ascendant sur Gros Bonnet, j'imagine que l'ambiance à l'agence ne doit en effet pas être au beau fixe.

— Vous êtes arrivée.

Je récupère mes valises tandis que le chauffeur m'allège du reste de mon argent avant de quitter l'allée boueuse.

Revenir ici me procure toujours ce léger frisson ; c'est chez moi. L'endroit où j'ai grandi, où les citrouilles poussent à côté des carottes, où les vaches ruminent auprès des serres de légumes.

En poussant le portail du jardin, je regrette de ne pas avoir enfilé mes bottes ; c'est dingue, on dirait que la pluie sert de vinaigrette à la terre, ici.

Mes semelles couinent jusqu'à l'entrée de la demeure copieusement décorée aux couleurs de Noël. Une autre des folies de maman.

Le jour où elle a découvert qu'une maison illuminée du toit jusqu'au porche pouvait passer aux infos régionales, elle a décrété qu'elle ne mourrait pas avant que la nôtre connaisse son quart d'heure de gloire.

Je dois donc passer sous une tonnelle de guirlandes avant de retrouver la chaleur rassurante de l'entrée.

— Te voilà enfin !

Radieuse, maman s'essuie les mains sur son tablier avant de m'enserrer dans ses bras.

— Ton père va être content de te voir, il ne parle que de ça depuis deux jours ! Pierre ! Pierre ! Ta fille est arrivée !

Le grincement de la chaise à bascule se fait entendre puis le front dégarni de papa apparaît près de l'escalier. Contrairement à maman, il ne m'embrasse pas ; une habitude que l'on a instaurée dès mon entrée au collège.

Papa a conscience que les effusions me gênent — maman aussi, mais elle n'en tient pas compte. Du coup, il m'ouvre sa paume et la tape joyeusement contre la mienne. Ce n'est, certes, pas l'accueil le plus chaleureux du monde, mais ça ne m'empêche pas de m'arracher un sourire.

Après que mes parents m'ont passée en revue, c'est-à-dire une fois qu'ils ont estimé que je ne mangeais pas assez, que ma peau subissait les outrages de la pollution et que la fatigue tirait mes traits, je me retrouve dans la cuisine à étaler les derniers œufs de poisson sur les canapés.

— Alors? s'intéresse maman tout en se battant avec une feuille de laurier. Tu es prête pour la Savoie? Ton agence est vraiment incroyable, s'émerveille-t-elle. Permettre à ses employés de découvrir de nouvelles contrées! J'aurais adoré!

Papa et maman ont grandi dans ce village, se sont rencontrés dans ce village, se sont mariés dans ce village et y ont eu deux enfants. Ils n'ont jamais eu la chance de voyager, mais ce n'est pas l'envie qui leur manque; partir à l'aventure, ils ne demandent que ça. Enfin, tant que tout est sous contrôle.

Ma mère a une sainte horreur des imprévus. Elle a besoin de maîtriser chaque détail. Quant à mon père, il écoute maman. Il n'a pas vraiment le choix, en même temps. Elle a un petit côté dictatorial et papa sait mieux que personne qu'il faut éviter de la contrarier. Durant ma douzième année, mon père a été pris d'une folie dépensière. Il est rentré un soir à la maison avec une voiture de collection. Le bolide, complètement délabré, d'un ami. Une carcasse de ferraille, démolie par l'âge. Il avait beau être parfaitement conscient que l'amour de sa vie risquait de ne pas apprécier, il s'est tout de même entiché de cette antiquité. Mauvaise idée.

Je n'ai jamais assisté à une telle dispute entre eux deux. Déroger aux règles de maman vous vaut d'être privé de dessert pendant un mois. Et ce, même quand on est son mari.

Je lui souris.

— Je verrai bien comment ça se passe.

— Peut-être rencontreras-tu un beau garçon là-bas...

— Maman!

Pour ça, elle est la copie conforme de Lili.

Naturellement, elle est également au courant de mon

histoire avec Valentin. Ainsi que du gouffre sentimental provoqué par la trahison de ce dernier. Et pourtant, comme ma meilleure amie, elle n'en démord pas : elle souhaite plus que tout au monde me voir au bras d'un charmant jeune homme. Un gendre qui me rendrait heureuse et qui la ravirait.

— J'ai bien le droit de te souhaiter le meilleur, non ? As-tu pensé à la protection ?

— Maman !

Parler relations sexuelles avec ma mère n'est véritablement pas dans mes cordes.

— Chloé, s'amuse-t-elle, tu as vingt-six ans. Parler de câlins avec ta mère ne devrait plus te terroriser. Avec ton père, c'est la débandade de ce côté-là ! Si tu savais ! C'est un garnement quand il s...

— N'en dis pas plus, je t'en supplie.

Déjà, avec Lili, j'ai besoin d'être finie comme le fond d'une bouteille pour envisager d'évoquer l'aspect sexuel de mes relations. Alors sobre, avec ma mère en train de matraquer l'arrière-train d'une dinde à grands coups d'épices, c'est au-dessus de mes forces.

Pour préserver l'innocence de mon regard sur la vie intime de mes parents, je me concentre sur les tartines de surimi. Je termine d'enduire le dernier toast quand un fracas se fait entendre depuis l'entrée.

Avant de recroiser Christophe et Jane, je m'étais préparée à beaucoup de choses — vêtements en paille, valise en bois ou panneau de manifestation anti-électricité autour de leur cou —, mais certainement pas à ça.

Le ventre aussi gonflé qu'un ballon de baudruche, Jane me sourit.

— Je n'étais pas au courant ! m'exclamé-je en observant son chandail.

— Ce sont des triplés, annonce-t-elle d'un ton joyeux.

Je masque mon choc par un sourire crispé.

Des triplés. Trois paires de jambes et autant de poumons pour brailler. Des petits bouts pleins de vie courant dans tous les sens et hurlant à la mort pour réclamer des boissons gazeuses bannies de chez eux depuis plus de cinq ans.

Je ne déteste pas les enfants, loin de là. Tant qu'ils restent à une distance réglementaire de mon corps, tout va bien.

Ces choses-là, ça crie, ça bave, ça revendique. C'est même capable de s'allonger sur le sol au beau milieu d'une allée de supermarché parce que la mère au bord du précipice ne peut pas offrir *cette* poupée.

Ce sont des monstres. De petites terreurs en culottes courtes. Ils m'effraient encore plus que les sarcasmes de Thomson.

Jane va enfanter trois dragons.

Une fois les invités installés, maman et moi retournons à la cuisine et leur interdisons d'en franchir le seuil — pas question qu'ils apprennent que la tapenade n'est pas bio. Nous passons donc le reste de la journée à échanger nos places, celle qui tient la porte venant régulièrement remplacer celle qui prépare le repas, et vice versa.

C'est épuisées par ces allées et venues que nous attaquons la soirée.

Dans le salon agrémenté d'un sapin sans décorations nocives pour la planète, j'écoute attentivement les paroles des futurs parents.

D'après ce que mon cerveau veut bien retenir, Christophe voit déjà ses bambins vivre leur vie comme ils l'entendent. Il ne les forcera jamais à faire des études. Arthémis, Grisby et Anathole — oui, moi aussi j'ai tilté — feront ce qui leur chante. Ils grandiront avec des jouets en bois parce que le plastique tue les animaux marins. Ils se nourriront de graines de courgettes et s'épanouiront dans une éducation où les règles n'existent pas. Ils auront même le droit de donner des leçons à leurs parents parce que la vérité sort de la bouche des enfants.

Si j'étais Arthémis, Grisby ou Anathole, j'aurais hâte de sortir du ventre de ma mère pour lui avouer que quelques petites années seulement seront nécessaires avant que je crée le chaos à coups de soirées alcoolisées et de *no life* sur les réseaux sociaux.

— Et toi alors ? me lance Christophe, alors que j'engloutis d'une traite le reste de mon champagne. Des envies de pouponnage ?

— Ce n'est pas à l'ordre du jour, fais-je en me resservant un verre.

— Ma Chloé est toujours chamboulée par... vous savez qui.

Mon Dieu.

La ressemblance entre Lili et elle est franchement effrayante.

— Laisse ta fille tranquille, intervient mon père. Elle trouvera l'homme de sa vie quand elle le voudra.

— Mais j'aimerais bien avoir des petits-enfants ! rétorque-t-elle. Elle est en plein dans la fleur de l'âge. C'est le moment de l'amour, de la passion !

Pitié.

— Je pourrais te présenter Julio, propose Jane. C'est un farouche opposant aux OGM. Nous l'avons rencontré avec Christophe lors d'une manifestation en Poitou-Charentes. Un homme de goût et de convictions, il pourrait te plaire.

Ma coupe descend dangereusement vite.

— Ou Gustave, s'anime Christophe. Ses ancêtres font partie de l'histoire de France. Ils se sont battus contre les privilèges accordés à la Cour.

Au secours.

— Ma fille a besoin de simplicité, intervient maman. J'ai fait la connaissance de l'apprenti du boucher il y a quelques jours. Charmant et ravissant. Timide et délicat. Ça, c'est le meilleur des partis !

— Et si on ouvrait les cadeaux ? proposé-je pour couper court à leurs velléités de reconversion dans le coaching sentimental.

Il leur faut quelques secondes avant d'accéder à ma requête. Maman part chercher le premier paquet et me le tend avec une expression oscillant entre l'excitation et la gêne.

À Noël dernier, très heureuse de sa trouvaille, elle m'a offert de la layette. Je n'ai pas d'enfant. Je n'ai pas de petit ami. Mais selon elle, ce genre de présent porte bonheur. Ça n'a visiblement pas fonctionné.

Un peu anxieuse, je déchire le papier.

— Alors ? s'enquiert-elle. Ça te fait plaisir ?

Les joues empourprées, je n'ose même pas sortir la chose de son emballage.

— Je l'ai trouvé sur Internet. Sens-le, normalement, il y a une odeur de bonbon.

Je ne sais pas qui des convives ou de moi est le plus embarrassé lorsque je plonge mon nez dans l'ensemble en dentelle.

— Je... hum... ah oui, ça... merci, maman.

Des sous-vêtements. Rouge pétant.

Ma mère m'a fait cadeau d'un soutien-gorge et d'une culotte échancrée devant mon parrain hilare, sa femme amusée, et mon père particulièrement mal à l'aise.

— Je m'étais un peu avancée avec le cadeau de l'an dernier, avoue-t-elle. J'ai donc pensé que celui-ci était plus approprié à la situation.

Je déglutis, tente de me contenir, puis termine mon verre cul sec.

Lorsque Christophe et Jane ont fini de débattre sur la fabrication — ni locale ni équitable — de mes sous-vêtements, nous passons aux autres présents.

Papa se voit gratifié d'une écharpe en poil de lama de la cordillère des Andes, d'une nouvelle paire de lunettes et d'un livre sur les automobiles des années 1980 — ma modeste contribution à sa passion pour les engins motorisés.

Maman s'extasie sur ses boucles d'oreilles en écorce de pin des Pyrénées, ses ustensiles de cuisine et la robe portant l'étiquette d'une boutique parisienne. Ce n'est peut-être pas le plus beau cadeau au monde, mais pour elle, tout vêtement provenant de la capitale est forcément l'œuvre d'un grand couturier.

Le cadeau de Christophe et Jane m'a donné plus de fil à retordre. Après avoir renoncé à leur offrir un paquet de quinoa ou des baies de goji, je me suis rabattue sur la statuette d'un animal dont je ne connais pas le nom. En bois non traité, bien évidemment.

J'ai d'abord cru que le choix était bon — j'ai quand même traversé la moitié de la ville pour dénicher ce bidule. Sauf qu'il semblerait que le bois ayant servi à sa confection ait grandi au sein d'une forêt protégée. J'ai méchamment fauté.

Une fois à table, la discussion tourne donc principalement autour des horribles humains qui détruisent les parcelles de terre de peuples nomades. Maman fait également les frais de la folie furieuse de mon parrain pour avoir oublié qu'une dinde était une créature.

De la viande. Un affront.

Christophe et Jane s'embarquent alors dans un discours de propagande sur les bienfaits des graines et le danger pour la santé des bestioles cuites à 180 °C. J'en suis à mon huitième verre quand je les entends déplorer l'inconscience de nos politiciens et leurs piètres connaissances en matière d'écologie.

À la fin du dîner, j'aide maman à faire rentrer les deux kilos de nourriture restants dans le frigo, puis je pars me coucher, la tête dans un étau. J'aurais pu m'endormir facilement. Malheureusement, ma chambre jouxte celle de Christophe et Jane.

Je ne pensais pas qu'à ce stade de la grossesse un homme et une femme puissent encore faire autant de bruit. Même l'oreiller collé sur mes oreilles ne m'a pas offert une minute de répit. Je devrais peut-être me mettre aux graines, finalement.

Chapitre 4

Un réveil en fanfare, cinq œufs au plat et une palpation forcée du ventre de Jane plus tard, je patiente enfin sur le quai de la gare.

Papa et maman ont voulu m'accompagner, de peur que je me perde en chemin, et j'ai dû faire des pieds et des mains pour qu'ils restent à la maison. Ce n'est pas comme si je m'en allais au bout du monde, hein.

Mon billet dans les mains, je slalome entre des familles munies d'une bonne dizaine de valises, des enfants qui piaillent parce qu'ils ont oublié leur doudou et des couples fusionnels. La joie des voyages en période de vacances scolaires.

En découvrant mon reflet dans une vitre, je réalise que j'aurais peut-être pu faire un effort. Je dois l'admettre, ma coupe de cheveux est calamiteuse, mon visage démaquillé ressemble à une pâte à crêpes pas cuite et mes chaussures style pantoufles surmontées d'un jogging me donnent l'air d'avoir dépéri pendant trois mois dans une cave.

Le verre est soudainement à moitié vide.

Je suis un demi-chiffon sur pattes. Un truc à deux jambes et deux bras qui tire un bagage plus gros que lui. Je croise les doigts pour que ce séjour se déroule bien et conserve une petite case dans mon esprit pour

Thomson : je décrète que si d'aventure tout ne se passait pas comme prévu, il me devra une augmentation. Un dédommagement. Un autre voyage avec du soleil et des boissons à la noix de coco.

En pénétrant dans le wagon, je suis assaillie par une bouffée de rage à l'égard de mon patron.

Jusque-là, les trajets des voyages organisés pour les employés se sont toujours déroulés dans des conditions idylliques. Je connais le moindre détail du vol d'Anne pour les Seychelles, en classe affaires. Apparemment, les sièges s'inclinent à l'horizontale et nous pouvons choisir notre repas. Quant à Clarisse, elle est partie en première classe pour l'Espagne et m'a tout raconté, des collations à volonté à l'espace Club au wi-fi gratuit, en passant par le silence absolu.

J'ai la vague impression que je n'aurai pas cette chance.

En arpentant les allées de la seconde classe à la recherche de ma place, je retrouve les mêmes enfants qui traînent leurs sacs et jettent des choses à la figure de leurs frères et sœurs. L'un des malfrats tire même les cheveux de sa mère, laquelle encaisse l'outrage sans se plaindre. Ça doit être normal de se faire martyriser quand on est parent.

Une fois parvenue à mon siège, l'envie de pousser un profond soupir de résignation me gagne.

— Excusez-moi, fais-je à l'homme ayant osé poser ses fesses sur mon siège, je crois que vous êtes à ma place.

Ses yeux, d'un vert émeraude surprenant, passent au-dessus de son journal avant qu'il ne se replonge dans des actualités apparemment bien plus passionnantes que mon insignifiante personne.

— Vous êtes à ma place, répété-je en contenant une insulte.

— Vous avez dû vous tromper.

Ses intonations graves paraîtraient presque plaisantes si la moutarde n'était pas en train de me monter au nez.

— Non, affirmé-je en tirant sur son journal. Vous voyez bien, dis-je en lui montrant mon billet. C'est ma place. C'est vous qui avez fait erreur.

— Pouvez-vous me rendre mon journal ? demande-t-il sèchement en tendant la main.

— Rendez-moi ma place, alors.

C'est vraiment la dernière chose que je souhaitais. Un duel de regards avec un inconnu revêche dans un train noir de monde.

Je ne lâcherai pas ; arriver à faire plier un anonyme sera la première étape dans mon regain de confiance face au gourou Thomson.

Je commence à trépigner, le bout de papier en l'air. Ce n'est pas sa barbe de trois jours et ses cheveux ébouriffés qui y changeront quelque chose. Je veux m'asseoir. Là où mon ticket me dit de le faire.

— Écoutez, soupire-t-il, nous n'avons pas cinq ans. Rendez-moi mon journal et trouvez-vous une autre place.

— C'est à vous de vous déplacer. Mon billet indique que ma valise et moi devons nous installer ici.

— Il ne manquait plus que ça, grommelle-t-il.

— Et ça ne sert à rien de me regarder avec vos yeux de rageux mal réveillé.

— Croyez-moi, j'aimerais mieux ne pas avoir à le faire.

La manière dont il inspecte ma tenue me met d'abord mal à l'aise, avant de réveiller mes instincts susceptibles.

— Mes pantoufles vous dérangent, peut-être ?

— C'est plus l'allure générale.

Très bien.

Le fixant droit dans les yeux, j'utilise mes deux mains pour transformer son cher journal en une vulgaire boule froissée.

— Il y a vraiment quelque chose qui ne tourne pas rond chez vous ! s'emporte-t-il en se levant de mon siège.

— Vous vous moquez ouvertement de moi avec votre fessier posé à ma place et c'est moi qui ai un truc qui ne tourne pas rond ?

— Faites-vous une raison, je ne bougerai pas d'ici, grogne-t-il d'une voix rauque en penchant son visage.

Il est si proche que je suis capable de sentir son haleine mentholée. Je distingue également une ride entre ses sourcils. Ride qui n'a vraiment pas l'air commode. Il devrait songer à se mettre de la crème.

— Un problème ?

Un contrôleur apparaît, mais M. Ronchon ne daignant pas quitter mon regard, je ne le lâche pas non plus. Il a mal choisi son jour. Il ne remportera pas cette partie.

— Cette femme a volontairement réduit mon journal en miettes.

— Oh ! soupiré-je. Vous y allez un peu fort ! C'est vous qui avez commencé !

— Vous m'importunez alors que je ne vous ai rien fait.

— Vous rejetez la faute sur les autres. Cet homme se trouve à ma place, dis-je en me tournant vers le contrôleur, et il ne veut pas s'en aller.

Les dents serrées, je lui tends mon billet.

— Effectivement, opine-t-il. Monsieur...

— C'est ma place.

— Vous n'avez pas entendu ? Le monsieur a dit que j'avais raison.

Calmement, il plonge une main dans sa poche puis tend au contrôleur une espèce de carte.

— Veuillez m'excuser, se dégonfle ce dernier la seconde d'après. Madame, vous trouverez un autre siège dans l'un de nos wagons.

— Vous plaisantez ?

J'observe les deux hommes tour à tour.

Celui qui porte un uniforme bleu transpire à grosses gouttes, l'autre arbore un sourire qui me dévoile toutes ses dents.

Ils sont de mèche. Ce n'est pas possible autrement. Un complot a été monté contre ma personne. L'entièreté de cette planète a décidé de se liguer contre moi.

— Madame, veuillez circuler ou je serai contraint d'appeler la sécurité.

— N'abusez pas, je ne suis pas dangereuse.

Tandis que le grognon, désormais au comble de la joie, croise les bras sur ses pectoraux, le contrôleur saisit son talkie-walkie.

Je hais la gent masculine.

L'entendant appeler je ne sais qui, je commence à comprendre que je vais me retrouver dans de beaux draps si je ne prends pas congé. Agacée au possible, je jette la boule de journal à leurs pieds, soupire férocement, et attrape ma valise.

— C'est mon café ! me lance M. Ronchon lorsque je m'empare en passant de la tasse posée sur sa tablette.

— C'était ma place ! me justifié-je en faisant demi-tour.

Je traverse le train dans sa quasi-entièreté pendant une bonne demi-heure, le ventre bouillonnant.

Quel con ! Je n'arrive pas à croire qu'il y ait des gens aussi insupportables ! J'aurais dû dire que j'étais enceinte, il aurait été forcé de me laisser sa place. Ma place. L'enflure de barbu.

À l'instant où je prends conscience que plus aucun siège n'est disponible, je songe sérieusement à retourner le voir, lui expliquer que mes hormones sont incontrôlables à cause du fœtus que j'abrite et que j'ai besoin d'un fauteuil. Mais je change rapidement d'avis ; si je revois ses yeux rieurs, je risque de les lui arracher.

Je dois donc me résoudre à me poser dans un sas. Sur ma valise. Avec une famille qui, comme moi, a dû se faire refouler injustement par un saligaud et un contrôleur malhonnête.

Je passe les heures suivantes sur mon portable en me déplaçant chaque fois que le train s'arrête pour accueillir de nouveaux passagers. Je ne peux même pas observer le paysage ; le mari et sa femme, à peine plus âgés que moi, se bécotent impunément. Au départ, j'étudiais les esquisses de décor terreux au niveau du trou que formaient leurs deux mentons, mais vu la manière dont ils m'ont dévisagée quand ils m'ont prise en flagrant délit, j'ai vite abandonné et me suis consacrée à l'effilochage de mon jogging.

Le dos endolori par des tentatives infructueuses d'endormissement, je me relève difficilement quand la voix au microphone annonce notre arrivée.

Bien.

Saint-Sorlin-d'Arves, un 25 décembre, ne possède donc aucun flocon de neige. Pas une seule parcelle du quai n'est blanche. Pire, c'est gris. Le ciel, les toits des maisons, le sol... Tout est recouvert de la teinte la plus déprimante au monde.

Je vérifie plusieurs fois pour être certaine de ne pas avoir atterri au mauvais endroit. Je me suis peut-être trompée. J'ai loupé un arrêt. Je n'ai pas bien entendu. Mais non. Le panneau indique en grosses lettres le nom du village.

Perdue et proche de la crise d'angoisse, j'appelle Clarisse.

Je veux rentrer chez moi. Je veux retrouver la pollution parisienne. Je veux manger mes deux pains au chocolat interdits du matin.

Lorsqu'elle décroche, je suis au bord de l'implosion. Je ne lui laisse pas le temps de s'exprimer ; pourquoi Thomson m'a-t-il envoyée ici ? Il n'en avait pas le droit. Il souhaite que je démissionne, je ne vois que ça. Il veut me mener la vie dure, se venger des six cents jours où je suis arrivée en retard au boulot.

— Ne t'inquiète pas, glousse-t-elle, tu dois juste prendre un bus pour monter jusqu'à la station.

Ah. Effectivement. Mon cœur est donc tellement mal en point qu'il a cessé d'oxygéner mon cerveau. Ou bien, c'est déjà l'altitude : je n'avais pas prêté attention à cet aspect du séjour. Je dois prendre le bus. Très bien. Thomson vient officiellement d'avoir droit à sa première note de frais de ma part.

Après ce qui me semble un bon kilomètre en chaussons, je suis avachie aux côtés de vacanciers à l'accent chantant.

Contrairement à moi, la tribu semble particulièrement ravie de s'aventurer dans les virages. Encore une chose qui m'avait échappé, sans quoi je n'aurais pas fait le mauvais choix de me placer à la fenêtre. J'ai donc tout le loisir d'observer les falaises, la route sans rambarde, et le vide incommensurable qui s'ouvre à quelques centimètres des roues du bus.

Tout va bien.

Ce n'est pas comme si nous pouvions mourir à tout moment.

Pour éviter de penser à mon estomac, je me concentre sur le ciel et les falaises plâtrées de blanc.

Voir de la neige me rassure. Entendre le conducteur expliquer que nous devons nous arrêter à cause du verglas, un peu moins. Une petite heure est nécessaire pour poser des chaînes. Nous roulons désormais au ralenti, les virages étant de plus en plus serrés.

— Vous vous sentez bien ? entends-je mon voisin me demander.

— Oui, oui, merci.

Simplement, cinq œufs ont subitement envie de venir faire un petit coucou sur le siège d'en face.

Ma peau passe du blanc au bleu, puis au vert. À

l'annonce des derniers virages, j'ai décrété qu'un arrêt respiratoire était la meilleure solution pour m'éviter de dégobiller ; les yeux fermés, je compte les nains du jardin de maman et j'agrippe les accoudoirs. Je pense à Lili, qui doit sûrement être en train de se bagarrer au travail. J'imagine Anne s'époumoner sur Tom à cause de Gros Bonnet.

Encore quelques mètres, le dernier virage, et la délivrance ; je n'attends même pas que le chauffeur ait coupé le moteur pour courir jusqu'à la porte. J'implore le conducteur de me libérer, puis je sors.

Trop rapidement.

Une nouvelle plaque de verglas me fait déraper et m'envoie valser deux mètres plus loin.

Honnêtement, si je n'étais pas un minimum éduquée, j'aurais balancé l'un des gamins qui me montrent du doigt dans le ravin. À l'article de la mort, je me relève, me masse la hanche, et boîte jusqu'à la soute à bagages.

Le temps que je récupère ma valise, il se met à neiger. Mais pas la neige normale. Pas les petits flocons parisiens tout mignons qui tombent délicatement.

Non.

C'est une tempête qui se déchaîne en moins de trois minutes. Mes cheveux dégoulinent rapidement, mes yeux se font matraquer par le vent glacial ; je suis convaincue, à l'instant où j'attaque le chemin qui mène à l'hôtel, qu'au bout de mon nez humide pendent deux stalactites.

Les mains gantées et les jambes flageolantes, je grimpe vers le cœur de la station.

Voilà. L'optimisme revient !

La beauté du lieu me ravit ; les lumières brillent sur tous les balcons, les décorations accrochées au-dessus des allées habillent le bois des chalets. Une imitation charmante du village du Père Noël. J'ai juste un léger problème avec la route, mais rien de grave. Après m'être cassé la figure à quatre reprises, je commence à maîtriser la technique de la marche sur glace. Je progresse donc en limitant ma vitesse à cinq mètres par minute. Ce n'est que lorsque la nuit commence à tomber que j'aperçois enfin l'hôtel... Ou pas ?

Sur Internet, la façade semblait délabrée. Genre maison défraîchie accueillant plus de mites et d'araignées que de vacanciers.

Même en faisant abstraction des Pères Noël pendus aux fenêtres et des nœuds rouge et or qui ornent le perron, je peux affirmer que cet établissement ne correspond en rien aux résultats du moteur de recherche.

C'est un chalet. Énorme. Magnifique. Le moindre lambris, la plus petite lame de parquet dégage une impression de prestige. Les cordons dorés trônant à l'entrée me brûlent la rétine tant ils sont parfaits. Certaine de m'être trompée d'adresse, je regarde l'imposante enseigne qui annonce pourtant bien, en majestueuses lettres vertes et blanches, « Le Chalet des Sœurs Suzette ».

En piétinant sur le parking, je me demande si ce n'est pas une mauvaise blague de Thomson. C'est ça, mon patron a trafiqué mon ordinateur pour y faire apparaître des photographies d'un bâtiment à l'abandon, juste pour se moquer de moi. C'est un peu fourbe, mais ça me semble être la seule explication logique.

Je tape des pieds sur le tapis, puis pousse la lourde porte.

Oui. Thomson s'est vengé. Il a malmené mes émotions. Je vais devoir lui présenter des excuses à mon retour. Si un jour je rentre. L'idée me paraît obsolète, d'un coup.

L'espace est tout bonnement somptueux. Les moulures de bois patiné se mêlent aux tons chauds des tapis. De nombreux fauteuils en cuir mat sont disposés près d'une cheminée où danse un feu joyeux. Des bouquets de fleurs éclosent un peu partout et les plafonniers sont si larges qu'un trapéziste pourrait y faire son numéro. Je n'ose même pas poser les pieds au sol de peur de le salir.

— Bonsoir, madame.

Les yeux voletant d'objet d'art en objet d'art, je m'avance vers l'accueil. La femme a un sourire cordial accroché aux lèvres. Même elle est somptueuse. Je n'ai jamais vu des cheveux aussi brillants, et j'avoue que sa peau me rend jalouse. C'est donc à ça que l'on ressemble quand on vit à la montagne.

— Souhaitez-vous réserver une chambre ?

— C'est déjà fait, dis-je en me sentant pousser des ailes.

Je lui donne mon nom et m'imprègne un peu plus des lieux tandis qu'elle fouine dans son ordinateur.

La dernière fois que j'ai vu des vases en cristal, c'était dans cette émission de téléréalité où les protagonistes habitent une maison à 20 millions de dollars. Et que dire de l'odeur ambiante ? À la coloc, ça empeste la chaussette sale jusqu'au salon. Ici, c'est comme si des vaporisateurs invisibles libéraient une odeur boisée à peine perceptible. Juste assez pour en être enivrée de bonheur.

Je veux élire domicile à la montagne. C'est décidé. Je veux vivre dans une station de ski.

— Vous n'êtes pas enregistrée, madame.

— Je vous demande pardon ?

L'hôtesse arbore toujours ce sourire délicat alors que je fronce les sourcils.

— Chloé Martin, répété-je, de l'agence de voyages Infinite & co.

— Hum, non, fait-elle en adressant une moue navrée à son engin. Je suis désolée. Souhaitez-vous rester ici pour la nuit ?

— Mais non, dis-je, soudain inquiète, en prenant appui sur le comptoir. Je dois loger neuf nuits dans votre hôtel. C'est mon employeur qui s'est occupé des réservations.

— En général, me dit-elle, un brin condescendante,

nous prenons un soin tout particulier à l'accueil des conseillers qui séjournent chez nous. L'erreur provient de chez vous.

Je secoue la tête, incrédule.

— Montrez-moi votre liste de réservations.

— Madame, se braque-t-elle alors que je grimpe sur le comptoir, ce n'est pas...

Je ne lui laisse pas le temps de finir sa phrase et m'empare de la souris.

C'est elle qui fait erreur. Mon nom est forcément affiché quelque part.

Je commence à faire défiler la page ouverte. OK, le charabia numérique, ce n'est pas mon truc. Je fais face à une multitude de chiffres et de colonnes. On dirait une équation niveau prépa.

— Chloé Martin, répété-je une nouvelle fois, le ventre affalé sur le bois étincelant. Il doit y avoir une Chloé Martin dans votre ordinateur.

— Écoutez, madame...

— Mademoiselle.

— Vous ne pouvez pas consulter les données confidentielles de notre hôtel !

— Mais il n'y a rien de confidentiel ! m'emporté-je, tandis qu'elle tente de me repousser de l'autre côté du comptoir.

Mince alors ! Elle a une sacrée poigne pour une si frêle carrure ! Elle m'arrache littéralement la souris des mains et me jette un regard si noir que je n'ai pas besoin de la température sous la barre du zéro pour me glacer sur place.

Je tente de lui faire comprendre qu'il y a un malentendu, que je suis là, que j'ai ma valise, que j'ai envie d'aller manger un morceau puis de me coucher dans une chambre douillette, mais elle ne veut rien entendre. La bougresse me menace même d'appeler la sécurité.

Deux fois en moins de vingt-quatre heures, je bats des records.

Je finis par lui demander de contacter son directeur pour régler ce problème.

— Vous feriez mieux de partir d'ici, grince-t-elle.

— Ah! crié-je en pointant mon doigt sur elle. Si vous ne voulez pas faire venir votre patron, c'est bien que le souci vient de vous! Je vous dis que l'agence pour laquelle je travaille a pris une réservation ici! Votre ordinateur a dû effacer mon nom. Les bugs informatiques doivent être courants avec ce froid.

À l'instant où elle gonfle le torse et où je me prépare donc à répliquer, la cloche de la porte d'entrée retentit. Nos nuques pivotent en un geste synchrone.

En l'espace d'une demi-seconde, mon cœur se met à battre la chamade, le sol se dérobe sous mes pieds et mes bras tremblent comme des feuilles.

La seule idée qui me vient est de courir du côté de l'hôtesse et de me réfugier sous le comptoir.

— Que faites-vous? me murmure-t-elle alors que je me plie auprès de ses jambes dont la finesse me fait baver d'envie.

— Faites comme si je n'étais pas là.

— Vous plaisantez?

— Si vous faites comme si je n'existais pas, je m'en irai dès qu'ils seront partis, promis.

L'instant de silence qui suit la libère de toute l'exaspération dont je suis responsable et lui permet de récupérer le sourire courtois qu'elle m'a offert il y a cinq minutes. Celui auquel je suis certaine de ne plus jamais avoir droit.

— Bonsoir, désirez-vous réserver une chambre?

— Nous l'avons déjà fait via votre site.

Sa voix. Cette intonation à la fois douce et virile. Mon estomac se retourne aussitôt.

— Puis-je avoir votre nom?

— Guilbert.

Les doigts de l'hôtesse pianotent sur le clavier, font défiler la liste digne d'Einstein, puis hésitent.

— Nous avons deux réservations à ce nom, déclare-t-elle. Quel est votre prénom ?

— Valentin.

Mes phalanges s'enfoncent si fort dans le tapis que l'hôtesse me lance un léger coup de pied.

Je veux bien me retrouver perdue entre deux montagnes. J'accepte de me faire refouler par un bonhomme caractériel au bord d'un train. Je suis même d'accord pour vivre sans pince à épiler pendant dix jours. Mais pas ça.

— Ah ! s'anime l'hôtesse. Vous avez réservé la suite royale.

— Tu n'as quand même pas fait ça, mon chéri ?

Il a fait ça, l'ordure.

Je suis incapable de me lever pour observer la scène, mais les succions de bouche me font serrer les dents.

Il est là. Avec elle. Mme Jambes-d'Adriana-Karembeu.

Ils sont encore ensemble.

On ne peut pas rester ensemble aussi longtemps. Aucun être humain normalement constitué ne peut avoir une relation aussi longue. Un photographe et un mannequin, ça ne fonctionne pas. C'est une histoire vouée à l'échec.

Mon cœur brûle d'horreur lorsque je vois l'hôtesse leur tendre les clés de leur chambre. Pardon. De la « suite royale ». Roi et reine. Par respect pour le tapis particulièrement immaculé, je contiens le sanglot dévastateur qui monte dans ma gorge.

— Je vous souhaite un bon séjour au Chalet des Sœurs Suzette. En espérant que les cadeaux qui vous attendent dans votre suite vous plairont.

Un bruit de vêtement qui se froisse, des roulettes de valise qui s'enclenchent. Et l'ascenseur qui se referme me fait m'écrouler.

— Voudriez-vous bien quitter cet hôtel maintenant ?

Je me relève, déconfite, passe la main sous mon nez, et récupère mon bagage.

Valentin.

Je ne l'ai pas revu depuis plus de quatre ans. Il m'a abandonnée comme un mégot de cigarette au bord d'un trottoir. Et il réapparaît au bras de son « histoire d'un soir ». Accompagné de la perfection incarnée, yeux bleus et chevelure imperméable à la pluie.

En regardant mon survêtement, ma jauge de déprime atteint un point de non-retour.

Je vais vivre à quelques mètres d'eux pendant une semaine. Enfin, « vivre ». Le mot est fort. Je n'ai même pas de chambre.

Saleté de Thomson. Goujat. Monstre. Tout est sa faute.

— Vous n'avez pas l'air bien, mademoiselle.

Ça aussi, ça fait deux fois qu'on me le dit en moins de vingt-quatre heures.

Je me retourne vers l'hôtesse et lâche un reniflement de camionneur.

— Mauvaise journée.

J'imagine que ma tristesse l'attendrit ; une minute auparavant, la chose qu'elle aurait souhaitée le plus au monde aurait été de me mettre un coup de pied aux fesses pour que je déguerpisse de son palace. Désormais, elle contourne son comptoir rutilant pour me rejoindre.

— Je suppose que vous connaissiez ce couple, je me trompe ?

— Mon ex-fiancé et la personne ayant réduit mon futur mariage à une vulgaire blague.

— Nom d'une pipe, s'horrifie-t-elle.

— Comme vous dites.

Elle me prend amicalement par les épaules et se met à réfléchir.

— Ce n'est normalement pas autorisé par mes

supérieurs, finit-elle par suggérer, mais je pourrais vous trouver une chambre.

— C'est gentil, dis-je en souriant, mais je n'ai pas spécialement envie de dormir au même endroit qu'un couple batifolant dans l'amour et la neige fraîche.

— Je comprends.

Le corps entièrement ramolli par la peine, je reprends la poignée de ma valise et passe le seuil de l'hôtel.

— Au fait, me lance-t-elle alors que je m'apprête à refermer la porte. Êtes-vous certaine que vous aviez un séjour chez les Sœurs Suzette ? Loin de moi l'envie de vous tourmenter encore, mais de nombreux clients font la confusion entre notre hôtel et celui des Deux Suzette, qui se trouve une rue plus bas.

Chapitre 5

J'ai fait une confusion. Une bête erreur me faisant passer d'un cinq-étoiles à un cinq-rats.

Mon sommeil a été assez mouvementé. Les ressorts du matelas se sont imprimés dans mon dos et la vision d'hier soir trotte encore dans mon esprit. Mais je ne veux pas tomber dans les filets de l'abattement.

J'ai décidé de voir le côté positif des choses. Car il y a plein d'avantages à résider dans un hôtel qui n'a, au final, pas été retapé il y a vingt ans.

Tout d'abord, je découvre avec ravissement la décoration des années 1970. Je n'aurai sans doute pas l'occasion de revoir cela de sitôt, il faut donc que j'en profite. Lili m'a dit un jour avoir lu quelque part que moins on entrait en contact avec les microbes, moins le corps y était habitué et plus il tombait malade facilement. Aussi, après dix jours passés ici, je pense que plus jamais je ne subirai rhumes et grippes. Notons aussi ces figures acrobatiques que je dois effectuer pour aller au petit coin. Parfait : une séance d'abdos-fessiers gratuite.

Quand Clarisse m'a envoyé un message pour prendre de mes nouvelles ce matin, j'ai très légèrement enjolivé la réalité. C'est vrai que j'aurais pu tout lui raconter, sauf que je la connais assez pour savoir que ça aurait été une grave erreur : après son passage de 9 h 45 à la machine à café, toute la boîte aurait été au courant du désastre. Y compris Anne et Tom. Et cela ne doit pas arriver. Jamais.

Je les vois déjà venir.

Ils m'attendront, la bouche en cœur, à mon retour, pour échanger les souvenirs de leurs magnifiques voyages ; la beauté de la mer plus bleue que le bleu du ciel, les repas élaborés par des chefs mondialement connus. Sans parler des rencontres improbables et incroyables qu'ils ont faites. Hors de question que je leur offre cette victoire. Je vais même me bouger les fesses, tiens.

Je vais passer neuf jours motivée comme jamais. Je rattraperai ici tout ce que je n'ai pas fait chez Infinite & co. Il faut absolument que je chasse ce maudit couple de mon esprit et seul le travail pourra m'y aider.

Forte de cette détermination sans faille, je me convaincs d'aller passer une belle journée sur les pistes. Mes Moon Boot customisées par Lili aux pieds — pompons rouges et blancs. Merci, Lili —, je pars en expédition dans la station, le torse bombé.

Je vais skier et je ne tomberai pas. Je vais travailler sérieusement.

C'est avec cette pensée en tête que je progresse un kilomètre entier, accrochée aux arbustes et autres passants compatissants.

— Ski ou snowboard ?

Le jeune à dreadlocks, dépassant à peine l'âge des triplés de Jane, me dévisage.

— Vous avez l'air d'une dame assez hostile à l'adrénaline, reprend-il sans même avoir attendu ma réponse, les skis seront parfaits pour vous.

Quand je dis que je n'aime pas les enfants, vous comprenez maintenant pourquoi.

— J'étais venue pour tester le snowboard.

Pas du tout. Ça me fait encore plus peur que le reste. Mais il m'a cherchée.

— Oh ! sourit-il, un sourcil appréciateur relevé. C'est sympa de voir des gens de votre âge oser.

— Je n'ai que vingt-six ans, signalé-je, un tantinet vexée.

— C'est ce que je dis.

Je me retrouve rapidement assise sur un banc, au fond de la boutique, à essayer des chaussures anormalement lourdes. Je m'étais toujours demandé pourquoi ces gens qui passaient à la télé avaient une démarche étrange. Tout s'explique.

Quelques minutes plus tard, j'arpente les rues encombrées avec deux pierres aux pieds et une planche à motifs tribaux sur les épaules. Je passe un temps incalculable à chercher le lieu où l'on achète les forfaits pour le domaine skiable et où l'on réserve les leçons, et m'étrangle au moment où il faut payer.

Ça aussi, Thomson s'était bien gardé de me le dire. Et ça aussi lui vaudra une nouvelle note de frais.

Avant le premier cours de surf, je déambule dans les rues à la recherche d'une terrasse. Besoin de Lili.

Cela fait déjà quarante-huit heures que nous ne sommes plus ensemble, ce qui signifie une éternité en langage de meilleure amie.

— Allô, Lili ?

Lorsque mes fesses se posent sur la chaise, je trouve enfin un avantage à la combinaison : pas besoin de coussins.

— Je ne pourrai pas la faire longue, murmure-t-elle, l'idiot de base fait encore des siennes.

— Tu t'es cachée dans la réserve ?

C'est ce qu'elle fait chaque fois que je l'appelle alors qu'elle est au boulot et que son ancien petit ami, rebaptisé « l'idiot de base », rôde dans les parages.

— Non, râle-t-elle, il a découvert la planque. Je suis

derrière le placard des toilettes. Alors ? Comment ça se passe ? C'est comment la Savoie ? Tu as déjà rencontré des chutes de reins ?

— Pas celles que tu t'imagines.

— C'est-à-dire ?

— Valentin est ici.

Un fracas tonitruant jaillissant du téléphone me troue le tympan.

— Tout va bien ? m'inquiété-je.

— *Le* Valentin ?! piaille-t-elle avant de baisser d'un ton. Genre, le copain d'enfance, le fiancé, le goujat de première à qui tu aurais dû couper les raisins ?

— Celui-là. Et tu ne connais pas la meilleure ?

— Il s'est cassé la jambe sur une piste et il doit retourner chez lui par hélicoptère ?

— Il est toujours avec Émilie.

Le deuxième coup de canon au creux de mon oreille me fait froncer les sourcils.

— Il faut que tu arrêtes avec les mauvaises nouvelles, grogne-t-elle, je me cogne la tête au plafonnier à chaque fois ! Comment sais-tu qu'ils sont toujours ensemble ?

— Ils ont réservé la suite royale.

— Dans ton hôtel ?!

— Non, grimacé-je, ça ne risque pas.

— Comment as-tu fait pour sav... Chloé ! s'emporte-t-elle soudain. Ne me dis pas que tu les suis ?! Il ne faut surtout pas ! Tu le sais, hein ? Te souviens-tu de la fois où j'avais traqué Albert ? J'ai fini au poste.

Il faut dire que grimper par l'escalier de secours dans le but d'atteindre l'appartement de l'un de ses ex n'était pas spécialement judicieux. Surtout quand cet ex appartient à la police. Mais bon, pour sa défense, il avait accompli l'exploit de la tromper en moins de deux jours. Elle avait bien le droit de se venger en saccageant son salon.

— Non, c'était le hasard.

— Mais qu'est-ce qu'ils font en Savoie ?

Bonne question.

Elle est mannequin, il est photographe. Ils passent leur temps à voyager aux quatre coins du monde ; pourquoi viendraient-ils ici ?

Peut-être que l'un des deux est censé effectuer une séance photo dans la neige.

Ça me paraît tout de même étrange... Je n'y avais pas réfléchi quand j'étais accroupie aux pieds de l'hôtesse des Sœurs Suzette.

— Chloé ? Tu es toujours là ?

— Je... Ça te dérange si on se rappelle plus tard ?

— Oh non ! Non, Chloé ! Je te vois venir ! Tu n'as pas intérêt à aller fourrer ton nez dans leurs affaires !

— Je passe sous un tunnel !

— Chloé !

— Je n'entends plus rien !

— Ne fais surtout pas ça !

— Allô ? Allô ?

Je suis un monstre. Mais je sais qu'elle a raison et je refuse de l'entendre.

Lorsque je range le portable dans ma poche, des vibrations en rafales m'indiquent qu'elle est en train de m'insulter par texto. Je réglerai ça plus tard. Pour l'instant, j'ai un ex-fiancé à aller traquer.

Je termine mon verre de limonade à 15 euros — note de frais —, vérifie qu'il me reste assez de temps avant le cours, et me dirige en sautillant ridiculement vers le Chalet des Sœurs Suzette — et dire que le jeune à dreadlocks m'a affirmé que les chaussures de snowboard étaient beaucoup plus confortables que celles de ski. Encore un embobineur.

— Hop, hop, hop ! Vous ne pouvez pas entrer avec vos chaussures et votre planche !

L'hôtesse d'accueil de la veille est devenue un homme,

ce qui ne m'arrange pas ; si ça avait été elle, je suis certaine qu'elle aurait accepté de me confier la clé de la chambre du couple pour que j'aille fouiner.

Je retire à la hâte mes deux pierres et fonce jusqu'au comptoir en chaussettes.

— Bonjour, dis-je avec un sourire, le coude nonchalamment posé sur le bois ciré. Je m'excuse de vous importuner, mais j'ai un document très important à fournir à un client de votre hôtel. M. Guilbert. Pourrais-je avoir la clé de sa chambre ?

— Nous ne partageons pas les informations de nos clients.

— Tout à votre honneur. Le seul petit problème est que je suis... l'assistante de M. Guilbert. Il travaille pour... une certaine agence. Et cette certaine agence souhaite annuler l'un de ses shootings photo s'il ne signe pas le document officiel.

Je savais bien que mentir pendant deux ans à mon employeur finirait par porter ses fruits !

— Donnez-moi le document, dans ce cas, je le lui ferai parvenir.

— Oui... Mais non. Je suis la seule à avoir le droit de le prendre avec moi. L'agence a spécifié qu'elle ne souhaitait en aucun cas qu'il me quitte. Le document, pas M. Guilbert, hein ?

La pointe d'humour ne semble avoir aucun impact sur cet homme. L'air de la montagne ne le rend vraiment pas aimable.

— Je suis désolé, lance-t-il, mais il va vous falloir le trouver par vous-même. Je ne peux décemment pas vous donner la clé de la chambre de votre employeur.

— Juste le numéro alors ?

— Pour quoi faire ? s'étonne-t-il.

— Je... Pour... glisser le document sous sa porte.

— Vous l'avez avec vous ?

— Oui. Enfin... techniquement.

Je me débats dans mon mensonge pendant une bonne dizaine de minutes et m'y embourbe au point de m'y perdre. Je n'ai aucune idée de la manière dont cette baleine à bosse a bien pu se retrouver dans mon histoire. Pas plus que cette affaire de thé vert en provenance d'Afrique. Toujours est-il que je suis gentiment remerciée et priée de quitter l'établissement avec mes chaussures. Je trouverai un autre moyen d'entrer. Dès la fin de la leçon de snowboard, je repars à l'attaque.

Arrivée près d'une piste aux poteaux verts, je scrute les environs pour tenter de repérer un bonhomme rouge aux lèvres décorées de beurre de cacao. Souci : le seul moniteur présent est entouré d'une petite quinzaine d'enfants. Moyenne d'âge : dix ans.

— Bonjour ! lancé-je à l'homme d'une quarantaine d'années. Je suis à la recherche d'un moniteur de snowboard pour débutants, j'ai un cours avec lui dans cinq minutes normalement.

— Tu dois être Chloé Martin, c'est ça ?

— Je... oui...

— On t'attendait pour commencer la leçon ! se réjouit-il en tapant mon bras de ses gants.

Non. Pas ça.

J'observe le groupe de têtes casquées et suis immédiatement prise d'effroi.

— Je... hum, fais-je en baissant le ton, je ne sais pas si vous l'avez remarqué, mais je suis un peu plus âgée que vos élèves. Il n'y aurait pas une erreur ?

— Ah, moi j'sais pas ! C'est toi qui t'es inscrite à ce cours. Assieds-toi, on va apprendre à accrocher le snowboard à tes chaussures.

Je pensais avoir déjà connu le pire, mais croyez-moi, ce qui suit me fait comprendre que ça n'en était qu'un avant-goût.

Je me trouve officiellement dans un groupe composé de treize fillettes. Je ne me rappelle pas avoir eu un tel esprit de compétition à cet âge-là. J'ai besoin d'une éternité pour assimiler la façon dont il faut maintenir les pieds sur ma planche, quand elles réussissent toutes l'exercice avec une haïssable facilité. C'est à l'instant où je remarque leur moue victorieuse et passablement prétentieuse qu'elles commencent à m'évoquer l'une de mes collègues.

Tant que l'on marche, la piste paraît aussi plate que les œufs du matin de Lili, mais une fois sur cet engin de torture, elle se transforme en falaise. Comment ces petites ogresses font-elles pour tenir sur leurs jambes?

Je ne capte pas un traître mot des indications de Thomas, le moniteur, qui ne cesse de rabâcher une histoire de « le poids du corps sur le pied avant, sinon on ne peut pas diriger le snow ». Avant ou arrière, mon « snow » n'en fait qu'à sa tête. Je ne peux pas glisser un mètre sans m'effondrer dans la poudreuse.

Pour couronner le tout, chacune de mes chutes provoque l'hilarité générale de ces démons.

Au bout d'une heure et demie, je ne suis même plus capable de me relever; mes fesses s'apparentent à un bleu géant, mes genoux et mes poignets ont été tordus dans tous les sens possibles et imaginables, et j'ai failli avoir une altercation avec Anémone.

Je vous jure qu'elle m'a poussée, au sens propre comme au figuré. La petite peste l'a fait exprès. Je laisse donc malencontreusement traîner mon coude près de son bras et c'est le vent qui la fait tomber. Elle éclate en sanglots d'une manière hautement cinématographique. En toute franchise, elle exagère; elle a juste avalé un peu de neige, rien de grave à côté du schtroumpf qui me sert de fessier — ça, c'est vraiment douloureux.

À la fin de la séance, le moniteur fait tester les tire-fesses aux plus douées. Il ne me choisit évidemment pas, pour éviter de malmener mon ego devant mes camarades. Je décide de m'éclipser avant les au revoir ; je n'ai pas oublié le but de ma présence à Saint-Sorlin-d'Arves. Enfin, le nouveau.

Je dépose mes affaires à l'hôtel et m'enfuis vers celui des Sœurs Suzette. Cette fois, j'ai un plan en béton armé.

J'observe discrètement l'accueil depuis la fenêtre, et au premier instant d'inattention du réceptionniste, je me faufile à l'intérieur.

J'ai vu ça dans un film, une fois, avec Lili. J'ai balisé toutes les étapes dans mon esprit. Je sais exactement quoi faire.

Je traverse le hall en catimini, longe le comptoir à quatre pattes, puis m'infiltre dans le couloir de service.

Bon, dans le film, c'est censé être le moment où l'héroïne ouvre une porte qui donne dans le vestiaire des femmes de ménage. Elle enfile une tenue puis arpente l'hôtel jusqu'à atteindre son objectif.

Problème : je n'ai pas la moindre idée de l'endroit où se trouve ce vestiaire. Ni mon propre objectif, d'ailleurs.

Je n'ai pas follement envie d'activer le plan B, mais aux grands maux les grands remèdes.

Je grimpe les marches et commence à inspecter l'entièreté du premier étage avec précision ; je m'arrête devant chaque porte, cherche l'inscription « suite royale » au-dessus de l'embrasure, me dissimule dès qu'une personne revêtue de l'uniforme de l'hôtel s'approche. Rien que cette partie me prend un quart d'heure.

Je passe ensuite au deuxième étage et me livre au même manège. Portes, dissimulations, arrêts, course. Puis le troisième, le quatrième, le cinquième... C'est en arrivant au niveau sous-toit que je comprends qu'ils n'écrivent apparemment pas le nom des chambres ou des suites sur les portes.

Dans le film, il n'y avait pas de plan C, je n'en ai donc pas préparé non plus. Il ne me reste qu'une alternative : soit je recommence l'investigation en partant du dernier étage, soit je prends la décision la plus raisonnable et j'abandonne.

En moins de trois minutes, j'ai réinspecté tout le dernier étage. Je redescends et vérifie absolument tous les recoins. J'arrive à la 107 quand des rires se font entendre ; mon nouveau statut d'enquêtrice hyper attentive me permet de me planquer à temps.

— Ce n'était pas raisonnable, mon chéri !

Grincement de dents. Émilie Jambes-d'Adriana.

— Je n'ai pas le droit de te faire plaisir, mon cœur ?

Boule dans la gorge. Je n'ai jamais eu droit à ce surnom.

Le son de la clé tournant dans la serrure retentit tandis qu'un bruit de bouche me fait grimacer.

— Quand même, entends-je Émilie minauder, tu n'aurais pas dû. C'est bien trop cher.

— Je ferais n'importe quoi pour la plus belle des fiancées.

Éclatement de mon cœur.

La porte claque dans les gloussements et je reste immobile, cachée derrière une statue qui ne masque qu'une de mes jambes.

Il l'a demandée en mariage.

Et il trouve qu'elle est la plus belle des fiancées.

Je suis donc le cageot.

Le dégoût que j'éprouve me force à quitter l'étage.

Dans l'ascenseur, et bien que je sois seule, je n'arrive même pas à lever les yeux.

On ne se marie pas avec sa maîtresse, si ? Non. Bien sûr que non. C'est déontologiquement impossible.

Les femmes aux jambes parfaites ne cherchent pas à se caser, si ? Non. Bien sûr que non. Elles ont été physiologiquement créées pour malmener les vraies fiancées.

Pour nous rendre jalouses. Pour nous forcer à aller à la salle de sport.

Mes yeux étant toujours rivés au sol à l'atteinte du rez-de-chaussée, je ne vois pas le corps dans lequel je bute ; j'étire péniblement la nuque pour m'excuser mais me contente de ravaler ma salive.

— Vous ? se crispe l'homme du train.

— Que faites-vous ici ? dis-je, sous le choc, alors que les effluves de son parfum me parviennent.

— Je comptais prendre l'ascenseur, mais vous venez de m'en empêcher, constate-t-il en levant le menton vers les portes qui se referment.

Il recommence. J'aimerais lui répondre par une jolie pique bien placée, mais je n'ai plus le courage de me battre aujourd'hui.

— Vous n'aurez qu'à prendre le suivant.

— Vous êtes toujours aussi malpolie ? souffle-t-il tandis que je m'éloigne.

— Seulement envers les inconnus condescendants.

— Cessez de les importuner et ils seront plus avenants.

— C'est vous qui avez commencé en me volant ma place.

— Si vous aviez été un peu moins agressive, je vous l'aurais rendue.

— Si vous arrêtiez de donner des conseils, je vous détesterais un peu moins. Votre ascenseur vous attend, fais-je en pointant du doigt la porte d'acier qui s'ouvre derrière lui.

En rentrant à la chambre, je m'empresse d'attraper mon portable ; un oppressant besoin de tout déballer à Lili, et tant pis si elle râle.

Elle va certainement me répéter cent fois qu'elle m'avait dit de ne pas le faire, que je ferais mieux de laisser tomber. Mais Lili est le seul être humain capable de me remonter le moral.

— Laisse-moi deviner, entends-je à l'autre bout du fil à la seconde où elle décroche, tu as découvert un truc atroce.

— Ils sont fiancés.

Blanc.

— Tu as entendu ? Lili ?

— Ce que je m'apprête à te dire ne va certainement pas te plaire, reprend-elle après avoir pris une profonde inspiration, mais tu aurais dû t'y attendre.

— Comment ça ?

— Pas forcément avec Émilie, mais tu aurais pu te douter que Valentin allait finir par refaire sa vie.

— C'est comme ça que tu me remontes le moral ? soupiré-je.

— Tu sais que je ne souhaite que ton bien, ma Chloé. C'est pour ça que je pense franchement que tu dois tirer un trait sur lui. L'oublier définitivement.

— Mais...

— ... Tu n'en as pas envie, complète-t-elle. Pourquoi restes-tu à ce point accrochée à cette histoire ?

— C'était mon premier amour. On ne peut pas y mettre un terme en claquant des doigts.

— Alors, bats-toi pour le récupérer.

— Quoi ?

— Va à la charge ! s'anime-t-elle. Débrouille-toi pour qu'il revienne vers toi.

— Mais tu viens de dire qu'il fallait que je l'oublie...

— Je te donne deux options, en espérant que tu choisiras la première. Après, la décision te revient. Si tu l'aimes vraiment, reconquiers-le.

— Il est fiancé...

— Il l'était aussi quand il a rencontré Émilie.

— Je ne peux pas faire une chose pareille, Lili. Ça m'a fait trop de mal.

— Émilie ne s'est pas gênée. Il faut que tu trouves un moyen pour...

— Pour ? Allô ? Lili ?

La batterie du portable est déchargée.

Timing le plus pourri du monde.

Je retourne ma valise pour mettre la main sur mon chargeur, sans succès.

Bonheur : j'ai oublié l'objet me permettant de garder un lien avec le reste du monde. Furieuse, je balance le téléphone dans les airs. Il s'écrase sur le mur et je vois, comme au ralenti, la coque et tout ce qui se trouve à l'intérieur se désagréger sous mes yeux.

— Merde !

Je récupère les morceaux, tente de les rassembler, avant de prendre conscience de mon incompétence totale en la matière. L'écran est fendu, la batterie semble cabossée. Mes jurons redoublent quand, à force d'acharnement sur la carte SIM, je la brise en deux.

Le reste de mon téléphone heurte le mur une nouvelle fois tandis que je m'effondre sur le lit, la tête entre les mains.

Et si Lili avait raison ?

Chapitre 6

Encore une fois, la nuit fut courte.

J'ai passé des heures à réfléchir à une contre-attaque. Un plan en douze étapes qui aboutira à la reconquête totale de Valentin.

Une part de moi se sent horriblement coupable envers Émilie. J'ai beau la détester du plus profond de mon être, je vais mettre en œuvre quelque chose capable de la blesser profondément.

D'un autre côté, j'ai perdu l'équivalent de la mer Méditerranée en larmes dans les mois qui ont suivi ma rupture. Et, soit dit en passant, elle n'a eu aucun remords à s'établir dans mon ancien appartement avec l'homme de ma vie.

Elle a également demandé que je récupère mes affaires trois jours après la tromperie. Pourquoi trois ? Parce que le quatrième, elle attendait un décorateur d'intérieur afin d'aménager les pièces à sa manière ; mes objets et mes vêtements devaient donc partir au plus vite si je ne souhaitais pas les retrouver à la poubelle.

J'avoue que j'ai un peu de mal à comprendre ce que Valentin lui trouve. OK, c'est une déesse, mais ce n'est qu'une coquille. Elle a été ignoble avec moi. Je suis persuadée que ses jambes l'ont envoûté. Mon Valentin, celui que je connais, n'est pas comme ça. Il n'était pas superficiel, il aimait vivre simplement.

Je lui corresponds.

Émilie l'a juste lobotomisé et je vais remettre un peu d'ordre dans ses neurones.

C'est pour cette raison que je suis en train d'arpenter la station. Pour cocher l'étape 1 de mon plan infaillible.

Avant de le revoir, il me faut absolument trouver une fringue potable. Le jogging et la combinaison rose friandise ne font pas partie des tenues connues pour stimuler la libido.

Je suis donc à la recherche d'une boutique susceptible de vendre des petits hauts en dentelle. Une tâche plus ardue que je pensais. À Paris, les magasins de vêtements pullulent. Ici, on trouve surtout des pulls en polaire et des écharpes pouvant entourer cinq cous en même temps.

— Vous cherchez quelque chose ?

La vendeuse du quatrième établissement que je visite m'adresse une moue aimable.

— Des tenues sexy, mais pas trop, fais-je en réfléchissant aux goûts de Valentin. Juste assez pour suggérer, mais sans en faire des tonnes. Un peu subtil, délicat, féminin.

— Je vois..., opine-t-elle lentement, perplexe. Ça risque d'être compliqué, nous proposons essentiellement des vêtements qui tiennent chaud.

— Et du chaud langoureux, vous n'avez pas ?

— Vous cherchez à pimenter votre vie de couple, susurre-t-elle malicieusement, je me trompe ?

— C'est un raccourci plutôt juste, dis-je en souriant.

Évitons le je-compte-voler-mon-ex-fiancé-à-son-ex-maîtresse-prochainement-future-femme.

— Dans ce cas, s'amuse-t-elle, passez à la boutique près du restaurant de spécialités savoyardes. Ils y vendent pas mal de petites choses qui pourraient vous intéresser.

Son conseil en tête, je vagabonde une quinzaine de minutes avant d'apercevoir la fameuse devanture.

La vendeuse a dû me prendre pour une obsédée sexuelle.

Je ne suis pas la plus prude des femmes, mais là, franchement, ce n'est même plus olé olé.

Je me convaincs que c'est pour la bonne cause et déglutis en passant la porte.

Quand elle m'a dit « petites choses », je m'attendais au pire à des nuisettes ou des dessous affriolants. Les rennes du Père Noël version vibrante ne faisaient pas partie de l'idée de départ.

Plus j'avance dans le magasin, plus mon malaise s'accroît. Je ne suis pas certaine que le déguisement de « Mme Grizzli » éveille l'excitation chez un partenaire. N'importe lequel. Même si le morceau de tissu le plus large est celui des gants en fausse fourrure.

— Une envie ?

La femme aux mèches bleu électrique me rejoint face à un objet en acier que je repose aussitôt.

— Je... Non, baragouiné-je, mal à l'aise. Enfin... Je cherchais juste une tenue... portable en public.

— Oh ! glousse-t-elle, c'est bien d'être aussi libérée ! Les hommes adorent les femmes qui osent s'amuser au vu de tous.

— Non ! m'empressé-je de démentir, blanche comme un linge. Pas ce genre de public. Je veux dire, un vêtement qui recouvrirait un peu plus que... rien, en fait.

— Je peux vous proposer ceci, rétorque-t-elle très sérieusement en me montrant une combinaison en latex. Les clientes ont toujours été très satisfaites de la fermeture Éclair.

— Non, c'est... Non merci. Auriez-vous quelque chose comme... une robe ?

Quelle question n'ai-je pas posée.

Ce que je vois défiler pourrait me convertir en nonne ;

la santé des Savoyardes doit être de fer, je ne vois pas comment elles pourraient se vêtir de choses pareilles sans choper un coup de froid qui les clouerait au lit pendant deux semaines.

Chaque vêtement est tissé dans une matière n'existant que dans les films de science-fiction, et je ne parle pas des ouvertures, dont aucune ne se trouve au bon endroit.

N'arrivant pas à me dépêtrer de la vendeuse particulièrement curieuse, je finis par inventer un mensonge pour m'échapper. Je ne sais pas si Émilie se sert de ces bidules pour appâter Valentin, mais même si c'est le cas, je me refuse catégoriquement à faire de même.

Je continue de trottiner toute la matinée et dégote péniblement deux endroits un peu moins rocambolesques. Le décolleté de ce chemisier ne casse pas trois pattes à un canard, mais avec cette jupe cintrée, ces escarpins et le satin des sous-vêtements, c'est toujours mieux que rien.

Ayant un nouveau cours avec les petits monstres, je dépose mes sacs à la chambre, enfile ma combinaison et retrouve le moniteur au pied d'une nouvelle piste.

Leçon du jour: se remémorer que les enfants ne font pas toujours attention à ce qu'ils disent. Faire preuve de compréhension même quand on vous demande s'il est normal que votre dent soit de travers, que vos yeux louchent, et que vous ressembliez à un garçon avec un bonnet.

Je me mange la neige un nombre incalculable de fois, à tel point que je déclare forfait au bout d'une seule heure.

— Alors, me nargue Thomas, tu ne vas pas abandonner maintenant?

Il est marrant. Je n'ai pas la forme physique d'un moniteur, ni celle d'une enfant en pleine croissance. Je suis essoufflée comme si j'avais gravi l'Everest, sans compter que mon postérieur a doublé de volume.

— Tu vas essayer le tire-fesses aujourd'hui, m'annonce-t-il.

— Non, merci, je vais rentrer à l'hôtel.

— Ne te débine pas, Chloé ! Allez, tu verras, c'est beaucoup plus sympa quand on est en haut. Et puis, ce n'est qu'une verte, tu ne risques pas grand-chose.

Alors que je me positionne dans la file, la crainte de mourir grandit en mon estomac ; je n'ai jamais utilisé ces choses-là. Le bruit de la ferraille qui s'entrechoque m'effraie au plus haut point. J'ai beau entendre les conseils de Thomas et voir Anémone s'amuser, ça ne me rassure pas du tout.

Une fois mon tour venu, l'homme chargé de tendre les perches me donne quelques directives ; le premier essai est raté. Le deuxième provoque mon effondrement à moins de deux mètres du départ. Les fillettes derrière moi se mettent à ricaner lorsque je me prépare pour la troisième tentative ; ma jauge de fierté qui gonfle exponentiellement me permet toutefois de conserver un équilibre précaire jusqu'en haut de la piste.

Concentrée au possible, je suis scrupuleusement les gestes du moniteur ; poids du corps sur la jambe avant, appui sur les orteils pour pivoter, course dos à la piste, appui sur les talons pour virer. Je suis tellement crispée que mes membres ressemblent à des bouts de bois.

— Tu es trop lente !

Saleté d'Anémone. Elle me double, toutes dents dehors. Je n'ai jamais autant haï un gosse.

— Tu es nuuuuulle !

C'est ce qu'on va voir. Je ne vais pas me laisser démonter par une gamine de quinze ans ma cadette. Elle ne sait pas à qui elle s'est frottée.

Thomas poursuit ses virages, mais je cesse de le suivre ; une forte inspiration, et je place le snowboard parallèle à la piste.

Le vent souffle dans mes oreilles — oui, même sur une verte —, la vitesse s'accentue et je sens même les cailloux de neige agglomérée sous la planche. Mes jambes commencent à trembler fortement, mais distinguant Anémone toujours à l'avant, je ne lâche pas l'affaire. J'ai la ferme intention de lui clouer le bec.

La grimace au visage, je penche mon corps en avant et me pince les lèvres pour contenir un hurlement.

Ça va beaucoup trop vite. Vraiment. Pas au point de voir le paysage défiler... Oh ! si. Le paysage défile.

Le snowboard commence à prendre une direction que je ne veux pas, mais je n'arrive pas à l'en empêcher ; mes bras font des moulinets, mes orteils se resserrent.

— Pas par là ! tonitrue Thomas.

Si je contrôlais la chose, je lui obéirais. Malheureusement, je fonce droit sur une butte.

Une petite colline qui m'évoque irrésistiblement une falaise.

Ma planche la prend, mon corps aussi ; je décolle dans les airs et vois ma vie défiler.

Je vais mourir à la montagne. Mon nom passera aux infos. Le seul instant de gloire de mon existence.

Je retombe violemment ; le snowboard quitte mes pieds et je dérape dans un crissement.

La douleur crispe mon visage, mais bizarrement, l'élancement ne vient pas de mes jambes retournées. C'est mon épaule qui a pris ; le choc avec un autre corps, lui aussi écrasé au sol.

— Je suis désolée, grogné-je en tentant de me relever pour rejoindre la personne. Je... suis nulle... Excusez-moi... Vous allez bien ?

— Vous êtes complètement irresponsable ! On ne tente pas des figures quand on sait à peine tenir debout !

— Je suis sincèrement désolée, m'excusé-je, réellement au plus mal. Je n'ai pas fait exprès, c'est le snowboard qui a...

— Vous m'avez fracturé le nez ! Je pourrais vous faire un procès !

— Laissez-moi voir, dis-je alors que la personne, vraisemblablement de sexe féminin, se tient les narines.

— Ne me touchez pas !

Ses mains quittent son visage pour m'envoyer bouler.

Oh ! merde.

Je reste à genoux, immobile.

— Quoi ?! hurle-t-elle en me voyant la dévisager à travers mon masque orange. C'est si grave que ça ?! Je suis mannequin, je vous signale ! Ma figure est assurée ! Vous allez payer le prix fort !

— Mon cœur ! Oh ! mon cœur !

Double merde.

Je le vois accourir vers elle et la prendre par les épaules pour évaluer l'étendue des dégâts.

— Vous n'allez vraiment pas bien ! me fustige-t-il. Vous auriez pu la tuer ! Ça va, mon cœur ?

— Elle m'a déf... défigurée, pleure-t-elle en me pointant du doigt.

— Ne t'inquiète pas, on va passer chez le docteur. Et vous ! Vous pourriez vous excuser !

— Je... par... pardon, murmuré-je, le visage baissé.

— Vous pourriez au moins avoir la décence de nous regarder dans les yeux !

Hors de question.

Ni elle ni lui ne doivent me reconnaître. Je conserve mon regard fermement rivé au sol et cherche ma planche à tâtons.

— Eh ! On vous parle !

Je fais mine de ne pas entendre, en espérant que mes oreilles dissimulées sous mon bonnet font une excuse crédible.

Je tente de m'éloigner à quatre pattes, mais une main m'attrape par le dos.

— Mais enfin ! tonne le moniteur. Lâchez-la !

— Je vois ! raille Valentin, ma combinaison entre les doigts. Je suppose que c'est votre élève ? Eh bien, félicitations ! Décidément, vous êtes la preuve vivante que les professeurs ne servent à rien.

— Pas plus que vos propos de bourgeois. C'est une débutante, vous imaginez bien qu'elle n'a pas fait exprès de s'écraser sur votre femme.

Ce n'est pas encore sa femme. Ce n'est pas encore sa femme !

— Elle aurait pu faire attention ! braille Valentin en resserrant la pression de sa main.

— Il n'y a pas un moment où vous vous demandez si elle va bien ? s'énerve Thomas.

D'un geste brusque, il vient me libérer.

— Tu n'es pas blessée ? s'inquiète-t-il.

— Non.

Honnêtement, la douleur à l'épaule est à la limite du supportable. Mais je m'en moque ; il faut que je déguerpisse d'ici.

— Tu es sûre, Chlo...

— ... dine, terminé-je. Claudine va bien. Pardon monsieur... et madame.

Je fais fi du regard interrogateur de mon moniteur et le tire par le bras pour l'embarquer avec moi. Je me bats contre la douleur afin de récupérer ma planche et bloque mon ouïe pour ne pas entendre les insultes du couple à mon encontre.

— Claudine ? interroge-t-il alors que nous redescendons la piste à pied.

— Une longue histoire.

— Je ne t'en demanderai pas plus, opine-t-il. Par contre, ton épaule n'a pas l'air en forme. Je vais t'accompagner chez le médecin.

— C'est gentil, Thomas, mais ça va.

— Il ne faut pas prendre les coups à la légère, m'arrête-t-il. Tu as peut-être un déplacement. J'ai l'habitude de ce genre de choses, et je te prie de croire que, pas soigné, ça prend des proportions inimaginables.

— Je vais bien, répété-je. J'ai juste besoin de repos.

Bon. L'étape 1 est dangereusement compromise. J'ai failli assassiner sa fiancée sous ses yeux. Le seul avantage que je retienne est qu'aucun des deux ne m'a reconnue.

Sous la loupiote de la salle de bains, j'observe mon épaule. Je ne suis pas totalement sûre que le gonflement au niveau de mon muscle soit rassurant. Mais tant que j'ai évité le cataclysme d'une rencontre au sommet avec Valentin, tout va bien.

Je passe le reste de la journée au fond de mon lit, à osciller entre les deux chaînes de la télévision et à ressasser les événements passés. De réflexion en réflexion, j'en viens à la conclusion que tout est la faute d'Anémone. Si elle ne m'avait pas défiée, mes nerfs n'auraient pas lâché. J'aurais suivi le groupe sans faire ma forcenée. Je n'aurais pas cogné Émilie. Et je ne serais pas en train d'essayer de trouver la position la moins inconfortable pour soulager mon épaule.

En début de soirée, la souffrance est telle que je me résous à me rhabiller pour aller trouver le médecin de la station.

Je demande d'abord à l'accueil, mais le réceptionniste, encore plus irascible qu'Anne, me gratifie d'un désagréable « c'est commun. Prenez un cachet et allez vous coucher ». Je me retrouve donc dans les ruelles illuminées, chaussons aux pieds, à espérer dégoter n'importe quelle personne ayant vaillamment terminé ses études de médecine.

Entre le vaste hématome qui me sert d'arrière-train, ma blessure (fracture ? infection ? Toutes les hypothèses sont valables pour l'hypocondriaque que je suis) et la fatigue, je peine. Chaque joyeux groupe et couple heureux que je croise me démoralise un peu plus.

Plus de portable, plus de Clarisse, plus de Lili. Je ne peux me plaindre à personne. Et, comble de la tristesse, la boulangerie devant laquelle je viens de passer est fermée.

Dépitée, je finis par entrer dans le premier restaurant qui vient. S'il y a bien une chose que maman m'a apprise, c'est qu'il n'existe rien de mieux que la nourriture pour se remonter le moral.

Je me fais doubler par une tribu dont la mère porte au cou la fortune de Crésus avant d'accéder à une table. Un bout de bois au fond de la salle, près de la chaleur des cuisines. Le bonheur.

Je fais tellement peu de sport que ces deux journées sur les pistes ont creusé mon estomac. Je m'empare de la carte et me mets aussitôt à baver devant les fondues et autres plats montagnards. Fromage et charcuterie, graisse et cholestérol ; Lili crierait au secours si elle me voyait commander, mais j'en ai bien besoin.

La raclette monstrueuse sur la table, je m'applique à dévorer sauvagement chaque morceau de nourriture. Mes pommes de terre s'enrobent de fromage coulant. Des lardons, en veux-tu, en voilà. Du pain, de la crème fraîche, des cornichons, histoire de mettre un peu de vert. Je suis aux anges et sens mon ventre gonfler à vue d'œil. Les chants de Noël résonnent dans l'espace clos tandis que mes joues rougissent sous la chaleur de l'appareil.

— Cette table vous convient-elle ?

Le serveur, à qui je viens de commander une deuxième bière, installe un couple derrière moi. J'aurais pu ne pas y prêter attention, sauf que la voix de l'homme me fait avaler mon jambon sec par le mauvais tuyau.

— Je ne comprends pas pourquoi tu as voulu venir ici, l'entends-je soupirer.

La fourchette toujours en bouche, je me retourne discrètement pour découvrir ses yeux vert émeraude.

— Pourrais-tu profiter sans te plaindre, rien qu'une fois ? glousse la femme qui l'accompagne.

Ne pouvant gigoter sous peine d'être repérée, je me contente de remarquer que l'interlocutrice possède une voix suave, incroyablement féminine. La cascade brune qui glisse le long de son dos révèle une robe fine, juste assez décolletée pour découvrir une musculature délicate. Son seul grain de peau me fait regretter la platée de fromage que je viens d'ingurgiter.

— Je n'aime pas me mêler à la foule, tu le sais.

Je ne peux m'empêcher d'étirer un peu plus la nuque.

C'est fou ce qu'il a l'air différent.

L'homme du train semble apaisé. Sa barbe, un peu élaguée, dessine les contours d'une mâchoire particulièrement carrée. Je parviens même à distinguer une fossette lorsqu'il adresse un sourire discret à la femme ; si je ne le détestais pas pour son sale caractère, je pourrais presque le trouver charmant. Une énorme goulée de bière m'est nécessaire pour effacer cette idée de mon esprit.

— Tu m'étonneras toujours, s'amuse la femme alors que le serveur arrive à leur table.

Je ne sais franchement pas pourquoi je m'intéresse à leur discussion. Ça doit être un mélange de solitude et d'alcool. Le pire, c'est qu'elle est ennuyeuse au possible. Pas une once de sentiment, de rire, de plaisir. Ils parlent de déplacements professionnels et d'autres choses que ma tête qui tourne ne parvient pas à déchiffrer.

M. Ronchon est tellement morne que je ne parviens pas à comprendre l'intérêt que peut éprouver sa petite amie à son égard.

Il n'a jamais un mot plus haut que l'autre, s'esclaffe à peine quand elle tente une blague — enfin, j'imagine que c'était une boutade, les mots étaient trop compliqués pour moi. La seule seconde d'intimité correspond à l'instant où elle pose sa main sur la sienne. Encore une fois, il ne moufte pas. Ils doivent être ensemble depuis si longtemps qu'il ne réagit plus à ses marques d'affection.

— Une autre bière ?

Le serveur me surprend. C'est à ce moment que je prends conscience de ma position ; je suis tellement penchée sur ma chaise que ça n'a rien de naturel.

— Non merci, fais-je en me redressant. Pourrais-je avoir l'addition ?

Il faudrait que je réduise sérieusement ma consommation en période triste. J'en prends douloureusement conscience lorsque je dois m'y reprendre à deux fois pour attraper ma doudoune.

Je me lève le plus discrètement possible, le ventre plein et un sourire anormal planant sur mes lèvres, et paie le festin que je me suis offert avant de retrouver la fraîcheur de la nuit — avec un peu de chance, je pourrai faire passer ce dîner pour une autre note de frais.

La Savoie a dû ajouter quelques plaques de verglas durant le repas ; mes pieds ne parviennent pas à adhérer convenablement au sol. Je dérape à plusieurs reprises et ça me fait pouffer.

Quand je dépasse un bar rempli de prépubères, mes hanches se mettent à se trémousser, chose qui ne m'arrive jamais en public — ma grande sœur a toujours trouvé que je dansais comme un manche, ça m'a vexée pour l'éternité. Je ferme les yeux et agite frénétiquement la tête au son du dernier titre de la pop star à déboires.

— Chloé ?

— C'est moi, réponds-je du tac au tac.

Lorsque je rouvre les paupières, le choc mêlé à la bière me fait vaciller.

C'était l'étape 7 de mon plan. Je ne suis mentalement pas préparée et physiquement pas en état.

— Chloé Martin ?

J'aimerais énormément répondre par la négative, mais c'est trop tard.

— Valentin ?

Je déglutis pour ravaler le maximum de malaise.

— C'est tellement improbable de te voir ici ! sourit-il en me tapant sur l'épaule.

La mauvaise.

— Et comment ! m'exclamé-je avec le rire le plus faux du monde. C'est... ça fait longtemps.

Ses yeux pétillent sous la lueur des boules à facettes du bar. Quelques épis volent de part et d'autre de son visage.

La vache. Il est encore plus beau que dans mon souvenir.

Je pousse l'effort à son paroxysme pour ne pas tanguer et tente de lui rendre sa bonne humeur.

— Tu es... en vacances ? me demande-t-il.

Non. Je suis actuellement en train de monter un plan machiavélique pour te reconquérir.

— Le boulot, dis-je en conservant une mine réjouie.

— C'est vrai, s'anime-t-il, les voyages. Tu as beaucoup de chance.

— Je l'admets, dis-je en me passant la main dans les cheveux. Et toi ?

Même si je sais déjà ce qu'il compte me révéler, le voir se racler la gorge ne me rassure pas.

— J'ai..., commence-t-il en se crispant, je suis... en vacances.

— Ah, opiné-je, c'est bien. Tout seul ?

Je n'aurais pas dû. Ma langue a ripé. Je ressemble à une harpie accrochée à sa vie sentimentale, ce que je ne suis pas. Pas en public, en tout cas.

— Pas vraiment, fait-il en se massant le crâne. Je suis venu avec... Émilie.

— Ah bon ? dis-je d'une voix qui n'est pas la mienne. Vous êtes toujours ensemble ? C'est une super nouvelle !

— Tu trouves ? Je pensais que... enfin, tu sais... avec ce qu'il s'est passé...

— Valentin, ris-je en plantant mon poing dans son bras, je suis passée à autre chose depuis longtemps. Pour tout te dire, j'ai même retrouvé quelqu'un une semaine après qu'on s'est quittés ! Ça n'a pas fonctionné, mais ça prouve bien que j'ai tiré un trait ! Le passé, c'est le passé.

Mensonge puissance mille.

— Ça me fait plaisir de l'entendre, assure-t-il. J'avais peur que tu en fasses des caisses sur la rupture, que tu en veuilles à Émilie ou je ne sais pas... que tu sois toujours attachée à moi.

— Quelle idée ! piaillé-je en haussant les épaules, les yeux révulsés vers le ciel.

Nous nous regardons pendant quelques secondes sans savoir quoi faire. Enfin, de mon côté, j'ai très envie de lui sauter au cou, de lui dire de quitter sa fiancée et de faire de moi la femme de sa vie, mais ce serait brûler très, très légèrement les étapes. Je me contente donc de me dandiner d'avant en arrière.

— Bon, finit-il par lancer, je vais... je vais rentrer à l'hôtel.

— Très bonne idée ! Ne fais pas attendre ta fia... lle. Saleté d'alcool.

— Ma fialle ? dit-il en fronçant les sourcils.

— C'est une expression d'ici pour dire « petite amie ».

— Je... vois. Je... j'y vais. J'ai été content de te revoir.

— Moi aussi, Valentin.

Il pince les lèvres puis baisse la tête en me dépassant. Les derniers neurones encore en état de marche se mettent soudainement à clignoter.

— Tu pars par là ? lui lancé-je alors qu'il a déjà fait quelques mètres.

— Apparemment, sourit-il en s'arrêtant net.

Je ne lui laisse pas le choix; j'arrive à son niveau en une seconde et impose ma compagnie.

Nous vagabondons ensemble dans les rues de la station pendant plusieurs minutes. Le temps pour lui de me raconter sa nouvelle vie.

J'apprends donc qu'il est toujours photographe, qu'il vit entre Los Angeles et Biarritz, qu'il aimerait avoir un chien, mais Émilie est allergique à leurs poils — chose à retenir, on ne sait jamais.

Je crois que la chose la plus difficile à avaler est de le voir si heureux. Chaque fois que sa bouche articule le prénom de sa fiancée, ses yeux brillent de plénitude.

Ils ne se disputent jamais. Son couple est « solide », c'est une chance « incroyable » de l'avoir rencontrée, il est « bien avec elle »; j'ai beau avoir fait semblant de me porter comme un charme, il pourrait tout de même prendre un minimum de pincettes. Me balancer sa vie parfaite au visage s'apparente à une grosse claque. Malgré tout, j'opine du chef à toutes ses paroles et m'esclaffe lorsqu'il me raconte une blague absolument pas drôle d'Émilie.

— Tu es dans le même hôtel que moi? me demande-t-il alors que nous parvenons au parking des Sœurs Suzette.

— Ah, tiens! Eh bien, il semblerait!

Hors de question que je le lâche maintenant.

Nous passons sous le porche et pénétrons dans le hall où se tient la réceptionniste du premier jour.

À l'instant où elle me reconnaît, un échange de regards éloquents s'établit entre nous.

— Bonsoir, murmure-t-elle en nous dévisageant maladroitement.

Elle tend directement sa clé à Valentin puis m'observe.

— La 209, dis-je en furetant du côté du tableau pour lancer le premier chiffre sous lequel se tient un trousseau.

— Vous êtes sûre? déglutit-elle.

— Certaine, dis-je en écarquillant les yeux pour l'implorer de m'aider.

— Vous n'êtes pas plutôt dans la 19 ?

Mais qu'est-ce qu'elle me fait ?

— Vous êtes l'employée, elle la cliente, s'impatiente Valentin. Si elle vous dit 209, donnez-lui la clé de la 209.

Le voir lui parler si abruptement me désole pour elle ; je m'excuserai de sa part dès qu'il sera parti.

L'hôtesse me tend l'objet avec une pointe de regret dans les yeux. Je la remercie avec toute la reconnaissance dont je suis capable et m'embarque avec Valentin vers les ascenseurs.

— Dis donc, s'amuse-t-il, ton agence est généreuse !

— Comment ça ? fais-je alors que les portes se referment.

— Les 200 sont les plus belles chambres de l'hôtel. Avec Émilie, on s'est offert la suite royale à l'étage du dessous, le reste était trop cher.

— Qu'est-ce que tu crois ? J'ai un patron génial.

Je crois n'avoir jamais autant menti en l'espace de dix minutes.

— Je pourrais visiter ?

— Visiter quoi ?

— Tes appartements.

— Pourquoi ? sourcillé-je, horrifiée.

— S'ils sont aussi incroyables que le site Internet le dit, je pourrais peut-être tenter d'en réserver un pour une seule nuit. Ça ferait plaisir à Émilie.

— Je... Oui... Mais... tout est sens dessus dessous. Tu n'y verrais rien tellement mes affaires sont éparpillées.

— Ce n'est rien, ça.

Au secours.

Quand nous atterrissons à mon supposé étage, mes pieds se traînent. Même les bières sont redescendues d'une seule traite.

Je déambule dans le couloir en sa compagnie, et

m'épouvante de ce que je suis en train de faire. 203, 205, 207... J'entre la clé dans la serrure en priant pour que cette chambre soit vide.

— Waouh!

Valentin m'emboîte le pas et s'émerveille devant la beauté de l'endroit.

Moi aussi.

On pourrait faire entrer ici l'immeuble entier dans lequel Lili et moi résidons.

Le salon immense donne sur les pistes, les canapés en velours sont surmontés de coussins tissés de bleu et d'or. La télé à écran plat est si grande qu'elle pourrait servir de table de ping-pong. Et que dire du lit à baldaquin, du second salon, de la salle à manger, de la cuisine, de la cheminée... Je comprends mieux pourquoi l'hôtesse ne voulait pas me laisser cette clé. Elle ne la reverra jamais.

— Tu as même un jacuzzi! s'extasie Valentin, une fois sur la terrasse.

— J'ai un jacuzzi?! hurlé-je avant de me reprendre. Oh! je ne m'en sers pas, il est trop petit.

On dirait une piscine! Je rêverais de faire trempette, là, maintenant, tout de suite.

Valentin poursuit la découverte tandis que j'agite mes doigts dans l'eau fumante.

Cet endroit est parfait. Un véritable appartement de prestige dans un hôtel de haut standing. Je me demande combien coûte une nuit ici. Plus qu'un bras. Une jambe au minimum. Un compte en banque de conseillère en voyages qui ne dilapide pas sa paie le jour où elle la touche, sûrement.

— Eh bien! Tu m'avais caché ça!

La légère intonation narquoise de Valentin me convainc de le rejoindre.

Horreur.

Au pied du lit trône un monticule de vêtements. Des chaussures cirées. Un pantalon. Une cravate.

— J'ai mes petits secrets, gloussé-je, complètement déconfite. Je pense que tu as tout vu, ajouté-je en le poussant. Il est temps que tu retrouves Émilie, elle doit t'attendre impatiemment.

— Et du champagne en plus! s'amuse-t-il alors que nous passons à côté d'une commode où trône une bouteille énorme comme je n'en ai jamais vu.

— J'adore les bulles.

Je tente de le conduire à l'entrée, mais il est tellement accaparé par l'endroit qu'il met un temps fou pour la rejoindre.

— Et ça, c'est quoi? m'interroge-t-il en attrapant une mallette.

— De la paperasse pour le boulot. Valentin, je suis vraiment très fatiguée. Je m'excuse de devoir te jeter dehors comme ça, mais...

— Je comprends, acquiesce-t-il dans un sourire ravageur. Et puis, il faut que je m'occupe d'Émilie.

Il tapote la poche de sa veste tout en m'offrant un clin d'œil.

Il ne manquait plus que ça. J'ai droit aux allusions sexuelles, maintenant.

— Super! m'animé-je, franchement nauséeuse. Amusez-vous bien alors!

— Ah non! réfute-t-il en comprenant. J'ai dû passer à la pharmacie de garde. Il faut que je la soigne, une idiote lui a foncé dessus aujourd'hui sur les pistes, elle a le nez qui a doublé de volume.

— Les gens de nos jours..., soupiré-je. Le nez qui a doublé de volume?

Ça ne m'intéresse pas du tout.

Juste un peu.

Je crève d'envie de voir à quoi ça ressemble.

— Elle ne s'en remet pas, se désole-t-il. Elle a besoin de son visage pour son métier. Elle a de la crème pour apaiser la douleur, mais je crois qu'elle y fait une allergie. D'où le gonflement... Elle ne peut plus respirer que par la bouche.

Je me pince férocement les doigts pour retenir un rire.

— La pauvre. C'est vraiment horrible. Je suis sûre qu'elle a grandement besoin de toi, dis-je en ouvrant la porte. Occupe-toi bien d'elle.

— C'est gentil d'être aussi concernée par son bien-être, me remercie-t-il alors qu'il se trouve enfin dans le couloir. Ça te dirait qu'on se fasse un dîner à quatre avant la fin du séjour ?

— À quatre ?

— Nous, ton ami et toi.

Merde.

— Je... il est assez discret, tu sais, il n'aime pas trop les repas dans les grands restaurants avec toute la parade et... enfin... voilà.

— On pourrait se faire un truc simple ici.

— Ici ? Dans l'appartement ?

— Vous avez une cuisine énorme. Émi' et moi pourrions apporter le vin.

— Je... bonne idée. On en reparlera. Bonne nuit !

Je claque la porte et y colle mon oreille.

Je patiente quelques minutes avant de passer la tête par l'entrebâillement, puis file à une vitesse improbable à l'accueil ; je rends la clé à l'hôtesse qui me fusille du regard. Je prends quand même le temps de m'excuser pour les propos que Valentin a tenus à son encontre et déguerpis chez les Deux Suzette pour retrouver le cagibi me servant de chambre.

Bilan de la journée : l'étape 1 est ratée. Émilie a une pomme de terre à la place du nez. Valentin pense que je suis heureuse, que mon agence est incroyablement généreuse et que je prends du bon temps avec un homme qu'il souhaite inviter à dîner dans un appartement qui ne m'appartient pas.

J'ai géré. J'ai parfaitement maîtrisé la situation.

C'est la catastrophe.

Chapitre 7

L'étape 2 était censée tenir en une phrase: trouver un coiffeur pour me rendre présentable lorsqu'une rencontre « fortuite » avec Valentin se produirait. Je raye donc cette étape de ma liste pour en ajouter une autre: devenir invisible.

Je ne peux plus me permettre de croiser mon ex-fiancé et Émilie. Pendant les jours qui restent, il faut que j'évite les lieux publics, les magasins, les restaurants, les endroits romantiques et les Sœurs Suzette. Il n'est pas question que sa proposition concernant un repas entre couples revienne sur le tapis.

Ce matin, lorsque j'ai signifié à Thomas que je me désistais pour la leçon du jour, une vague idée m'a traversé l'esprit.

J'aurais pu lui demander de se faire passer pour mon petit ami. Sauf que le micmac à élaborer derrière ce mensonge serait trop conséquent.

Déjà, je serais contrainte de lui expliquer l'histoire de bout en bout, ce qui me prendrait deux jours. Ensuite, il faudrait que je puisse récupérer la clé de l'appartement pour une soirée entière, ce que la réceptionniste n'acceptera jamais. Et puis surtout, passer plusieurs heures à voir les deux tourtereaux se bécoter ne m'enchante pas. Voilà pourquoi une cape d'invisibilité serait la solution parfaite.

Je dois rester ici, ne plus bouger, ne plus rien faire. Je vais attendre la fin du séjour enfermée dans ma chambre et je me nourrirai des flocons de neige qui tombent sur le rebord de la fenêtre.

Sauf que je ne tiens pas plus d'une demi-journée. Mon épaule en est au stade arc-en-ciel. J'arrive à peine à attraper la télécommande, chose inacceptable. Je repars donc à la recherche d'un médecin.

Pour éviter tout problème, j'abandonne la combinaison de ski qu'Émilie pourrait reconnaître et m'enveloppe de plusieurs couches de pulls et de pantalons. Je masque mon visage avec un jeu d'écharpes, des lunettes de soleil, et le deuxième bonnet de Lili.

La station est en effervescence, les camionnettes parent les rues d'une multitude de décorations et d'objets colorés. Il me faut un long moment pour réaliser que ce sont les préparatifs du nouvel an.

Le jour que je préfère dans l'année et que je vais passer le bras en écharpe avec de la neige en guise de repas.

Après m'être trompée de chemin, j'arrive au cabinet.

Une vraie série télé.

La salle d'attente est remplie de malheureux allant de la mère de famille tentant de rassurer son fils ensanglanté à la personne âgée se tenant le dos en grimaçant. Les médecins devraient établir leur domicile à la montagne, la fortune les y attend.

Je prends place sur une chaise qui couine et attrape un magazine datant de l'an dernier ; les malades passent les uns après les autres et sortent tous avec un bandage ou une ordonnance de la taille d'une liste de courses. Quand mon tour vient, la femme qui m'installe sur la table d'auscultation me fait tilter ; la blouse qu'elle porte masque ses formes, mais sa chevelure me rappelle étrangement quelque chose.

— Alors ! me sourit-elle. Où avez-vous mal ?

Oui. C'est bien elle.

La compagne de l'homme du train.

Honnêtement, Émilie, c'est du papier mâché à côté d'elle.

Ses pommettes sont parsemées de légères taches de rousseur qui adoucissent encore l'ovale de son visage. Lorsqu'elle se met à étudier mon épaule, je m'arrête sur son regard.

L'injustice existe dans ce monde.

Ses cils sont si longs qu'on pourrait y faire du ski. Et ses iris qui passent du bleu cristallin au vert d'eau selon la lumière me laissent totalement pantoise.

— Hum, un très léger déplacement, rien de bien grave. Je vais vous remettre ça maintenant.

Au moment où elle attrape mon bras, je prends peur. Elle me paraît soudainement moins délicieuse.

— Serrez les dents. À trois j'y vais. Un, deux...

Elle n'a pas attendu le trois.

Mes doigts s'enfoncent dans l'épaisseur du matelas et mes dents se mettent à cisailler mes lèvres.

J'ai l'impression que mon membre a quitté mon corps. C'est une tortionnaire !

Comme si tout cela était parfaitement normal, le médecin me demande de me rhabiller et part remplir une feuille à son bureau.

— Je crois que... votre téléphone... sonne, lui dis-je en soufflant péniblement.

Son visage se transforme lorsqu'elle regarde l'écran.

— Je suis occupée, lance-t-elle sèchement à son interlocuteur. Non... Oui... On verra... Ce n'est pas le moment.

Alors qu'elle se remet à écrire, je perçois un reniflement.

— Un problème ? ne puis-je m'empêcher de demander.

— Rien d'important, fait-elle en se massant le front. Des histoires personnelles.

— Amoureuses ?

— Vous êtes bien curieuse.

— Je suis désolée, ce ne sont pas mes affaires.

— Mais vous avez visé juste.

Ah ! Je le savais ! Les femmes ne pleurent qu'à cause de ces bougres.

— Nous ne sommes plus vraiment sur la même longueur d'onde en ce moment, poursuit-elle.

— Je me doute.

Merde.

— Pardon ?

Comment lui expliquer que j'ai passé la soirée à l'espionner ?

Non. Je ne peux pas. Elle risque de penser que je suis une sorte de fan. Ou une psychopathe. Voire un mélange des deux.

— Je dis ça parce qu'on est souvent différents... Je veux dire, les hommes, les femmes, vous voyez... hum.

Un relevé de commissures embellit soudain son visage.

— Notre relation est compliquée, m'avoue-t-elle. On a toujours le nez dans nos affaires et donc pas vraiment de temps pour nous. Dès qu'on se voit, on se dispute pour un rien. Ça me fatigue.

— J'imagine.

— Vous auriez des conseils ? me demande-t-elle.

— De quel genre ?

— Sentimentaux.

Houla, pas ça, malheureuse !

— Je ne suis pas la mieux placée...

— Vous aussi vous êtes dans une passe difficile ?

— On peut dire ça.

— Vous pensez également à une tromperie ?

Choc.

On ne trompe pas une femme de son envergure. Comment ce goujat pourrait-il faire une chose pareille ?! En même temps, je l'ai senti dès le départ ; rien qu'à son air de malfrat dans le train, il respirait la sournoiserie. L'imaginer faire du mal à sa pauvre petite amie aux yeux humides me met en rogne.

— Il ne faut pas vous laisser faire ! Il n'a pas le droit de vous faire souffrir ! Prenez le taureau par les cornes, dites-lui tout de suite ce que vous ressentez ! Ne laissez pas les choses traîner, préparez-vous mentalement, allez le voir, et dites-lui clairement que vous pensez qu'il vous trompe.

— Mais... et si ce n'est pas le cas ? s'inquiète-t-elle. Je détruirai tout...

— Dans un couple, il faut être sincère l'un envers l'autre, c'est une histoire de confiance. Ça ne peut pas fonctionner si l'un de vous deux souffre et que l'autre ment.

Phrase philosophique n° 34 de Lili.

— Vous croyez ?

— J'en suis certaine. Et puis, si ce n'est pas le cas, vos inquiétudes signifieront que vous tenez à lui. C'est positif.

En sortant du cabinet avec mon ordonnance, je me sens investie d'une mission.

Même si je ne la connais pas personnellement, je refuse que ce crétin d'homme au pois chiche à la place du cerveau lui fasse la même chose que Valentin à moi. Je ne parviens toujours pas à comprendre ce qu'elle lui trouve au loubard, mais si elle est amoureuse, je dois l'aider. Solidarité féminine.

Je décrète que je me rendrai au cabinet médical tous les jours pour prendre de ses nouvelles, et réagir en conséquence si jamais je sens qu'elle sombre. Aucune autre femme ne souffrira dans cette station de ski !

Tout en pensant à différentes maladies pour prendre

rendez-vous avec elle, je passe chercher ce dont j'ai besoin à la pharmacie.

J'ai un léger problème avec les médicaments ; depuis toute petite, j'ai un besoin viscéral d'en lire la notice et je tombe toujours sur la partie terrifiante.

Les effets secondaires.

Avec un cachet pour soigner un mal de tête, on peut finir à l'hôpital à l'article de la mort. Bien que cette perspective m'effraie, je n'y dérogerai pas cette fois encore ; le papier entre les mains, je me mets à grimacer devant les effets provoqués par la crème que je suis censée m'appliquer matin et soir.

Quel est le rapport entre une détresse respiratoire et un bout d'épaule remis en place ? Et les plaques rouges sur le visage ? Et les nausées ? Et les vomissements ?

— Chloé !

Je m'arrête en plein milieu de la rue et tourne la tête de droite à gauche.

— Par ici !

En découvrant Valentin, ma musculature tout entière se tétanise.

Idiote que je suis, j'ai oublié de remettre mes lunettes et ai baissé mon écharpe pour pouvoir lire cette fichue liste.

— Salut ! lancé-je avec une joie factice.

Il faut que je trouve un moyen de partir d'ici.

— Je t'ai vue sortir de la pharmacie, me sourit-il. Une petite chute à ski ?

Un accrochage avec ta fiancée.

— Indigestion.

Sexitude, zéro.

J'ai à peine le temps de voir la gêne crisper ses traits avant qu'un légume sur pattes débarque derrière lui.

Effectivement, je n'ai jamais vu des narines si petites sur un nez aussi boursouflé. On dirait que même ses yeux ont subi les effets de son allergie. Je ne savais pas que des paupières pouvaient prendre cette forme-là.

— Bonjour, Émilie.

Ses cordes vocales doivent également être mal en point ; j'ai droit à un grognement en guise de réponse.

— Que fais-tu ici ?

— Elle est passée à la pharmacie, rétorque immédiatement Valentin.

— Tu nous traques ?

— Excuse-moi ?

Elle pose les mains sur ses hanches avant de faire un pas.

— Pourquoi es-tu ici ? s'énerve-t-elle. Comment as-tu fait pour nous trouver ? Pourquoi as-tu choisi le même hôtel que nous ?

— Je... C'est le hasard, fais-je en fronçant les sourcils.

Pour le coup, je ne mens pas.

— Mais bien sûr, pouffe-t-elle alors que son visage se tord d'une manière complètement anormale. Fais croire ça à qui tu veux, mais je sais très bien que tu en pinces toujours pour Valentin.

— Émi', déglutit l'intéressé, ce n'est pas du tout ça. Chloé est ici pour son travail.

— Et tu la crois ? piaille-t-elle. Tu sais très bien qu'elle n'a jamais cessé de te coller aux fesses ! C'est toi qui me l'as dit.

Pardon ? De quoi parlent-ils ?

— Je n'ai pas employé ces termes, se décompose-t-il.

— Ah bon ? s'emporte-t-elle. Et quand tu me disais qu'elle t'envoyait des SMS à 2 heures du matin ?

OK. Maintenant, je vois.

Alors, déjà, ça n'est arrivé qu'une fois. Et ce n'est pas entièrement ma faute.

Ça s'est passé six mois après mon arrivée à Paris. Lili et moi étions en goguette, et malheur, nous avons atterri dans un bar. Pour ma défense, le serveur avait craqué sur elle, c'est pour cette raison qu'il nous a proposé un assortiment de cocktails gratuits ; comme maman m'a toujours dit qu'on ne refusait jamais un cadeau, j'ai été contrainte d'accepter.

Nous avons donc bu jusqu'à n'en plus pouvoir, et, passé une certaine heure, nous nous sommes enfoncées dans nos déboires sentimentaux. Je me suis mise à perdre des litres de larmes, et comme à l'époque ma meilleure amie était persuadée que mon histoire avec Valentin n'était pas terminée, elle m'a convaincue de lui envoyer un message.

Sur le coup, j'ai trouvé l'idée géniale. J'avais bizarrement beaucoup de choses à dire. J'ai donc écrit un SMS, puis un autre parce que le premier était trop court. Comme il ne répondait pas, j'ai décidé de l'appeler. Environ deux fois. Peut-être cinq ou neuf.

Je me suis sentie tellement honteuse le lendemain que je n'ai plus jamais retenté. C'est tout. Rien de bien méchant. Une petite erreur de parcours.

— C'était une bêtise qui ne signifie absolument rien, réponds-je.

— Et donc, tu n'es pas ici pour t'envoyer en l'air avec lui, enrage-t-elle en agrippant Valentin.

C'est dingue ; en sa compagnie, mon ex-fiancé perd toute virilité. Il n'ose même pas rétorquer.

— Non, riposté-je.

— Parce que je te signale qu'on va se marier très bientôt, raille-t-elle en me montrant sa main.

Je ne l'appréciais déjà pas beaucoup lorsque je l'ai découverte nue comme un ver dans mon lit, mais là, elle vient de franchir un nouveau stade.

— Tu n'as rien à dire ? grogne-t-elle.

— Émi', susurre Valentin. Tu fais erreur... Chloé a un petit ami.

Bim ! Retourne dans tes petits souliers maintenant !

D'accord, c'est complètement faux, mais la décomposition de son visage me fait pousser des ailes. Valentin m'a défendue. Un point dans mon camp.

— Je lui ai d'ailleurs proposé qu'on dîne ensemble avant la fin du séjour, n'est-ce pas, Chloé ?

— Exact.

Je suis mal. Je suis mal, je suis mal, je suis mal.

— Je serais curieuse de voir ça, lâche Émilie, les lèvres pincées.

— Tu n'en as pas envie ? s'inquiète Valentin. Parce qu'on n'est pas obligés. C'est comme tu veux.

Quelle mauviette.

Il n'était pas comme ça avec moi. C'était lui le dominant, lui qui décidait. Je me souviens même avoir dû annuler un repas familial parce qu'il n'avait pas le courage de faire une heure de route pour aller manger un poulet rôti. Émilie doit détenir de la poudre ratatinage-de-paire-d'abricots. On dirait un toutou et je n'apprécie pas du tout. Surtout que, d'un coup, je suis réellement devenue invisible ; les yeux de Valentin sont plongés dans ceux de sa fiancée, comme si je n'existais plus.

— Si, lance-t-elle dans un sourire carnassier. J'ai hâte de rencontrer ton petit ami, Chloé.

Parfait.

Nous avons convenu d'un repas demain. J'ai donc vingt-quatre heures pour me dégoter un amoureux transi.

Le seul point positif de ce carnage imminent est un léger mensonge m'ayant permis d'éviter le pire, à savoir cet appartement qui n'est pas le mien. Un problème d'électroménager, uniquement dans la cuisine. Impossible de faire à manger. Dommage. C'est déjà ça de pris.

Point négatif : je suis en train de me diriger vers les Sœurs Suzette en compagnie d'un couple qui s'embrasse à pleine bouche.

En arrivant à l'hôtel, le malheur s'abat sur moi ;

l'hôtesse n'est pas là, c'est le grincheux monsieur qui a, une nouvelle fois, pris sa place. Je fais donc mine d'attendre que le couple récupère sa clé en précisant que je possède déjà la mienne, et je prends l'ascenseur en leur compagnie.

— Tes appartements doivent être sympas, lâche Émilie.

J'imagine qu'elle a dû s'écorcher la langue pour sortir un tel compliment.

— C'est magnifique ! s'extasie Valentin. La terrasse dispose même d'un jacuzzi.

— Comment es-tu au courant ? s'étonne-t-elle.

— Chloé m'a fait faire un tour du propriétaire.

— Pourquoi ne me l'as-tu pas dit ?

Pour un couple qui ne se dispute jamais, ils font tout de même beaucoup de chichis.

— Je te l'ai dit, mais tu avais pris tes cachets contre la douleur.

— Comme par hasard, se braque-t-elle.

— Tu sais bien qu'il n'y a que toi qui comptes, mon amour.

Les échanges de langues sont étonnamment bruyants dans ce genre d'espace.

Je tourne discrètement la tête pour éviter d'avoir à subir une vision d'horreur, quand l'ascenseur s'arrête à leur étage ; Valentin tente de sortir, mais Émilie le retient.

— J'aimerais bien visiter ton chez-toi, me sourit-elle.

— Bonne idée ! se réjouit son fiancé en reprenant place.

Non. Pas bonne idée. Pas bon du tout.

— Les cuisines sont hors service, tenté-je alors qu'il appuie sur le bouton.

— C'est juste pour voir le décor, ricane Émilie.

— Il est identique au vôtre, poursuis-je en sentant une coulée glaciale descendre le long de mon dos.

— Je veux voir si les jacuzzis français valent ceux de L.A.

— Une bête baignoire. Tu serais déçue.

Le tintement qui retentit dans l'ascenseur annonce le futur problème dans lequel je vais sauter à pieds joints.

C'est paniquée que je les vois longer le couloir.

— Je ne me sens pas bien.

Me tenant le ventre de mes deux mains, j'improvise une grimace effrayante.

— Qu'est-ce que tu as ? s'inquiète Valentin.

— Je... mes intestins...

— Oh !

J'imagine qu'il vient de faire le lien avec l'indigestion.

— Ça fait si mal que ça ? soupire Émilie.

— Atroce...

— On voit que tu ne t'es pas pris une taille 48 sur le nez ! raille-t-elle.

Je me contiens pour ne pas lui cracher au visage.

Pour commencer, elle m'a ajouté cinq tailles — quatre, officieusement. Et pour sa gouverne, les formes, c'est beau. C'est sexy. C'est désirable. Qu'elle aille se faire voir.

— Je... vais rentrer chez moi..., soufflé-je, pliée en deux. Seule, ajouté-je en voyant Émilie me suivre.

— Je veux voir ton appartement.

— Chloé ne se sent pas bien, amour.

— Je ne l'accompagnerai pas aux toilettes, articule-t-elle en levant les yeux au ciel.

Lorsqu'elle s'arrête devant la 209, je ne sais plus quoi faire. Qui est assez mal éduqué pour faire ce genre de choses ? Si j'étais vraiment à l'agonie, je la détesterais encore plus que c'est déjà le cas.

— Oh... J'ai perdu mes clés.

— Ils ont un double à l'accueil.

— C'était déjà le double, rétorqué-je en sentant mon front perler. Rentrez chez vous, fais-je en balayant l'air de la main, je vais me débrouiller.

Mais aucun des deux ne m'écoute.

Entre elle qui souhaite plus que tout découvrir ce fichu jacuzzi et Valentin qui est pris d'une anormale empathie, je me retrouve en moins de deux minutes au rez-de-chaussée.

— Excusez-moi, lance ce dernier au réceptionniste, mon amie a égaré le double de ses clés.

— Quelle chambre ?

— Ouuuuuuh, crié-je. Je vais... Je crois que...

Je fais mine de tanguer et m'effondre dans le fauteuil le plus proche.

Les deux hommes s'approchent de moi, l'un prenant mon pouls, l'autre me ventilant à l'aide d'une feuille de papier.

— Vous devriez voir un médecin, me conseille l'hôte tandis qu'Émilie se cure les ongles en se guidant avec son seul œil valide.

— Ça va aller, les rassuré-je en priant pour que ma tentative de malaise soit convaincante.

— Il a raison, renchérit Émilie. Tu n'as vraiment pas l'air bien. Tu es toute verte.

Sale... pauvre... vieille... garce.

— Rentrez, insisté-je en prenant soin de poser ma main sur l'avant-bras de Valentin. Tout va bien.

— Sûre ?

Je lui offre un clin d'œil, ce qui achève de le convaincre. Je regarde sa fiancée l'attraper par le torse, et tous deux s'en vont.

À l'instant où ils disparaissent définitivement, je m'enfonce dans le cuir et souffle profondément. Le réceptionniste fronce les sourcils en m'entendant lâcher un gloussement nerveux.

— Vous avez des sautes d'humeur étranges, s'étonne-t-il.

— Problèmes de filles, fais-je en me relevant.

— Vous devriez rester assise...

— Le plus loin possible d'ici.

Je prends le chemin de la sortie au pas de course, mais une silhouette me barre la route.

Je reconnais instantanément l'ignoble goujat du train, un sourire en coin. Les bras croisés, il m'observe comme le père d'une enfant qui vient de faire une bêtise.

— Vous avez l'air mal en point, constate-t-il avec trop de sarcasme pour que ça ressemble à de l'inquiétude.

— Qu'est-ce que ça peut vous faire ? riposté-je en plantant mes pieds face aux siens.

— Gauthier a raison, il serait bon que vous voyiez un médecin.

— Je suis solide. Je peux me remettre toute seule.

— Je vois ça.

— Vous voulez bien me laisser passer ? m'impatienté-je.

— Dans votre état, sortir par ce froid n'est pas une bonne idée.

La moquerie qui arque son sourcil et anime ses pupilles me fait serrer les dents.

— J'aimerais bien retourner à ma chambre.

— N'est-elle pas dans cet hôtel ?

Soupirant férocement, je finis par le pousser ; mon épaule endolorie cogne contre son bras dur comme un roc. Je masque une grimace et descends les trois marches du porche.

— Ce que vous faites est malsain.

Son intonation me force à le regarder dans les yeux.

Lentement, il prend l'escalier et fait craquer la neige sous ses pas.

— Essayer d'accaparer l'homme d'une autre, murmure-t-il.

— Pardon ?

— Les regards ne trompent pas. La main que vous avez posée sur son bras non plus. Vous êtes accrochée à cet homme qui est fou amoureux d'une autre.

— Je ne vous ai pas demandé votre avis, à ce que je sache.

— Je ne vous le donne pas. Je vous dis simplement que c'est peine perdue et que ce que vous faites est malsain. Prenez-le comme vous voulez.

— Venant de vous, c'est le comble ! m'enflammé-je en le défiant du regard.

Ses sourcils s'arquent d'étonnement avant qu'il ne reprenne son habituelle posture rigide.

— Vous ne connaissez rien de moi, lance-t-il calmement.

— Plus que vous de moi, en tout cas.

— Ce qui signifie ? s'arcboute-t-il.

— Que ce n'est pas un goujat qui va me faire la morale !

Agacée, je fais volte-face et fonce droit vers les Deux Suzette.

Et puis quoi encore ? Monsieur trompe sa petite amie parfaite, médecin qui plus est, et il ose me sortir ses phrases philosophiques à 3 francs 6 sous ? C'est le monde à l'envers. Qu'il s'occupe d'elle au lieu de fourrer son nez dans ce qui ne le regarde pas.

Chapitre 8

Le lendemain matin, je n'ai toujours pas décoléré. Alors que je masse mon épaule avec la pommade, je grogne rien qu'à l'idée de croiser son visage de moralisateur arrogant.

Donneur de leçons de pacotille. Inutile. Il est inutile. En pensant à sa pauvre petite amie qui est forcée de se le coltiner, je m'habille rapidement et prends le chemin du cabinet.

Aujourd'hui, j'ai officiellement une migraine. Je prends soin de me triturer les tempes dans la salle d'attente, histoire de rendre le mensonge plus crédible, et patiente jusqu'à ce qu'elle m'accueille.

— Eh bien! s'étonne-t-elle. Votre épaule vous fait encore souffrir?

D'une beauté à en couper le souffle. J'en oublierais presque la raison de ma venue.

— Un mal de tête récalcitrant. Le souci avec votre petit ami s'est arrangé?

Derrière son bureau, elle me dévisage quelques instants de ces yeux maintenant cristallins.

— Je n'ai pas osé appliquer vos conseils, m'avoue-t-elle.

— J'en ai un autre, m'exclamé-je, revigorée par la colère. Vous ne devez pas vous laisser marcher sur les pieds. Il aura beau vous faire ses leçons de morale sans aucune profondeur, vous ne l'écouterez pas. Il a tort. C'est lui le fautif, dans l'histoire. Faites-lui comprendre qu'il est idiot. Stupide. Et doublement bête.

— Vous y allez un peu fort. Je n'ai toujours pas la preuve d'une tromperie.

— Trouvez-la. Investiguez. Cherchez. Fouinez. Rassemblez tous les éléments et mettez-les-lui sous le nez. Il faut qu'il comprenne qu'il a tort de A à Z et qu'il ne vous mérite pas.

— Peut-être que c'est moi qui ne le mérite pas.

— Vous plaisantez ?! Regardez-vous ! Vous êtes belle, intelligente, sensible. Des millions d'hommes seraient prêts à tout pour vous avoir.

— C'est gentil, rougit-elle.

— C'est la vérité ! Il vous faut un homme de votre niveau, pas un imbécile qui pense avoir la science infuse.

— Vous avez l'air remontée, constate-t-elle. Le vôtre vous cause du tort ?

— Euh... C'est assez compliqué.

— Vous êtes dans une période de doutes ?

— Disons qu'il a l'esprit accaparé par autre chose.

— Par « chose », j'entends plutôt quelqu'un. Je me trompe ?

— Pas vraiment.

— Vous savez quoi ? Je vais suivre votre conseil, mais à une seule condition : que vous suiviez le mien.

Son sourire radieux illumine la pièce.

— Je veux que vous vous débrouilliez pour ne pas laisser ce quelqu'un se mettre en travers de votre chemin. Le cœur de cet homme est à vous, il faut que vous vous battiez pour le conserver. De mon côté, j'enquêterai.

Elle a raison. Les médecins ont toujours raison.

Le cœur de Valentin m'appartient.

J'ai été sa meilleure amie avant de devenir sa fiancée. Je le connais depuis le CP. On a vécu une histoire forte, quelque chose d'indestructible. Pour le moment, il est obnubilé par une paire de jambes. Il faut juste que je lui rappelle ce qu'est le véritable amour.

Je sors du cabinet complètement requinquée, à tel point que je passe directement à l'étape 8 de mon plan.

Ma journée s'organise de la façon suivante : manucure pour être parfaite jusqu'au bout des ongles ; passage à la supérette pour dégoter les bandes dépilatoires de la mort-qui-tue et éviter les boutons rouges ; maquillage discret mais assez élaboré pour mettre en avant la seule partie acceptable de mon corps — ma bouche.

Je vais reconquérir Valentin, et personne ne m'en empêchera.

Un seul détail me chiffonne. Je suis censée dîner en couple dans quelques heures, et pour le moment, seul mon brushing me tient compagnie. Sachant que la seule personne sans poitrine que je connaisse vit en combinaison rouge, je n'ai plus le choix.

Après avoir mis cinq minutes à enfiler ma doudoune, je rejoins le bas des pistes en espérant y trouver Thomas. Je passe en revue les différents moniteurs et finis par tomber sur ses lèvres plus blanches que la neige.

— Chloé ! se réjouit-il. La leçon est presque terminée... Et tu n'as pas l'air hyper prête à glisser sur une planche, observe-t-il en étudiant ma tenue.

— J'aurais un énorme service à te demander.

Je m'embarque dans une explication complète.

Je ne lui épargne aucun détail. Je n'hésite pas à plomber l'image d'Émilie au passage, en insistant sur son aura destructrice pour Valentin. Je m'attarde aussi sur l'histoire d'amour qu'elle a saccagée à cause de ses jambes. Je lui parle même de toutes les magouilles des Sœurs Suzette.

Au terme de mon monologue, ses pupilles semblent

exprimer toute l'incompréhension du monde, mais c'est avec une joie incommensurable que je l'entends accepter.

Nous nous donnons donc rendez-vous dans le hall de l'hôtel des tourtereaux, le temps pour chacun de se préparer. Je lui ai également fait comprendre qu'il fallait qu'on ait l'air heureux, amoureux, et surtout très riches — c'est la chose qui insupportera le plus Émilie.

Je n'ai jamais autant soigné mon apparence. J'ai passé en revue chaque centimètre de ma peau. J'ai martyrisé mes sourcils avec des morceaux de bandes découpées. J'ai passé une crème à paillettes sur la totalité de mon corps. Je me suis même aspergée du parfum dont la publicité assure qu'il les fera « tous tomber comme des mouches ».

J'enfile mon chemisier décolleté-mais-pas-trop, ma jupe sexy-sans-trop-en-faire, et je me couvre simplement d'une petite veste. Tant pis pour le rhume. Je dois en mettre plein la vue, ce qui suppose un minimum de peau à l'air.

Les cheveux figés par la laque, escarpins aux pieds, je me dirige vers le Chalet des Sœurs Suzette.

Ma motivation est indéfectible.

Ce soir, Valentin sera ébloui par mes efforts. Il ne verra même plus Émilie. Il ne pourra pas s'empêcher de me lancer des œillades et ne résistera pas à mes battements de cils. Je vais le faire chavirer.

Après m'être tordu la cheville, je m'installe près du feu de cheminée. J'espère que Thomas aura préparé une tenue qui en jette. Genre costard, cheveux gominés et prestance de magnat des affaires. En l'attendant, je repasse dans mon esprit l'histoire montée de toutes pièces.

Hors saison, il vit à Paris, c'est là-bas que nous nous sommes rencontrés. Passionné de sensations fortes, il s'adonne de temps en temps aux plaisirs de la montagne. Il skie et surfe comme un dieu, c'est ce qui m'a attirée. Mais ce qu'il préfère, c'est passer du temps avec moi. Il adore me concocter des petits plats quand je rentre du boulot. Il me fait des massages du feu de Dieu. Il est plus doué que George Clooney au lit.

Un apollon du sport en chambre, ça sera le point fort. Il faudra que j'aborde subtilement le sujet, ce qui ne devrait pas être trop difficile ; je me servirai des papouilles gluantes d'Émilie et Valentin pour l'amener sur la table.

Une main posée sur mon épaule me sort de mes réflexions. Je reste interloquée par le spectacle qui s'offre à moi ; habillée d'une robe soulignant ses courbes de déesse, le médecin me sourit.

— Vous êtes magnifique, ne puis-je m'empêcher de lâcher.

— Et vous alors ! pétille-t-elle en observant ma tenue. Votre jules en a de la chance. Vous avez prévu une soirée ?

— Un dîner entre couples, et vous ?

— Petit repas en amoureux.

Malicieusement, elle s'installe à mes côtés.

— J'ai écouté vos conseils, me dit-elle sur le ton de la confidence. J'ai fait quelque chose d'horrible...

— C'est-à-dire ?

— J'ai fouiné dans son portable.

Elle paraît tellement mal que c'en est amusant.

— Il y a pire en matière d'horreur, lui dis-je avec un sourire.

J'en sais quelque chose.

— Quand même, soupire-t-elle, vous voyez à quoi j'en suis réduite ?

— Et qu'avez-vous découvert ?

Son sourire si franc m'envoie une bouffée d'oxygène.

— Je me suis trompée, m'avoue-t-elle. J'ai imaginé des centaines de choses pour rien.

— Il ne vous a pas trompée alors ?

— Non, glousse-t-elle. La distance entre nous était liée à une surprise qu'il prépare. Bon, maintenant que je l'ai découverte, c'en est plus une, mais je vais me pacser.

Le bonheur qui illumine son visage me fait un bien fou. Le goujat n'en est peut-être pas un, finalement. La voir si joyeuse fait descendre la jauge de rage que j'éprouve à l'encontre de l'homme du train.

— C'est une merveilleuse nouvelle ! me réjouis-je. Toutes mes félicitations !

— Merci ! s'extasie-t-elle. C'est pour ça que j'ai sorti le grand jeu pour cette soirée. Je me sens tellement gênée d'avoir tout mal interprété, je me rattrape avec ce bout de tissu.

— Croyez-moi, c'est loin d'être un simple bout de tissu, la rassuré-je à l'aide d'un clin d'œil.

Nous restons l'une à côté de l'autre pendant plusieurs minutes.

C'est idiot d'être aussi heureux pour une personne dont on ne connaît même pas le prénom, mais son bonheur se propage comme une traînée de poudre dans la pièce.

Elle ne cesse de tirer sur sa robe qui lui va à ravir. Elle observe longuement ses mains aux doigts fins, s'arrêtant principalement sur l'annulaire.

Elle le mérite.

— Ça y est.

Sa voix tremblante accompagne son regard.

Mais quel idiot !

Parmi les trois personnes qui sortent de l'ascenseur se trouve son homme. Habillé d'un simple sous-pull.

On ne revêt pas un bête sous-pull pour demander la main de l'amour de sa vie ! Il aurait dû porter la plus belle de ses vestes, autre chose que ces chaussures-là. Quel dommage qu'il prête si peu d'attention à son apparence alors qu'elle est resplendissante. Heureusement que sa carrure rehausse le tout.

Les muscles de ses bras se dessinent sous son habit. Alors qu'il approche d'elle, ses jambes galbées dans son jean cintré me rassurent ; il n'est peut-être pas le plus apprêté, mais une vague idée de ce qui se cache sous ses vêtements me fait comprendre une part de l'attachement qu'elle éprouve à son égard.

Oui, bon. L'amour d'abord. Mais quand on a ce corps-là pour soi, c'est difficile de faire comme si ça ne comptait pas.

Son regard vert émeraude s'arrête un instant sur moi avant de faire complètement fi de ma présence.

— Grande soirée, sourit-il face à sa future fiancée.

— Chut! Je t'avais demandé de te taire! le gronde-t-elle.

Comme je m'attendais à un baiser sulfureux, leur réaction me surprend.

— Tu pourrais être poli et dire bonsoir, lui lance-t-elle en me regardant.

L'homme du train se tourne vers moi et baisse la tête aimablement. Enfin, avec son sens de l'amabilité très personnel.

— Tu aurais pu porter autre chose, reprend-il à l'encontre de la beauté sulfureuse.

— Ce n'est pas toi qui vas me dire ce que je dois faire!

La vache.

Leur relation est encore plus étrange que je le pensais.

— Allez, pousse-toi.

Avec une commissure relevée, libérant l'une de ses fossettes, l'homme du train se décale et mes neurones s'enfoncent dans l'incompréhension.

Le médecin dévoile ses dents parfaites et ouvre grand les bras. L'une des femmes de l'ascenseur s'avance et pose les mains dans le creux de son dos; les deux beautés dont je suis franchement jalouse à crever se regardent un instant avant de s'embrasser.

Pour le coup, c'est clairement sulfureux.

— Vous êtes en public, rétorque mon voisin.

— La ferme, Nick.

Elle termine le baiser avant de se détacher de la brune.

— Prête pour ce soir ? lui chuchote cette dernière en la dévorant des yeux.

— Je n'attends que ça.

Elles entremêlent leurs phalanges et je reçois un clin d'œil lorsqu'elles quittent le hall.

Bien.

Il me faut tout remettre en place.

Cette sublime femme médecin est folle amoureuse d'une inconnue et l'homme du train n'est vraisemblablement pas son petit ami. Pourtant, elle ne m'a jamais reprise dans son cabinet quand je parlais d'un « il ». Je me sens très légèrement débile.

Dans le genre quiproquo, j'ai rarement fait mieux.

— Vous pouvez arrêter de sourire bêtement.

Le regard brillant de moquerie, le dénommé Nick semble prendre un malin plaisir à décortiquer le bazar dans lequel mes pensées se trouvent.

— Je ne souris pas bêtement, rétorqué-je, ne trouvant que cela à dire.

— Voilà, vous savez maintenant à quoi ressemblent deux personnes qui s'aiment.

— Vous allez recommencer avec vos remarques suffisantes ?

— Je peux dire ce que je veux cette fois. Vous reluquez ma sœur et sa petite amie.

Je me suis véritablement plantée sur toute la ligne.

À mesure que mon cerveau laboure, je me rends compte que j'ai sorti à cette femme les pires conseils possible.

J'étais tellement persuadée qu'elle était avec ce goujat que j'ai laissé parler ma colère. Idiote.

Plus jamais je ne ferai une bêtise aussi énorme. Heureusement que tout se finit bien pour elle, je n'aurais pas pu me regarder dans une glace si j'avais été l'un des éléments déclencheur de la destruction de son couple.

— Pour une fois que vous n'avez plus rien à dire...

Nick hausse un sourcil amusé.

— Vous n'avez pas mieux à faire que vous moquer de moi ?

— Je suis curieux de savoir ce que vous imaginiez, me lance-t-il, le regard pétillant.

— Rien du tout.

— C'est pour cette raison que vos dents ont rayé le plancher lorsque vous avez assisté à ce baiser ?

— Ça vous arrive de laisser les gens tranquilles ?

— Toujours aussi courtoise.

Je lui lance un regard noir derrière mes paupières plissées au moment où l'ascenseur apporte la cause de ma liquéfaction.

Même avec un féculent au milieu du visage, elle bat tous les records.

Émilie est affublée d'une robe de princesse. Un style incroyable, parfait, celui qui donne envie de se pousser pour la laisser avancer tranquillement et saluer la populace de sa main de Miss. Et le pire, c'est qu'il est assorti à elle. Valentin arbore une tenue dans les mêmes tons ; ils me font penser à ces couples fusionnels des films romantiques. Ceux sur lesquels Lili et moi avons balancé des mouchoirs remplis de larmes.

Ils sont trop parfaits. Trop beaux. Trop tout.

Alors que Nick s'éloigne, Brad et Angelina arrivent à mon niveau. Je ne ferai pas le poids.

— Tu es très jolie, me complimente Émilie avec un sourire d'une fausseté telle que je pourrais rayer le parquet une seconde fois.

Son hypocrisie se sent à un kilomètre à la ronde.

En tant que fille, je sais parfaitement ce qu'elle essaie de faire ; passer pour la gentille aux yeux de son fiancé pour mieux me dévaloriser dès que l'occasion se présentera.

Je suis certaine que cette tenue est le résultat d'une journée entière de galère. Même les boucles dans ses cheveux sont trop élaborées pour être réelles. Elle me fait penser à une poupée imprimée sur papier glacé.

Je lui souris.

— Toi aussi. Cette robe est ravissante.

— Oh ! trois fois rien ! minimise-t-elle en haussant les épaules. J'aurais aimé être aussi belle que toi dans un si simple accoutrement.

Là, par exemple, un homme ne comprendrait pas que c'est une pique.

— J'ai fait avec ce que j'avais.

— Ça te va bien, intervient Valentin.

Le regard sombre de haine qu'il reçoit de la part de sa fiancée le fait virer de bord.

— C'est toujours mieux qu'un jogging ! rectifie-t-il aussitôt en riant.

Je conserve une expression impériale, mais très franchement j'ai envie de lui mettre un pain dans le ventre. À lui. Et à elle.

— Ton amoureux n'est pas encore là ? s'enquiert-elle innocemment.

— Il ne devrait pas tarder.

J'avais demandé à Thomas de me rejoindre il y a plus d'un quart d'heure. Étant donné mes antécédents en matière de ponctualité, je ne peux pas lui en vouloir. Mais me retrouver coincée entre princesse Leia et son sbire me met dans une position des plus inconfortables.

N'ayant ni son numéro ni mon portable, je suis dans l'incapacité de le contacter, ce qui me stresse au plus haut point ; ça et le bruit du pied d'Émilie qui trépigne.

— Tu nous as fait une blague ? grommelle-t-elle en m'envoyant son venin de vipère au visage.

— Il se fait toujours désirer, c'est son petit défaut, dis-je en riant jaune.

Par pitié. Faites qu'il se pointe d'une seconde à l'autre. Cette soirée ne peut pas se dérouler sans lui. J'ai besoin de sa présence, sans quoi, je serai fichue. Finie. Mon mensonge ne tiendra plus à rien. Elle comprendra que j'ai tout manigancé depuis le début et se plaira à m'enfoncer auprès de Valentin.

Je ne peux pas laisser ce malheur arriver.

— Tu es sûre que tu as un petit ami ? plaisante-t-elle après un long silence.

— Émi', sourit un Valentin gêné.

— Bah quoi ? La table est réservée. On ne va pas attendre la soirée entière qu'un fantôme daigne faire son apparition.

— Il va arriver, soutiens-je sans plus y croire.

Thomas ne peut pas m'avoir posé un lapin. Je lui ai expliqué en long, en large et en travers les enjeux de cette soirée. Il n'a pas pu m'abandonner, je lui en voudrai toute ma vie. Je préfère me blesser l'autre épaule plutôt que de concevoir qu'il m'ait lâchement laissée sur le carreau.

— C'est bon, souffle Émilie. On ne va pas rester ici cent sept ans.

— Chloé a dit qu'il arrivait, tente Valentin.

— Tu ne comprends pas qu'elle a tout manigancé ?

— Je n'ai rien manigancé, répliqué-je au bord du précipice.

— Arrête un peu, m'agresse-t-elle. On a compris ! Tu voulais faire genre « j'ai un petit ami » ou je ne sais pas quoi pour justifier ta présence ici. Cesse de faire l'idiote, Chloé. Tu n'es là que pour Valentin, ça crève les yeux ! Regarde comment tu t'es habillée !

Elle peut parler.

— Une piètre tentative pour appâter mon fiancé. C'est ridicule. Tu es ridicule, tout cela est ridicule. Avoue que tu baves sur lui ! crie-t-elle en pointant Valentin du doigt.

La situation me dépasse. Son nez torturé par les boursouflures se plisse au point de transformer son visage en une peinture de Van Gogh.

Valentin me dévisage comme si je l'avais trahi.

— Je pensais qu'on était amis, s'affaisse-t-il en secouant la tête.

— Tu es aveugle ! s'agace Émilie. Elle ne veut que toi ! Elle serait prête à tout pour t'avoir ! Tu es tellement naïf... Elle ne t'a jamais oublié, quand est-ce que tu vas le comprendre ?

— Désolé pour le retard.

Moment d'incompréhension générale.

Je ne sais pas qui d'Émilie ou moi est la plus choquée.

C'était à Thomas que j'avais demandé de venir.

Là, maintenant, Thomas n'est pas là. Ce n'est pas lui qui vient de rabattre son caquet au couple.

— J'espère que je ne vous ai pas trop fait attendre, sourit-il en me prenant par la taille.

Qu'est-ce qu'il fout ? Que se passe-t-il ? Où est mon faux petit ami ?

— J'ai eu un léger contretemps, j'espère que vous ne m'en voudrez pas. Nicholas, fait-il en tendant la main à mes « amis » abasourdis, mais vous pouvez m'appeler Nick.

Non. Mais non.

Ce n'est pas lui que j'attendais.

Les présentations se font sans ma présence ; je suis dans un tel état de choc que je ne parviens pas à réagir. J'arrive à peine à étirer les commissures de mes lèvres quand Émilie lui sort un compliment sur son écharpe.

Le couple quitte le hall et entame le chemin vers le restaurant, me laissant dans ma torpeur. Sans un mot, Nick me pousse, une main aux creux de mes reins, pour que je les suive.

— Qu'est-ce que vous faites ? susurré-je alors que nous descendons l'escalier extérieur.

— Je marche à vos côtés, apparemment.

— Très drôle. Pourquoi êtes-vous en train de m'aider ?

J'aurais pu dire « sauver la vie », mais je me retiens à temps.

— Vous aviez l'air d'attendre une personne qui ne venait pas.

— Et vous avez décidé de prendre sa place ? Comme ça ? Sans me demander mon avis ?

— J'ai cru comprendre qu'un repas au restaurant était prévu. Je ne voulais pas manquer ça.

Chapitre 9

Tout le long du chemin, je tente de ralentir la cadence pour qu'une distance s'établisse entre Valentin et Émilie et nous, mais c'est impossible. La fiancée peroxydée nous colle tellement aux basques qu'il m'est impossible de monter un plan avec Nick.

Il ne connaît ni mon prénom ni l'endroit où je vis. J'en suis à peu près au même point le concernant ; à part une sœur, des yeux verts et un sérieux penchant pour les vols de place dans les trains, je navigue en eaux troubles.

Le restaurant où nous entrons se révèle aussi fastueux que l'hôtel où je ne loge pas, ce qui me fait soupçonner Émilie d'être derrière ce choix. Sur les tables, toutes recouvertes d'une nappe, j'aperçois des pétales de roses, parsemés çà et là entre les chandeliers. L'ambiance est à la fois chaleureuse et extrêmement romantique.

Fait étrange, lorsque le serveur plonge son regard dans celui de Nick, je ressens comme une pointe de malaise. L'homme murmure un bonsoir à peine audible et nous conduit directement à une table qui n'est apparemment pas celle qui était initialement réservée.

Nous nous retrouvons à l'étage, dans une alcôve où personne ne peut nous voir ni nous entendre.

— Merci, dis-je à mon désormais petit ami qui me tire une chaise.

Son visage se colle pratiquement à mon oreille ; une fois de plus, son parfum me parvient. J'avoue que, sur ce point-là, ses choix ne sont pas mauvais : l'odeur boisée et musquée le rendrait presque viril.

— Enfin un peu de politesse, approuve-t-il.

La lumière douce des chandelles et la musique d'ambiance me laissent espérer un instant que nous nous apprêtons à passer une superbe soirée. Mais ma peur bleue reprend le dessus.

En règle générale, pour faire taire mon stress, je mange. Or je ne veux pas avoir l'air d'une gloutonne devant Émilie et me contente donc de lorgner avec envie les boules de pain posées dans la corbeille.

— Alors ! s'anime cette dernière. Racontez-nous, Nick, comment avez-vous rencontré Chloé ?

Les hostilités sont ouvertes.

Je lance un regard en coin vers l'intéressé en tentant de paraître parfaitement à l'aise.

— Dans un train, sourit-il simplement. Elle n'avait pas correctement lu son billet et s'est assise à ma place.

Saligaud.

— Un heureux hasard, m'amusé-je en plantant un poing dans sa cuisse.

— Comme c'est romantique, se réjouit Valentin.

— Étonnamment romantique, même, reprend Émilie en inclinant la tête. Et donc, vous êtes ensemble depuis combien de temps ?

Voilà à quoi va ressembler cette soirée. Un interrogatoire.

— C'est assez récent, répond-il aimablement.

Le serveur nous apporte une bouteille de vin, Nick se chargeant de le goûter. Il fait tourner le liquide pourpre dans son verre avant d'y poser les lèvres, comme un professionnel. Comparativement à ma manière de descendre des bières, c'est assez distingué.

En temps normal, je préfère les bulles, mais situation de crise oblige, je me réjouis de pouvoir noyer mon malaise dans un verre de vin rouge.

Les questions se succèdent à un rythme soutenu et, pour le moment, à part un léger cafouillage sur la raison de notre présence ici, nous nous en sortons plutôt bien.

Nick pensant que j'étais en vacances, il a expliqué qu'il passait ses journées à travailler pendant que je me détendais sur les pistes. J'ai dû batailler ferme pour lui faire comprendre qu'il s'embourbait et qu'il valait mieux qu'il se taise.

Après ça, Émilie s'est un peu calmée sur « nous » et s'est plutôt concentrée sur « lui ». J'ai donc pu me recentrer sur l'objectif premier de ce dîner.

Remontée à bloc, je lance à Valentin des œillades si discrètes qu'il ne les remarque absolument pas. J'ai beau bomber la poitrine ou donner l'impression d'avoir chaud, il est totalement accaparé par son Émilie et sa curiosité malsaine.

— Et vous faites quoi comme métier ? demande-t-elle lorsque le serveur repart avec notre commande.

— Je travaille dans les affaires. Et vous ?

— Oh ! glousse-t-elle, je ne suis qu'un simple mannequin.

Dis donc, pourquoi penche-t-elle la tête en battant des cils ? Je suis censée être celle qui fait du gringue à son fiancé, pas l'inverse. Quand je pose les yeux sur Nick, son sourire m'horrifie.

Ne me dites pas qu'il est en train de tomber sous son charme !

Pour lui ramener les pieds sur terre, je passe la main sous la table et lui pince la cuisse ; il tressaille légèrement, mais parvient à rester concentré. Quand Émilie lui pose une autre question, il me rend mon geste, sauf que mon sursaut n'a rien de discret.

— Le hoquet, ris-je en bouillonnant intérieurement.

Fort heureusement, les regards interrogateurs sont de courte durée. Émilie vient de se lancer dans un monologue sur sa propre personne.

Émilie à la plage. Émilie au Canada. Émilie en photo avec Bradley Cooper. Émilie en première page d'un magazine bulgare. Les fascinantes aventures d'Émilie.

Elle s'attarde longuement sur ses voyages et plus particulièrement sur les shootings photo en compagnie de mannequins lingerie mondialement connus.

Et ses collègues en prennent pour leur grade.

Il y a celle dont on doit retirer la cellulite sur Photoshop; la blonde au nez bossu; les pieds palmés de l'une; le genou tordu de l'autre. Elle-même, par contre, ne semble avoir aucun défaut.

Mme Perfection Incarnée qui crache sur la concurrence, c'est d'une banalité affligeante. Je sature rapidement des histoires de petites culottes et de vergetures, et me sers un autre verre que j'engloutis en trente secondes.

Il est temps de passer à l'action.

Je regarde fixement Valentin pendant une éternité avant qu'il daigne enfin me remarquer. Je lui offre d'abord un petit sourire, celui qu'il prétendait adorer plus que tout. Le voyant me le rendre, j'entre en phase de confiance; j'ose une imitation d'Émilie et penche légèrement la tête en jouant des paupières.

— Tu as un torticolis? s'inquiète cette dernière la seconde suivante.

Je ne vais jamais y arriver.

Je me replace sur mon siège et ingurgite tout le vin que je peux en attendant les plats.

J'aurais bien besoin d'une bonne fondue pleine de fromage filandreux, mais ce sont des escargots au beurre à l'ail qui se battent en duel dans mon assiette. Comme je n'en ai jamais goûté, l'appréhension monte tandis que je porte ma fourchette à la bouche.

Bien. Je ne suis décidément pas constituée pour apprécier les mets délicats. Je réprime une grimace au moment de mâchouiller le morceau de caoutchouc. Une goulée de vin. Une autre bestiole. Un verre entier. Un troisième gastéropode.

— Je pourrais contacter mon agent pour vous, entends-je Émilie proposer à Nick. Avec la forme de votre visage, vous feriez un tabac.

Elle est tellement peu discrète, je ne comprends pas comment fait Valentin pour ne pas riposter. Sa fiancée minaude ouvertement devant lui et il reste parfaitement calme. Il continue de mastiquer son repas joyeusement et de me faire des signes... Des signes ?

Il gratte son torse en observant le mien. Qu'est-ce que cela signifie ? Est-ce une parade amoureuse ? Est-il en train de me faire comprendre qu'il veut chatouiller ma poitrine ?

Sentant un lien unique se renforcer entre nous, je lui souris. Il retombe dans mes filets, ça y est !

Alors que Nick me plante un doigt dans la hanche, je poursuis mon manège sans lâcher Valentin des yeux. Mon plan prend forme. Je me sens en parfaite osmose avec lui. L'index de Nick revient à la charge et me force hélas à mettre le jeu en pause.

Mon « petit ami » me tend sa serviette en observant ma bouche. Je réalise alors que du beurre verdâtre coule sur mon menton. Jusqu'à ma poitrine.

Les joues en feu, j'essuie le désastre sous le regard moqueur d'Émilie.

— Ce n'est pas ton truc, les restaurants étoilés, hein ? ricane-t-elle.

— Elle a toujours été maladroite, rit Valentin.

Je ne sais franchement pas comment le prendre.

— Il faut de tout pour faire un monde, rétorque sa fiancée en passant la main sur sa robe immaculée.

— Tu te souviens ? Tu ne faisais jamais aucun effort quand on était ensemble, s'amuse mon ex en me dévisageant.

— Ah oui ! renchérit Émilie. Tu m'avais dit qu'elle détestait prendre soin d'elle.

J'hésite entre le rire et le froncement de sourcils assassin. Dans le doute, j'opte pour un sourire crispé.

— C'était insupportable, je n'arrêtais pas de te le dire. Et puis tu ne voulais jamais qu'on sorte !

Bien. Tout va bien.

— Les soirées télé en pyjama avec une pizza, acquiesce Émilie.

Elle connaît donc tout de mon ancienne vie. De quel droit Valentin lui a-t-il raconté ça ? C'était notre intimité. À nous.

Au purgatoire, je me retrouve, stoïque, à écouter Émilie se moquer de mes piètres talents de cuisinière et à regarder Valentin rire à gorge déployée en évoquant ma détestation du sport.

Je me sens de plus en plus mal.

Ils ne se rendent pas compte à quel point c'est humiliant. Je vide le reste de la bouteille dans mon verre en un temps record.

— C'est marrant d'avoir autant de défauts, quand même ! glousse Émilie.

— C'est comme si tu étais une boule qui concentrait tout ce qui ne va pas ! ajoute Valentin avec allégresse.

— C'est ce qui me plaît chez elle.

Les yeux pétillants de Nick font cogner mes dents sur le cristal. Il m'observe avec une telle intensité que mon ventre entame une cabriole.

— Oui, c'est sûr, rétorque Émilie. Vous ne devez pas vous ennuyer.

— Bien moins que certains couples.

Une pique.

Nick vient de leur lancer une pique. Ou alors, c'est le vin qui commence à faire son effet.

Non, il a bien lancé une pique. Et vu la manière dont les deux idiots se retranchent dans le mutisme, il est clair qu'elle leur était destinée.

— La tache n'est toujours pas partie, indique-t-il en posant mon verre sur la table. Je vous prie de nous excuser.

Sans que j'en comprenne la raison, il se lève et me tend la main pour que je l'accompagne.

Nous nous dirigeons silencieusement vers le couloir menant aux toilettes. Lorsque je me découvre dans le miroir, l'envie de chouiner me gagne ; mes joues ont l'air de deux fraises défraîchies, mon mascara est parti en cacahuète, et effectivement, j'ai bavé sur mon chemisier.

— Pourquoi persistez-vous ?

La main appuyée contre le mur, Nick me lance un regard froid.

— Pardon ?

— Valentin s'est amusé à vous dénigrer publiquement pendant un quart d'heure, et visiblement, ce n'est pas la première fois. Pourquoi persistez-vous à vouloir retourner dans ses bras ?

— Ce ne sont pas vos affaires, me braqué-je, vexée.

— Chloé, soupire-t-il, vous voyez bien...

— ... que c'est peine perdue ? Vous me l'avez déjà dit et je vous ai déjà répondu de ne pas me donner de leçons. J'ai le droit d'être amoureuse de qui je veux, ce n'est pas vous qui allez me dicter ma conduite.

— L'êtes-vous réellement ?

— Quoi ?

— Amoureuse. Êtes-vous réellement amoureuse ?

— Bien sûr ! Il est mon premier amour, cette Émilie me l'a volé. Elle a détruit ma vie et il lui obéit parce qu'il est aveuglé par sa beauté.

Son bras se détache du mur pour se croiser sur ses pectoraux.

— Elle n'est pas si belle que ça.

— Évidemment, elle a une pomme de terre à la place du nez en ce moment. Mais en temps normal, elle incarne la beauté. Elle est parfaite sur tous les points. Une retouche Photoshop à elle toute seule ! Et ne me dites pas que vous n'y avez pas prêté attention, grogné-je.

— Pas plus que ça.

La nonchalance avec laquelle il hausse les épaules me paraîtrait presque sincère si je ne savais pas de qui on parlait.

— Oh ! Je vous en prie ! Vous riez à toutes ses blagues ! Et vous souriez quand elle vous parle.

— C'est ce que font les gens éduqués.

— Vous vous êtes rarement montré éduqué avec moi.

— Vous m'en avez rarement laissé l'occasion.

Je soupire férocement avant de prendre appui contre le mur.

— Elle n'a même pas besoin de maquillage, soufflé-je en regardant le sol, alors que j'ai dû passer trois heures sur mes yeux et le même temps sur mes lèvres. Parce que mes lèvres, c'est ce que Valentin préférait chez moi. J'ai voulu lui en mettre plein la vue. Et au final, j'ai mangé des escargots, que je n'aime pas, j'ai fichu mon chemisier en l'air, et cette soirée est une catastrophe.

J'en ai ras les castagnettes.

Je suis très amoureuse de Valentin. Je sais quand même ce que j'éprouve pour les gens.

Et lui aussi est amoureux de moi. Il y a juste cette Émilie entre nous deux. Si elle n'existait pas, je serais mariée à l'heure qu'il est et je ne me trouverais pas dans des toilettes avec un dénommé Nick qui...

— Qu'est-ce que vous faites ? me crispé-je en le voyant humecter son mouchoir.

— J'arrange votre chemisier.

Sans préavis, il colle une main sur ma peau, juste au-dessus de mon décolleté et frotte consciencieusement le tissu avec l'autre.

C'est très gênant. Il est quand même un peu au niveau de ma poitrine et j'ai accessoirement l'air d'une fillette qui ne sait pas manger proprement.

Je l'observe et il me semble que sa ride, que j'avais remarquée dans le train, reprend forme.

— Qu'y a-t-il ? m'interroge-t-il en continuant de frotter.

— Cette ride. Entre vos sourcils.

— Qu'a-t-elle ?

— Elle s'accentue quand vous êtes énervé.

— Je suis content de voir que ça vous amuse.

Ce n'est que maintenant, à moins de un mètre de distance, que je prends conscience de sa taille.

Même en talons, j'arrive à peine à ses épaules. Bon, je ne suis pas grande au départ, un peu riquiqui même. Mais ça ne m'avait encore jamais frappée à ce point. De fait, sa carrure me paraît encore plus impressionnante.

Quand il relève les yeux vers moi, ses iris pétillent à nouveau. Je dois dire que son regard est assez pénétrant. Moins clair que celui de sa sœur, mais complètement captivant sous la lumière tamisée.

— Je... Merci.

— Deux fois dans la même soirée, susurre-t-il dans un demi-sourire, j'ai beaucoup de chance. Vous êtes prête à retourner là-bas ?

— De... non, concédé-je. Ma tête...

— Elle semble sur vos épaules.

— Je ne ressemble à rien, soupiré-je en faisant un moulinet autour de mon visage. Il faut que je me remaquille.

— Vous n'avez pas plus besoin d'artifices qu'elle.

Malgré le sérieux avec lequel il vient de prononcer ces mots, j'ai énormément de mal à le croire sincère ; il y a Émilie. Et moi.

Un bavarois et du pudding. Je fais partie de la catégorie flasque et informe.

— Vous dites ça pour me remonter le moral.

— On peut « remonter le moral » de quelqu'un sans avoir besoin de mentir.

Les commissures de ses lèvres s'étirent au diapason des miennes. Naturellement. Tellement naturellement que ça me déroute. Je m'apprête à rétorquer quand il me devance ; en un instant, son bras passe sous le mien.

— Qu'est-ce que...

— Têtue comme vous êtes, vous ne m'écouterez jamais. Mais vous avez raison, ce ne sont pas mes affaires. Je ne peux que vous faciliter la chose.

— De quoi parlez-vous ?

— Votre but est de rendre ce Valentin jaloux, non ? Je vais donc m'atteler à réaliser votre souhait.

Nous retrouvons la table bras dessus bras dessous, sous le regard renfrogné d'Émilie.

— Vous avez été bien longs, nous reproche-t-elle, vous avez découvert d'autres taches ?

— Il en reste encore quelques-unes, sourit Nick en la dévisageant.

Je ravale un rire en la voyant froncer les sourcils.

La suite de la soirée est une vaste mascarade. Nick pourrait être acteur ; il entre si bien dans la peau de son personnage que c'en est déstabilisant. Et un peu grisant, je dois l'admettre.

Il répond aux questions d'Émilie avec un flegme

extraordinaire et vient contrer chacune de ses attaques avec une petite phrase bien placée.

Leur échange est si fascinant que j'en oublie d'exploser de rire. Nick a parfaitement conscience qu'elle le séduit et il s'en sert. Il entre dans son jeu, lui offre un regard de braise avant de la snober. Émilie se fait avoir à chaque fois. Quant à Valentin, il semble complètement à côté de la plaque, au point de prendre la main de sa chérie pendant qu'elle flirte avec un autre.

C'est dingue d'être aussi aveugle.

De mon côté, j'essaie à plusieurs reprises d'attirer son attention, mais il m'évite magistralement jusqu'au dessert. Enfin, jusqu'à un moment bien précis.

Alors que je me contiens pour ne pas lécher les restes de fondant au chocolat, Nick pose son coude sur le dossier de mon siège et entame un massage de ma nuque.

Honnêtement, si je ne devais pas rester présentable, je poserais mes pieds sur la table et soufflerais de plénitude.

Valentin détestait me masser. Un jour, il m'a offert un bon pour une séance d'une heure dans un institut de beauté. Eh bien, même ça n'était pas aussi agréable que ce que Nick est en train de me faire. Alors que je peine à rester concentrée, mon ex-fiancé semble tilter.

Son regard ne cesse de passer de Nick à moi, et chaque fois, mon faux petit ami appuie un peu plus fort sur mes muscles pour me faire comprendre que le plan est un succès. À la fin du repas, je suis aussi repue que détendue.

Toujours dans son rôle de parfait gentleman, Nick insiste pour payer l'addition. Ni Valentin ni Émilie ne protestent. Je suis la seule à me sentir extrêmement mal à l'aise.

— Vous voyez où nous sommes ? dis-je, profitant d'un instant d'intimité avec lui au bar. Je refuse de vous laisser inviter tout le monde !

— Ne vous inquiétez pas pour ça, m'assure-t-il.

Il tend au serveur une carte qui ne ressemble en rien à la mienne et que j'attrape à la volée.

— Sois on partage, soit je ne vous la rends pas.

— Vous savez que vous ne parviendrez pas à la froisser comme un vulgaire journal ? sourit-il.

— Je suis sérieuse.

Son visage s'illumine d'un rictus amusé lorsqu'il adresse un clin d'œil au serveur. Ce dernier tape alors quelque chose sur sa machine avant de lui souhaiter une bonne nuit. Je le regarde, les yeux ronds.

— Mais... et l'addition ?

— J'ai d'autres ressources que la carte que vous avez à la main.

— Dites-moi, vous avez une botte secrète ? D'abord le train où le contrôleur vous laisse ma place, et maintenant ça.

— Nous sommes en période de fêtes, considérez cela comme un miracle. Voulez-vous bien me la rendre, maintenant ? me demande-t-il, la main tendue.

— Certainement pas ! Je vous avais prévenu que je ne vous la rendrais que si vous acceptiez de partager. Vous n'êtes pas près de la récupérer.

— Vous êtes réellement têtue, vous savez.

— Deux fois dans la même soirée, j'ai beaucoup de chance.

Victorieuse, je glisse le rectangle de plastique dans mon porte-monnaie et coche une case dans un coin de mon esprit pour ne pas oublier de le lui rendre avant de rentrer à l'hôtel.

Nous rejoignons les deux tourtereaux qui se bécotent effrontément et prenons le chemin de l'hôtel.

L'hôtel ? Avec tout ça, j'avais presque oublié la clé de voûte de mon mensonge. J'attrape le bras de mon « fiancé » et colle ma bouche à son oreille.

— Nick, chuchoté-je tandis que la neige craque sous nos pas. On a un problème.

— De quelle teneur ? s'enquiert-il en approchant son visage du mien.

— La chambre.

— Vous n'aurez qu'à faire semblant de venir dans la mienne.

— Oui, mais... je suis censée résider à la 209.

— Pourquoi celle-ci ? s'étonne-t-il.

— Une... longue histoire.

La conversation tourne court à l'instant où nous franchissons le seuil de l'hôtel.

Nous tapons nos pieds sur le tapis. Valentin récupère sa clé puis, sans un mot, l'homme à l'accueil tend la sienne à Nick.

J'en reste bouche bée.

Soit il est télépathe, soit...

Le hasard n'aurait quand même pas poussé le bouchon jusque-là.

Lorsque Nick me rejoint, son regard est éloquent, et je décèle une once de moquerie dans son sourire.

Si. Le hasard est une saloperie de monstre.

— Ça vous dirait qu'on passe une journée ensemble ? propose Valentin quand nous pénétrons dans l'ascenseur.

— C'est-à-dire ? se crispe Émilie.

— Une journée entre couples. On pourrait descendre quelques pistes et déjeuner ensemble. Ça vous tente ?

Non. Pas du tout. Et il semblerait que sa fiancée ne soit pas non plus emballée par cette proposition.

Avec mon niveau en snowboard, je peux à peine prendre la piste des poussins. Je suis incapable de tenir debout plus de deux secondes avant de m'écrouler au sol. Ou sur quelqu'un. Et puis, si nous jouons à ça, Émilie reconnaîtra ma planche, ma combinaison et ma manière de lui foncer dessus.

C'est hors de question.

— C'est une bonne idée, approuve Nick.

Je le dévisage, les yeux écarquillés.

— Parfait ! se réjouit Valentin. On passera chez vous pour organiser tout ça, ajoute-t-il alors que les portes s'ouvrent. Bonne soirée.

— Bonne soirée, réponds-je en lui faisant un signe de la main.

J'attends d'être seule avec Nick pour le fusiller du regard, affolée. Son simple sourire en guise de réponse me fait serrer les poings.

— Encore un problème ?

— Ce n'est vraiment pas mon truc !

— Les journées entre couples ?

— Les pistes !

— Pourquoi êtes-vous venue aux sports d'hiver, dans ce cas ?

— C'est... aussi une longue histoire.

— Vous devez en avoir des choses à raconter, dit-il, une lueur de curiosité dans les yeux.

L'ascenseur s'arrête à son étage.

Un instant de gêne m'enveloppe. Nous restons silencieux, puis il se décide à s'engager dans le couloir.

— Vous savez skier, au moins ? m'interroge-t-il soudain.

— Bien sûr ! fais-je en levant les yeux au ciel.

Encore une fois, j'entrevois un brin d'amusement dans ses iris émeraude.

— Bonne soirée, Chloé, me souhaite-t-il d'une voix douce lorsque les portes se referment.

— À vous aussi, Nick.

Chapitre 10

Si je résume la situation, elle ressemble à peu près à ça: en faisant abstraction des limaces à coquille, le repas était délicieux. Nick n'a pas gaffé une seule fois et s'est montré incroyablement crédible dans son rôle. Émilie ne me supporte pas. Valentin ne me voit pas. Et j'ai un rhume.

Le nez rouge et les narines dégoulinantes, je m'enroule dans mon écharpe pour me rendre au cabinet médical. L'avantage, c'est que, cette fois, mon excuse pour venir consulter tient la route.

— Votre épaule vous fait toujours souffrir? m'interroge-t-elle alors que je prends place sur la table d'auscultation.

— Un méchant rhume. Comment s'est passé votre dîner?

Tout en prenant quand même soin de vérifier l'état de mon bras, elle me sourit.

— Magnifique.

— Elle vous a fait sa demande?

— Avec un violoniste, s'amuse-t-elle. Elle avait réservé dans le restaurant le plus chic de la station. J'ai passé le repas à attendre le moment fatidique, c'était tellement stressant!

— J'imagine ! Mais j'ai l'impression que ça en valait la peine.

— Je suis aux anges depuis hier soir. Et je m'excuse.

— Pour quoi ? sourcillé-je.

— J'aurais dû vous reprendre quand vous parliez au masculin, mais je n'en ai pas eu le courage. On ne sait jamais comment les gens vont réagir.

— Je ne vois pas en quoi être amoureux serait un problème, dis-je en souriant.

Elle baisse la tête en laissant échapper un petit rire.

— Et vous alors ? reprend-elle. La personne entre vous et votre homme est toujours dans le paysage ?

— Elle est assez récalcitrante, disons.

Je remets mon pull pendant qu'elle me dévisage.

— Si je peux me permettre, j'aurais une petite question.

— Allez-y.

— Quel lien entretient-elle avec lui ?

— C'est-à-dire ?

— Est-elle une amie, une connaissance, une personne simplement un peu collante ?

— Je... c'est... sa fiancée.

Ses yeux s'écarquillent.

— Vous êtes une briseuse de ménage ?

— Non, non. Enfin... l'homme à qui je tiens était mon fiancé au départ, et il m'a trompée avec elle.

Sentant qu'elle a besoin d'une explication, je raconte rapidement mon histoire, en lui épargnant les détails.

— Je vois..., opine-t-elle, sourcils froncés. Et donc vous souhaitez le récupérer alors qu'il vous a fait du mal ? C'est assez étrange, vous ne trouvez pas ?

— Je... non... Il ne s'en est pas rendu compte.

— Mais s'il vous a trompée, qui vous dit qu'il ne recommencera pas ? Il est peut-être coutumier de la chose.

— Non. Il ne le refera pas.

— Si vous arrivez à vos fins, alors ça signifiera qu'il

aura trompé son actuelle fiancée. Vous savez ce qu'on dit, jamais deux sans trois.

Mais merde à la fin ! Pourquoi tout le monde s'évertue-t-il à faire passer Valentin pour un goujat ? Il a fauté une fois, bientôt deux, et c'est tout. Mon seul but est que tout rentre dans l'ordre et qu'Émilie s'éloigne pour de bon, de sorte que je retrouve la place qui m'appartient.

— Je vous ai vexée, constate-t-elle avec une mine désolée. Pardonnez-moi si je me suis montrée trop intrusive. Ce genre de choses me fait tellement mal au cœur que je ne parviens pas à me contenir.

— C'est plutôt à moi de présenter mes excuses, dis-je. J'avais oublié que vous aviez cru que votre fiancée vous trompait.

Elle secoue la tête.

— Ce n'est pas à moi que je pensais. En fait, une personne de mon entourage a énormément souffert d'une situation similaire.

— Elle a vécu la même chose que moi ?

— À peu près. Enfin eux, ils étaient déjà mariés. Comme vous, il a été trompé, mais il l'aimait tellement qu'il n'a pas pu se résoudre à la laisser partir. Il a donc tout tenté pour la récupérer, et il a réussi.

— C'est plutôt une bonne nouvelle, non ?

— Sauf qu'elle a recommencé, se désole-t-elle. Cette fois, il l'a su dès le départ, mais il a préféré ne rien dire. Il a laissé faire pendant des mois ; il a accepté ses mensonges jour après jour. Mais à force de souffrir, il a fini par craquer.

— Comment ça s'est terminé ?

— Un divorce sanglant. Elle a tenté de s'approprier sa fortune, et croyez-moi, elle lui a fait subir les pires horreurs. Je ne l'avais jamais vu aussi démoli et triste. C'est pour ça que je vous mets en garde. Peut-être est-il temps pour vous de passer à autre chose et de laisser tout cela derrière vous.

En rentrant à l'hôtel, les pensées se bousculent dans ma tête.

J'ai la sensation que c'était à son frère qu'elle faisait allusion. Enfin, l'intuition n'étant pas la première de mes qualités, je préfère rester prudente. Mais sa froideur lorsqu'il m'a vue avec Valentin la première fois, et ses propos assez durs semblent confirmer cette hypothèse.

Si c'est bien lui qui a vécu cette trahison, alors son comportement m'apparaît plus logique. Enfin, à moitié. Parce qu'il a tout de même accepté, et même proposé, de m'aider à rendre Valentin jaloux. Et ça, ça ne colle pas. Normalement, il aurait dû faire en sorte de le tenir à distance.

Affalée dans mon lit, j'essaie de rassembler les pièces du puzzle. Je n'arrive pas à savoir pourquoi Nick m'a sauvé la mise. Il aurait très bien pu me laisser dans la panade. Après tout, je n'ai pas été des plus tendres avec lui, entre son journal, les amabilités que je lui ai envoyées et sa carte que... sa carte !

Je bondis hors du lit, fouille dans la poche de ma veste et enfile des vêtements chauds pour foncer à l'hôtel des Sœurs Suzette.

— Bonjour, fais-je au nouveau visage derrière le comptoir de la réception. Pourriez-vous remettre ceci à la personne de la chambre 209 ?

— Salut, Chloé.

Le sourire de Valentin raidit mon corps.

— Salut ! Ça... va ?

— Moi, oui. Mon Émilie a un mal de tête foudroyant.

— La pauvre, la plains-je sans en penser un traître mot.

— C'est encore à cause de son nez, déplore-t-il.

D'ailleurs, tu portes la même doudoune que la personne qui l'a agressée.

« Agressée ». Comme si je l'avais fait exprès !

Et puis c'est elle qui se trouvait sur mon chemin. Que fabriquait-elle sur cette colline pour débutants, d'abord ?

— Sacrée coïncidence ! lâché-je en croisant les doigts derrière mon dos. Je... j'y vais.

— Attends ! s'exclame-t-il. Je suis censé lui rapporter des médicaments.

— Oui..., fais-je en fronçant les sourcils.

— La pharmacie est à l'autre bout de la station. Tu n'aurais pas des cachets chez toi ? Ça m'éviterait de crapahuter pendant quarante minutes.

— Des... je... Je ne suis pas certaine, baragouiné-je. Peut-être... Ce n'est pas sûr.

— Ça t'embêterait qu'on fasse un saut dans ta chambre ? Je n'ai vraiment pas le courage de traverser le village par ce froid.

— C'est... Je... Je m'en allais en fait, expliqué-je en désignant la sortie.

— S'il te plaît... Je ne te dérangerai que dix secondes, pas plus.

Son air de chien battu me tétanise. Il l'utilisait toujours pour arriver à ses fins quand nous vivions ensemble.

— Pourrais-je avoir ma clé ? demandé-je à la réceptionniste, qui n'a probablement rien perdu de notre conversation.

— Quelle chambre ?

Ah non. Apparemment, elle avait la tête ailleurs.

— La même que d'habitude, dis-je en riant pour masquer mon malaise. Je viens de vous donner la clé, j'aimerais la récupérer.

Elle me dévisage d'un air circonspect.

— Vous m'avez tendu une carte, madame.

— Oui, acquiescé-je en perdant toute contenance. Carte

que je vais d'ailleurs reprendre puisqu'elle appartient à la personne avec qui je réside. Nous sommes ensemble. Dans la même chambre. Lui, la carte et moi. La 209.

— Vous êtes la compagne de M. Atman ?

— Comme depuis mon arrivée, oui. Pourriez-vous me donner la clé, s'il vous plaît ?

— C'est étonnant, sourcille-t-elle, il n'en a jamais fait mention.

— Il n'aime pas en parler. Vous savez, les hommes et leur discrétion.

Je préfère ne pas tourner la tête vers Valentin, je risque de m'étrangler de gêne.

— Je l'ai accueilli lors de son arrivée, poursuit-elle, et je ne vous ai pas vue.

— Nous sommes arrivés séparément. La clé, s'il vous plaît, répété-je en perdant patience.

— Je vais appeler ma supérieure.

Pas ça. Pas. Ça.

Valentin se racle la gorge pendant que la réceptionniste compose un numéro sur l'interphone.

— Tout va bien, minimisé-je en lâchant un petit rire. Un petit contretemps. J'ai un visage banal, ça m'arrive tout le temps.

Je pose nonchalamment le coude sur le bord du comptoir pour me donner une contenance, l'air parfaitement blasé de celle qui vit cela quotidiennement.

L'hôtesse explique brièvement qu'un « problème a lieu à l'accueil » puis raccroche.

C'est mon jour de chance, sa « supérieure » et moi nous reconnaissons immédiatement. J'essaie de lui faire passer toutes mes émotions par les yeux. Elle reste stoïque le temps que je lui dise silencieusement sauvez-moi-je-vous-en-supplie-je-suis-dans-la-mouise-je-vous-promets-que-vous-n'entendrez-plus-parler-de-moi-après-ça.

— Madame affirme qu'elle réside avec M. Atman dans la 209, lance l'autre femme, que j'ai décidé de détester.

— Eh bien, donnez-lui donc sa clé, rétorque mon alliée.

Merci. Une montagne de mercis.

Je l'embrasse en pensée tandis que l'autre me tend le Saint-Graal.

Nous grimpons les deux étages et longeons le couloir, puis je prends une profonde inspiration avant de triturer la serrure. Un soupir de soulagement s'échappe de mes lèvres quand je me rends compte que Nick n'est pas là.

Avec un naturel qui me surprend moi-même, je retire ma doudoune et tente de l'accrocher à la poignée du placard.

— Oups, gloussé-je en refermant la porte des toilettes.

Je tourne sur moi-même et finis par balancer l'objet sur le canapé.

— Du paracétamol donc, dis-je en étudiant la pièce en long et en large. Installe-toi, je reviens.

Où sont rangés ces fichus médicaments ? J'ouvre à la volée tous les tiroirs de la cuisine pour y découvrir casseroles et couverts, mais pas l'ombre d'un cachet de Doliprane. Il doit bien y avoir une trousse à pharmacie quelque part. Nick n'est pas un demi-dieu, il a forcément des maux de tête comme tout le monde. Je traverse le salon en souriant à Valentin.

— Tu veux que je t'aide à chercher ? s'enquiert-il.

— Non, non. J'ai juste des trous de mémoire de temps en temps. Le froid. Mauvais pour les neurones.

Je passe en revue le bar, furète du côté de la table basse, plonge discrètement sous le lit... Je me suis encore embarquée dans une galère innommable.

— La table de chevet, peut-être ? l'entends-je supposer depuis l'autre pièce.

Bingo ! Je manque de hurler de joie à la vue de la boîte et soupire de bonheur avant de l'apporter à Valentin. Je le mets un peu brusquement dehors puis referme la porte.

J'ai évité un cataclysme. Un immense océan de problèmes. Mon corps se détend un peu et je me dirige vers mon manteau abandonné dans le salon, quand une idée m'assaille.

Non Chloé, ce n'est pas bien. Les personnes bien élevées ne font pas ça. On ne fouille pas chez les gens, c'est interdit. En même temps, comme dirait maman : pas vu, pas pris.

Je me mets donc à arpenter les pièces ; je n'ai jamais vu un endroit aussi fastueux. La cuisine dispose de deux fours, le second salon, d'un bar garni d'une cinquantaine de bouteilles. De véritables antiquités, allant d'un vieux bourbon à un vin rouge de quarante ans d'âge.

Ce n'est même plus un appartement, c'est carrément une villa, avec cheminée et tableaux de maîtres aux murs. Enfin, j'imagine. Je n'ai jamais rien compris à l'art.

En fouinant du côté de la chambre, j'hésite. Des papiers s'éparpillent aux quatre coins du bureau... Je pourrais éventuellement y jeter un œil, juste comme ça. Discrètement. Peut-être y trouverai-je une lettre enflammée adressée à son ex-femme.

Je regarde attentivement le premier document qui me tombe sous la main, mais il est rédigé en anglais. En tant que conseillère en voyages, je suis censée être au minimum bilingue. Sauf que primo, ce n'est pas du tout le cas, et secundo, le document est écrit dans un jargon incompréhensible.

Les mots comportent tous trop de syllabes, des assemblages de lettres qui s'apparentent plus à du chinois qu'autre chose. Je me rabats donc sur les autres papiers, mais constate avec dépit que pas un seul n'est rédigé dans ma langue natale. Je songe à abandonner quand mes yeux se posent sur l'ordinateur.

Ma conscience recommence à me sommer de renoncer

à cette idée, mais le conseil de maman reste gravé dans mon esprit ; fébrilement, je déplie le portable.

Il n'a même pas pensé à mettre un mot de passe. Ce n'est donc pas ma faute si mes doigts ripent malencontreusement sur le clavier.

Le fond d'écran est aussi sobre que possible : une espèce de logo évoquant une maison sur fond noir. Et les dossiers sont incroyablement bien rangés, alors que le mien est un modèle de désorganisation. Mes photos privées sont mélangées aux mails des clients et je ne parle même pas des captures d'écran de recettes qui s'accumulent dans le dossier « Trucs à jeter ».

Je commence par lire les noms, mais c'est d'un ennui mortel ; aucune image, aucune playlist, aucun détail croustillant sur sa vie personnelle. C'est un ordinateur de boulot, tout ce qu'il y a de plus sérieux.

En cliquant sur un document, j'atterris sur un tableur Excel rempli de chiffres. Des centaines et des centaines. Il avait dit qu'il travaillait dans les affaires, eh bien, j'ai comme l'impression qu'elles sont fructueuses. Les zéros qui se succèdent donnent le vertige.

Les dossiers suivants sont tout aussi obscurs. Je finis par croire que Nick est un fétichiste des nombres. Moi qui me perds déjà dans le prix des voyages que je suis censée vendre... Il doit être banquier. Ou prof à l'université. Porté sur les calculs, en tout cas.

Comprenant que je ne découvrirai rien de passionnant sur lui, je remets tout en place et vagabonde dans la seule pièce que je n'ai pas encore visitée. L'endroit que toute fille se doit de connaître.

J'hésite à qualifier cet espace gigantesque de salle de bains.

Les peignoirs accrochés à des portants dorés paraissent aussi douillets que les nounours de ma colocataire. Les serviettes chaudes me donnent envie d'y plonger la tête.

Mais je crois que c'est la pièce centrale qui accapare toute mon attention.

Le bain à remous. La piscine, plutôt. Et toutes ces bouteilles de shampoing ! Si je parviens à les chiper, Lili et moi pourrons nous laver à l'œil pendant au moins six mois.

Et si... non. Ça serait pousser le vice trop loin. Je ne peux pas faire ça.

Oh et puis zut !

Dans le cagibi qui me sert de chambre, il n'y a qu'une douche, rongée par la moisissure. Je serai rapide.

Je me déshabille en deux temps trois mouvements et explose de joie en découvrant une télécommande.

La radio. La salle de bains est équipée d'une radio !

Les enceintes encastrées dans les murs libèrent un son pop, parfait pour se trémousser. Je me fais donc couler un bain en me dandinant, puis y verse un demi-litre de bain moussant. Les bulles gonflent encore et encore quand je m'immerge dans le liquide brûlant. Je suis au paradis ! Je ne peux m'empêcher de chantonner en me décrassant. Je joue avec la télécommande et découvre le bouton qui contrôle la lumière : tout le bois de la pièce se pare de douceur et je soupire d'aise.

Je dois rester une bonne demi-heure les doigts de pied en éventail. Je finis par vider la baignoire et m'enrouler dans l'une des serviettes à la température de mon corps.

En sortant de la pièce, je me rends compte que le soleil est en train de se coucher.

Je suis peut-être restée un peu plus longtemps que je pensais.

Je pars donc récupérer mes vêtements, sauf que la radio diffuse mon morceau préféré à un niveau sonore tonitruant. Impossible de résister ; je me mets à danser dans le salon comme si ma vie en dépendait.

Mes pieds nus se frottent au tapis à poils longs tandis que je bouge frénétiquement la tête.

Je suis en extase.

C'en est fini de moi.

Je veux devenir savoyarde et mourir dans cet appartement.

— Ça a l'air agréable.

La voix grave me fait tressaillir.

Je me retourne, le visage tordu en une grimace.

Le corps appuyé sur l'arche qui donne sur l'entrée, Nick me lance un regard amusé.

— Je... hum... Vous êtes ici depuis longtemps ? déglutis-je.

— Un peu avant que ma serviette ait perdu en hauteur, déclare-t-il en tendant le doigt vers ma poitrine.

Mes joues s'enflamment et je cache mes seins derrière mes bras en les croisant fermement.

Je suis officiellement en train de vivre le moment le plus gênant de mon existence.

— Je suis vraiment désolée, m'exclamé-je sans plus savoir où me mettre. J'ai... Je suis... À cause de Valentin... Et le bain à remous était tentant, puis la musique... Je...

Je n'arrive même pas à me justifier. Son demi-sourire s'accentue alors que moi, je me liquéfie de honte.

— Je vais... aller me... hum... me rhabiller, fais-je en marchant en crabe pour rejoindre la salle de bains.

Je n'ai jamais enfilé mes vêtements aussi vite ; mon pull est à l'envers, mon soutien-gorge est à moitié agrafé et ma culotte de grand-mère me compresse bizarrement la cuisse. Tout ce que je désire, c'est m'enfuir d'ici au plus vite.

Les cheveux trempés, je sors en trombe et rejoins l'entrée. Heureusement, je ne sais pas où Nick est passé : un nouveau regard de sa part m'aurait achevée.

Non, ce qui m'achève, c'est de découvrir la présence

d'Émilie et de Valentin à la porte. Cette journée ne va jamais finir.

— On dérange, peut-être ? sourcille Émilie en inspectant mon allure complètement débraillée.

— Non, pas du tout. Je... vous ai entendus arriver. L'isolation n'est pas super. Je... vous... qu'est-ce que vous voulez ?

Sans me demander la permission, elle entre, son homme sur ses talons.

— On voulait organiser la sortie dont on a parlé, m'explique ce dernier.

— Cet appartement n'est vraiment pas mal, juge Émilie en se rendant directement au salon.

Contrainte et forcée, je referme la porte en me mordant les lèvres.

Nick va me tuer.

Je suis le couple en tentant de contrôler les pulsations de mon cœur.

En nous voyant apparaître, Nick pose son café et m'offre un regard empli de sous-entendus.

— Vous allez bien ? s'enquiert Émilie.

— Parfaitement. Que nous vaut le plaisir de votre visite ?

Le naturel avec lequel Nick endosse son rôle de petit ami est aussi gênant qu'agréable. Il est doué, et bizarrement, son talent de comédien me fait grésiller le ventre.

Émilie jette sa chevelure parfaite en arrière et je me sens, par contraste, comme un caniche mouillé.

— On voulait préparer notre journée de couples, minaude-t-elle en approchant de lui.

— Vous tombez bien, sourit-il, Chloé vient juste de sortir de son bain.

Je serre les dents et tente de ne pas baisser le regard.

Émilie poursuit son investigation dans l'appartement pendant que je perds peu à peu pied. Nick me dévisage avec tellement d'amusement que j'ai envie de m'enfouir sous la table basse du salon.

La Savoie va avoir ma peau, je n'y survivrai jamais.

— Eh ! s'anime-t-elle sans quitter des yeux le jacuzzi. Et si on parlait de tout ça devant un bon repas ?

— Hein ? Je... Nick est fatigué. Il a envie de se reposer. N'est-ce pas, Nick ?

— J'ai fait une sieste pendant que tu barbotais, je suis en pleine forme.

Il se venge. Je paie le fait de m'être trémoussée à moitié nue chez lui.

— Vous voulez rester dîner ? leur propose-t-il.

— La cuisine n'est pas hors service ? s'étonne Valentin.

— Réparée ! rétorqué-je instantanément en levant les bras. Cet hôtel est vraiment aux petits soins. Un problème, et hop ! Résolu avant même d'avoir dit ouf !

— Tant mieux alors, opine Émilie. On se retrouve ici à 20 heures ?

— Ça te va, Chloé ? s'enquiert Nick en prenant appui sur le bar.

— Parfait ! me réjouis-je avec un optimisme feint. Vraiment super ! 20 heures, on fait comme ça.

— À tout à l'heure, dans ce cas, réplique Émilie sans oublier d'offrir un battement de cils à Nick.

Elle attrape ensuite le bras de son fiancé et s'en va en roulant des fesses à tel point que je lui prédis une scoliose d'ici peu.

— Je suppose que l'histoire de ma cuisine inutilisable est également une longue histoire ? sourcille Nick.

— Vous n'avez pas idée.

Chapitre 11

Je suis désemparée.

Encore un dîner en compagnie des tourtereaux, expressément organisé pour discuter d'une journée entière que nous serions censés passer à quatre. Nick plonge dans le réfrigérateur et en sort plus de nourriture qu'il n'en contient. Je suis au plus mal.

— Pourquoi les avez-vous invités ? m'intéressé-je tandis qu'il dépose du poisson sur le plan de travail.

— Pourquoi avez-vous dansé en serviette dans mon salon ?

Il marque un point.

Je le rejoins en silence et déballe les légumes.

— Je suis désolée, avoué-je, en me battant avec le sachet de tomates.

— Elles ne vous en voudront pas, sourit-il en observant les boules rouges.

— De vous infliger tout ça, reprends-je en le regardant dans les yeux. Vous devez avoir tellement mieux à faire que vous retrouver dans mes coups fourrés.

— Un peu d'imprévu ne fait pas de mal. Tenez, dit-il en me tendant un tablier. Je ne sais pas pourquoi, mais j'ai l'impression que vous êtes du genre à en mettre partout.

Nous disposons planches à découper et couteaux aiguisés

sur le plan de travail et nous attelons à la préparation d'un repas gargantuesque.

Ne sachant absolument pas cuisiner, je jette quelques coups d'œil furtifs pour imiter ses gestes; en plus du vin, Nick est capable de découper des champignons avec une précision effarante. Il a peut-être été un chef reconnu dans un restaurant gastronomique avant de devenir banquier.

— Vous travaillez dans quoi, exactement ?

— Les affaires, dit-il en retroussant ses manches.

— C'est tout ? Vous nous avez déjà dit cela au dîner.

Il tourne la tête dans ma direction, amusé.

— Vous êtes bien curieuse.

— Je me renseigne. Vous pourriez être un tueur en série ou un mafieux.

— Aucun des deux, se contente-t-il de me répondre avant de s'atteler au découpage des carottes. Et vous ?

— Aucun des deux.

Ses paupières se ferment et il laisse échapper un petit rire.

Je poursuis le massacre des légumes pendant une bonne dizaine de minutes. Je ne suis pas certaine de ce que nous allons déguster, mais il y aura de la purée, ça, c'est sûr.

Lorsque le soleil disparaît, Nick appuie sur un bouton qui déclenche l'allumage de la plupart des lampes, sélectionne une chaîne musicale à la télévision et allume un feu dans la cheminée; le crépitement du bois baigne l'appartement de douceur. Je me sens tellement à l'aise que j'ai l'impression d'être à la maison.

Depuis la cuisine qui donne sur les baies vitrées, je peux voir les canons à neige déverser de la poudreuse sur la piste. La beauté du paysage éclairé par les spots me coupe le souffle.

Au bout d'une heure, Nick termine d'ajouter des herbes à ses sauces pendant que je m'attelle à la découpe des oignons. L'odeur qui se dégage des casseroles me fait saliver ; profitant de son inattention, je plonge mon doigt dans la sauce la plus proche et l'enfourne dans ma bouche.

— Alors ?

Il n'était peut-être pas si inattentif que ça.

— C'est divin, m'extasié-je. Vous cuisinez souvent ?

— C'est la première fois que j'utilise cette cuisine, m'avoue-t-il.

— Alors comment se fait-il que vous ayez autant de nourriture dans votre frigo ?

— Des cadeaux.

— Vous devez être apprécié !

Je suis effarée. Mon côté gourmand aimerait bien, lui aussi, se faire offrir de la nourriture. Je devrais me lancer dans les affaires.

Nick me gratifie de l'un de ses demi-sourires, que je commence à trouver vraiment charmants, avant de s'essuyer les mains dans un torchon.

— Ça vous dérange si je vous laisse terminer ?

— Je... Je ne suis pas très douée pour ça, fais-je en observant fébrilement le plan de travail.

— C'est précisément la raison pour laquelle je dois me changer, s'amuse-t-il. Vous avez mis du jus sur mon pull.

La tache sur son vêtement crème est énorme. Je ne sais même pas à quel moment ça s'est produit... J'ai pourtant fait de mon mieux pour éviter ce genre d'aléas ; je m'excuse avant de le voir disparaître dans la salle de bains.

Profitant de cet instant de répit, je fais ce que mon corps exige depuis un moment. Réchauffée par les flammes qui lèchent le bois, je me dandine sur la mélodie en ôtant mon gilet.

En débardeur, l'arrière-train en mouvement, je retourne à la cuisine et taille le reste des oignons sur *Just the Two of Us*, la joie totale.

Je dépose en rythme les ingrédients sur le poisson et

ajoute le beurre déjà détaillé en carrés. Tout en secouant la tête, j'ouvre le four et tire la grille... Bordel!

Je pousse un cri en agitant la main dans tous les sens. Ces engins sont censés faire du bruit quand ils chauffent!

— Tout va bien?

Mes traits se crispent sous le coup de la douleur fulgurante.

— Je crois que je me suis brûlée.

Avec une grimace, je relève les yeux vers lui.

Je dois déglutir par deux fois pour ne pas hoqueter.

J'ai devant moi un torse droit sorti d'un terrain de rugby, au-dessus d'une simple serviette enserrant ses hanches parfaites.

L'eau goutte de ses cheveux sur ses épaules musclées et glisse jusqu'à des abdos indescriptibles; je sens le sang affluer à mes joues alors que mon regard descend vers la trace en V qui plonge sous le coton blanc.

Visiblement imperméable à mon état de semi-liquéfaction, Nick s'approche et attrape mon bras, qui ne me fait plus souffrir du tout. Pendant qu'il passe ma paume sous l'eau froide, la ride entre ses sourcils s'accentue.

— Je vais chercher de quoi vous soigner.

Il fait demi-tour, m'offrant l'occasion de contempler la chute de reins la plus parfaite du monde. Je reste figée dans la cuisine, le bras tendu, jusqu'à son retour.

Il me fait m'installer sur un tabouret et protège ma main d'un bandage. Ses gestes sont aussi précis que lorsqu'il découpait les légumes.

— Qu'y a-t-il? sourcille-t-il en voyant mes yeux braqués sur son visage.

— Vous avez l'air de vous y connaître.

— Avec une sœur médecin qui avait besoin d'un cobaye pendant ses études, je n'ai pas vraiment eu le choix, sourit-il. Ce n'est pas trop serré?

— C'est parfait.

Les lumières tamisées se reflètent dans son iris. Proche de lui comme je ne l'ai jamais été, je parviens à déceler quelques touches de bleu azur dans le vert émeraude qui domine.

Je finis par cligner des paupières pour me reprendre.

Trop d'émotions en si peu de temps, ce n'est pas bon pour mon cœur.

— Que vous êtes-vous fait ? lance-t-il soudainement en fronçant les sourcils.

— Pardon ?

— Votre épaule.

— Ah, ce n'est rien. Elle était légèrement déboîtée, mais votre sœur l'a remise en place.

— Le bleu a l'air de s'étendre.

— Comment ça ?

— Il n'était pas aussi large tout à l'heure.

— « Tout à l'h... » Eh ! Vous auriez pu vous abstenir de regarder !

J'ai le temps de voir une fossette se creuser puis il fait volte-face en direction de la chambre.

— Je vous renvoie la remarque ! entends-je alors que mes yeux restent malencontreusement bloqués sur son fessier.

Le bruit des portes du dressing claquant l'une contre l'autre me fait aussitôt prendre conscience d'un infime détail.

Mon état vestimentaire.

Je cours jusqu'à la salle de bains avec le fol espoir d'améliorer le carnage. Devant le miroir, je laisse échapper un cri d'horreur.

C'est encore pire que ce que je pensais.

Visiblement, sur moi, le froid a des effets nettement moins bénéfiques que ne le prétend la presse féminine : mon rhume a anormalement fait gonfler mes narines ; ma peau tiraillée rougit par endroits ; mes cheveux à moitié secs forment des épis çà et là, et je ne ferai même pas mention de ma tenue.

Une trace de transpiration s'entremêle à des bouts d'oignons sous ma poitrine. Je suis un déchet vivant.

Faute d'avoir ma valise avec moi, je vais devoir faire avec les moyens du bord. Près du lavabo, je cherche une crème ou n'importe quoi qui permettrait à ma peau de cesser de craqueler. Je tombe sur une bouteille de parfum.

Incapable de résister à la curiosité, je presse juste une fois le vaporisateur et reconnais immédiatement son odeur ; je l'apprécie, mais je dois avouer qu'elle est encore plus agréable lorsqu'elle émane de la peau de Nick.

Un nouveau regard dans le miroir me renvoie soudainement au besoin viscéral de me rendre présentable ; j'entame un long processus, qui commence par le domptage de ma chevelure.

Je me bats avec mes frisottis et finis par les attacher en un chignon presque décent à l'aide de l'élastique qui entoure mon poignet. Je rajuste chaque vêtement, agrafe correctement mon soutien-gorge et réquisitionne un rasoir pour adoucir les barbelés de mes jambes.

Je donnerais à peu près tout pour avoir ma trousse de maquillage avec moi à cet instant ; mes yeux semblent si petits sans mascara que c'en est déprimant. Tout ce que je peux faire, c'est passer un peu du beurre de cacao qui traîne toujours dans ma poche sur mes lèvres ; à défaut de les rendre pulpeuses, il permet de masquer la gerçure provoquée par les basses températures.

En ressortant de la pièce, je découvre Nick affairé dans la cuisine. Contrairement à moi, il approche de la perfection.

Sa chemise bleu ciel dessine ses épaules virilement sculptées, sur l'une desquelles est posé un torchon, et son jean lui va à ravir.

Tout ce qu'il y a de plus simple, et pourtant, j'en oublierais presque l'épisode de la serviette.

Ses manches repliées révèlent des avant-bras puissants, et son... Il faut vraiment que j'arrête de le reluquer.

— Je... hum..., l'apostrophé-je en me raclant la gorge, je suis désolée de vous demander ça, mais...

— Vous aimeriez porter autre chose qu'un vêtement taché ? comprend-il en posant les yeux sur mon débardeur. Je ne dispose pas d'une garde-robe très féminine, mais elle est toute à vous.

Je le remercie et m'élance vers son dressing.

Il doit vivre ici à l'année, ce n'est pas possible autrement.

Les cintres s'étendent à perte de vue et les étagères débordent d'étoffes en tout genre. Il possède un attirail infini d'écharpes, sans parler des vestes, des manteaux et des costards.

Je laisse filer mon doigt sur les T-shirts avant de m'arrêter sur une chemise dans les tons clairs. En la passant par-dessus mes leggings, j'ai bien conscience de ressembler à un sac à patates, mais c'est toujours mieux qu'un bout de tissu dégoulinant de sauce.

Je referme délicatement son dressing paradisiaque et passe une main dans mes cheveux pour que l'électricité statique daigne déserter mon corps.

— Ne dites rien, soupiré-je en le voyant sourire.

Apercevant l'élixir du bonheur dans ses mains, j'avance d'un pas assuré vers le réfrigérateur pour y découvrir avec joie un pack de bières.

J'en attrape une et la décapsule avant de sentir les bulles rafraîchissantes couler le long de mon œsophage. Nick m'observe avec intensité, sans rien dire. Ses yeux si clairs d'ordinaire sont désormais teintés d'une noirceur mystérieuse. Au bout de quelques longues secondes, il esquisse un sourire.

— Quoi ? dis-je en m'essuyant les lèvres.

— Vous m'avez demandé de me taire.

— Vous faites votre tête de moqueur.

— J'ai une tête de moqueur ? sourcille-t-il en avalant une goulée.

— Vos yeux pétillent et votre bouche s'étire, c'est l'expression typique que vous utilisez à chaque fois. Vous en avez abusé quand vous m'avez trouvée dans votre salon en fin d'après-midi.

— Il y avait de quoi, en même temps.

Il porte le goulot à sa bouche avec désinvolture en me lançant une moue joyeuse.

— Vous qui êtes éduqué, rétorqué-je, un peu vexée, vous devriez savoir que se moquer du corps d'une femme à moitié dévêtue est un comportement inapproprié.

Le bruit en provenance de l'entrée me force à quitter son regard. Nous reposons notre bière et partons vers la porte.

— Vous avez raison, murmure-t-il dans le creux de mon oreille, en attrapant la poignée. Si j'étais éduqué, je vous aurais signifié ma présence bien plus tôt.

Il ouvre la porte sans me laisser le temps de comprendre le sens de sa phrase, ni de me remettre de mes émotions.

— Vous êtes sur votre trente et un ! s'exclame Émilie en reluquant l'allure de Nick.

Et que pourrais-je dire de la sienne, d'allure ?

Ce genre de décolleté devrait se trouver dans le dos. J'arrive presque à voir son nombril. Les sequins qui ornent sa robe tombant à mi-cuisse me piquent les yeux. J'aurais pu me consoler avec la présence du féculent sur son visage, malheureusement, il a déjà fortement dégonflé ; elle a quasiment retrouvé sa perfection impériale.

Pour un simple dîner dans un appartement au beau milieu de la montagne, elle a fait fort.

Nous investissons le deuxième salon, celui qui dispose d'un bar. La musique qui jaillit des haut-parleurs libère une douce mélodie tandis que Nick apporte gâteaux apéritifs et champagne.

Une fois le bouchon expédié dans les airs — et dont le « pop » semble déclencher chez Émilie une joie démesurée —, les bulles coulent dans les flûtes.

— Votre appartement est extraordinaire, s'exclame-t-elle en croisant ses jambes trop longues terminées par des escarpins interdits par le syndicat des médecins. Vous avez dû réussir dans votre domaine.

— J'aime bien me faire plaisir, sourit Nick.

— Chloé en a de la chance.

Oh! eh? Eh, oh! Je suis là! Elle parle de moi à la troisième personne, comme si je n'existais pas. Et que dire de son Valentin?

Comme d'habitude, il est complètement absent. Enfin, à moitié; depuis deux minutes maintenant, il ne cesse d'épier la manière dont j'attrape les carrés de fromage sur la table basse. La bouche pleine, je lui demande s'il en veut.

— Non, merci.

— Il fait attention à sa ligne, intervient Émilie.

J'ignore pourquoi, mais les trois bouts de mimolette que je viens d'enfourner semblent être la raison de son rictus sournois.

— Vous connaissez ça, Nick, n'est-ce pas? glousse-t-elle en portant une malheureuse tomate cerise à la bouche.

Ben tiens. Et vas-y que je fais allusion à sa carrure parfaite. Pourquoi Valentin ne réagit-il pas? Elle est carrément en pleine attaque de drague. Suis-je la seule à le remarquer?

— À vrai dire, je me nourris plus de pizzas qu'autre chose, rétorque-t-il avant d'ingurgiter un bon morceau de fromage.

— J'avoue que j'adore ça moi aussi, sourit-elle en plongeant la main dans le bol de chips.

— Tu n'as jamais voulu en commander, s'étonne Valentin.

— Parce que je ne voulais pas te tenter, mon cœur, rit-elle en lui frottant le bras.

L'apéritif se poursuit sur le même registre.

Valentin reste indifférent quand Émilie interroge Nick sur les différents sports auxquels il s'est adonné dans sa jeunesse. Il ne sourcille pas même quand elle s'extasie sur ses années passées dans une équipe de rugby — j'ai visé juste. Il se contente de rester à ses côtés, de poser sa main sur son genou, et d'acquiescer gentiment lorsque Nick explique qu'une blessure à la cuisse a dû le forcer à se concentrer sur autre chose que les loisirs.

La bouteille de champagne se vide rapidement et nous en ouvrons une deuxième en passant à table.

Je ne sais pas quand Nick a eu le temps de préparer tout cela; j'ai l'impression d'être dans un restaurant de prestige. Devant moi se tiennent au moins trois verres de tailles différentes et autant de couverts.

Quand je pose la serviette en coton sur mes jambes, je me sens en complet décalage avec l'environnement: ma chemise trois fois trop grande et cette coiffure de salle de sport me donnent l'impression d'être une tache sur ce décor parfait.

Et la prestance d'Émilie n'arrange rien. Même la manière dont elle essuie ses lèvres est distinguée.

Face à Nick, elle ne cesse de sourire et pose un peu trop longuement sa fourchette sur sa lèvre inférieure. La boule dans mon ventre, qui a élu domicile lors de son arrivée, ne cesse de s'accroître. Même le feu dans la cheminée ne parvient plus à m'apaiser.

Je profite des entrées finies pour récupérer les assiettes et me réfugier à la cuisine.

— Tout va bien?

Nick me rejoint et range les couverts dans le lave-vaisselle.

— Superbement.

— Vous n'en avez pas l'air, constate-t-il en rattrapant de justesse le morceau de porcelaine qui m'a glissé des doigts.

— Tout va bien, répété-je en évitant son regard.

— Votre fossette est visible.

Je m'immobilise, les sourcils froncés. Ma perplexité semble beaucoup amuser Nick.

— Quand vous êtes agacée, les muscles de votre mâchoire se contractent et votre unique fossette devient visible. Je ne suis pas le seul dans cette pièce à être observateur.

Je ne peux m'empêcher de lui rendre son sourire.

Je me dirige rapidement vers le four pour récupérer le poisson, mais il arrête ma main.

— Trop dangereux pour vous, se justifie-t-il en empoignant le plat brûlant à ma place.

Le plat fumant répand une délicate odeur dans la cuisine.

En silence, je prépare les quatre assiettes et y dépose le riz, accompagné de cette sauce irrésistible.

— Valentin fait attention à vous.

En ajoutant à sa recette un nombre précis de gouttes de citron, Nick se fait sérieux.

— Il ne cesse de vous regarder, ajoute-t-il.

— C'est parce qu'il est jaloux de tout le gras que je peux ingurgiter sans recevoir de réprimande.

— Je pense que ma chemise joue aussi un petit rôle.

— Ah ? Et lequel ? l'interrogé-je en mimant un faux désintérêt.

— Il n'apprécie visiblement pas que votre corps soit recouvert des vêtements d'un autre homme.

En retournant à la table avec le plat principal, je me

repasse en boucle les paroles de Nick et ne peux m'empêcher d'épier les réactions de Valentin. Il s'attarde en effet plusieurs fois sur ma tenue. Il passe même quelques secondes à dévisager mon voisin.

Cet intérêt soudain pour ma personne devrait me faire plaisir, mais le comportement d'Émilie m'en dissuade.

Impossible de compter le nombre de fois où elle félicite Nick pour ce repas « génialissime ». Elle parvient même à le complimenter sur la découpe des carottes ; j'en avale mon champagne par le mauvais tuyau tant c'est gros.

À chaque bouchée, mon énervement grimpe. Elle est censée me ratatiner en me montrant tout l'amour qu'elle éprouve pour son fiancé, et au lieu de cela, c'est au prétendu mien qu'elle s'intéresse.

Je ne sais pas à quoi elle joue. Si toute cette stratégie est destinée à m'insupporter ou si elle cherche juste à draguer Nick.

Tandis qu'elle bat des cils en écoutant Nick expliquer un truc incompréhensible sur les cours de la Bourse — ne me demandez ni comment on en est arrivés là, ni comment elle fait pour l'écouter —, la main de ce dernier posée sur la table me lance un appel. Tout en continuant à hocher la tête sans comprendre un traître mot de leur discussion, j'entremêle mes doigts aux siens. Je sens que Nick hésite un instant, avant d'accepter mon geste. La chaleur de sa peau contre la mienne fait naître une sensation nouvelle et je me sens rougir au contact de ses doigts d'une douceur infinie. Je sais bien que nous sommes en train de jouer, mais les picotements que je ressens sont, eux, bien réels.

— J'aurais bien envie de tester ce jacuzzi, lance Émilie avec un sourire.

— On n'a pas de maillot de bain, rétorque Valentin.

— Et alors ? On est entre nous. Allez, ça va être drôle !

En sautillant de joie, elle attrape sa coupe et s'élance dans le salon.

Ça doit être un truc de mannequin. Quelque chose que le commun des mortels ne peut pas comprendre.

Avec horreur, je la vois se déshabiller et se retrouver en sous-vêtements comme si tout était normal.

— Alors ? Vous venez ?

Son corps pratiquement nu se trémousse jusqu'à la terrasse.

Je suis prise d'effroi.

Qui est assez fou pour se dévêtir volontairement devant tout le monde ? Même Valentin semble choqué.

Je refuse de faire une telle chose. C'est hors de question. Je ne montrerai pas mon intimité. Et puis, accessoirement, je suis vêtue des pires dessous qui existent.

Non. Encore non.

Chapitre 12

— L'eau est délicieuse !

Je suis en train de mourir de malaise. De gêne. De tout. Je n'ose même pas expliquer la raison qui m'a poussée à entrer dans ce fichu jacuzzi.

Le large T-shirt que Nick — qui, lui, est en maillot — m'a prêté me permet de sauver les meubles. Je me cache sous le tissu trempé qui forme des bulles d'air.

Niveau glamour, j'en suis à peu près à –200, mais tant que je n'ai pas à me retrouver face à eux en sous-vêtements de mémé, ça me convient.

Émilie, quant à elle, est sur un petit nuage. Ses seins lui servent de bouée, ses jambes interminables prennent la moitié de l'espace. Au centre de l'attention, elle semble parfaitement à sa place.

— Nous avons prévu de prendre un hélicoptère demain, jette Valentin. Histoire de descendre quelques pistes au calme et de passer la nuit du nouvel an dans un chalet. Vous pourriez peut-être vous joindre à nous ?

Un hélicoptère ? Le point le plus haut que j'ai atteint en Savoie, c'était grâce au — ou à cause du — tire-fesses en compagnie des treize monstres. Jusqu'à quelle altitude un engin volant peut-il nous mener ? L'idée me crispe légèrement, mais je ne veux rien laisser paraître.

— Ça va être compliqué, objecte Émilie, on a dû réserver six mois à l'avance.

— De quel chalet parlez-vous ? s'enquiert Nick.

— Celui qui se trouve près du flanc ouest, répond Valentin, après le passage des pistes rouges.

— Je crois pouvoir arranger ça, dans ce cas, sourit-il.

— Tu peux ? déglutis-je.

— Ça ne devrait pas poser de problème, acquiesce-t-il. J'ai des engagements impossibles à reporter pendant la journée mais je vous rejoindrai le soir.

— Quel dommage ! s'attriste Émilie. Ça aurait été plus drôle à quatre.

Ou à trois, sans moi, éventuellement.

Mes épaules s'affaissent à l'idée de me retrouver avec eux du matin jusqu'au soir. Je ne connais pas leur niveau de ski mais il ne fait aucun doute qu'ils sont plus doués que moi. De fait, avec mes deux pauvres leçons de snowboard et mon épaule douloureuse, je ne vais pas faire long feu.

La discussion se poursuit sur le chalet en question. Une cahute magnifique nichée entre les pins. C'est vraisemblablement un guide qui nous y conduira, histoire que l'on ne se perde pas. Oui, parce que, apparemment, l'itinéraire est tellement alambiqué que tomber dans un ravin ou se retrouver sur la falaise d'en face est plus aisé qu'il n'y paraît.

Les pensées se mélangent dans ma tête, depuis mes notions inexistantes de glisse jusqu'à la discussion que j'ai eue avec Lili, avant de partir, sur les moyens de survivre à une avalanche.

Je suis terrifiée, et ça doit se voir, à en croire l'expression de Valentin. Pour masquer mon malaise, je détends mes traits et lui offre un sourire qu'il me rend dans l'instant.

— Tu ne veux pas retirer ton T-shirt ? me propose soudainement Émilie.

Coup bas. Visiblement, mes complexes ne lui ont pas échappé.

— Si elle est bien comme ça, riposte Valentin.

C'est la première fois qu'il prend ma défense face à elle. Elle tressaille d'étonnement avant de lui lancer un regard noir.

— Évidemment, sourit-elle. Je disais juste ça pour que tu sois plus à l'aise, Chloé.

— Elle fait ce qu'elle veut.

Deuxième prise de position. J'en reste interloquée.

— Mon amour, glousse-t-elle, tu n'es pas obligé de me ridiculiser devant Nick.

Par contre, moi, on s'en moque comme d'un pied enfermé depuis trois jours dans une chaussure.

— Les gens sont parfois pudiques, tu pourrais le comprendre.

— Valentin, grince-t-elle, on ne va pas recommencer. Je t'ai déjà dit que c'était mon métier.

— Nous ne sommes pas en plein shooting photo.

— Certaines personnes sont moins à l'aise que d'autres en public, tu ne peux pas me reprocher de faire partie de la deuxième catégorie.

Nick et moi nous lançons un œil interrogateur. La dispute de couple dans un jacuzzi ne me semblait pas figurer au programme de la soirée.

— Tu pourrais éviter de te déshabiller devant tout le monde, s'énerve Valentin. Tu sais que je n'aime pas ça.

— Tu préfères que je porte un parachute ?

Celle-là, elle était pour moi.

— N'exagérons rien !

Celle-là aussi, je la prends pour moi.

Les tourtereaux semblent ne plus nous voir et haussent le ton pour nous faire profiter d'anecdotes intimes dont je me serais bien passée — Émilie se déhanchant sur une table lors de l'anniversaire d'un certain Paul ; Valentin entrant dans une colère noire parce que Émilie avait « omis » de porter des dessous à l'occasion d'un dîner avec ses collègues... Je passe sous silence l'histoire de la boîte de nuit et celle du déjeuner dominical chez les parents du fiancé.

Au bout de dix minutes, je suis tellement enfoncée dans le jacuzzi que l'eau atteint mon menton.

— Tu me brides ! hurle Émilie en se levant, furieuse.

Les poings serrés, elle s'enfuit dans le salon et récupère sa robe.

Dans le même état de rage, Valentin nous abandonne, fulminant. La suite de leur accrochage nous parvient depuis la terrasse.

Tout ça pour une histoire de T-shirt.

Je me tourne vers Nick pour voir s'il est aussi hébété que moi, mais il est déjà en train de quitter l'eau bouillonnante. Étonnamment sérieux, il rejoint le couple.

J'ai beau tendre la nuque, je n'entends plus rien de l'échange. J'aperçois les traits d'Émilie, soudain plus détendus, et les rides de Valentin qui s'effacent. Ce dernier finit tout de même par partir, sans sa compagne, tandis que je pose mes pieds nus sur la terrasse.

Frigorifiée en moins de deux secondes, j'éternue comme un pachyderme ; le temps que je vérifie si mon nez est toujours en place, Nick et Émilie ont quitté la pièce. Supposant qu'ils sont partis retrouver Valentin, je m'empresse de passer la baie vitrée pour me rendre dans l'entrée.

— Je suis désolée de m'être emportée de la sorte.

La voix douce d'Émilie me parvient depuis l'entrebâillement de la porte.

— Ce n'est rien, répond Nick sur le même ton.

Curieuse, je passe un œil à travers l'ouverture.

Valentin a disparu et les deux se font face dans le

couloir. Émilie tient ses escarpins d'une main et le bras de Nick de l'autre.

— Je ne sais pas ce qui m'a pris, tremble-t-elle en abaissant le regard. Ce n'est pas mon genre, pourtant.

— Vous êtes amoureuse.

Il la réconforte avec une telle délicatesse que c'en est touchant.

— Oh ! souffle-t-elle, je me le demande, parfois.

— Ce n'était qu'une petite altercation, la rassure-t-il.

— Vous êtes si gentil, Nick.

Attendez... Pourquoi ses yeux papillonnent-ils ? Pourquoi penche-t-elle la tête sur le côté ?

La scène est trop déroutante pour que j'en reste là. Je pousse légèrement le bois pour mieux voir ce qu'il se passe.

— Chloé a de la chance de vous avoir.

Nick me tournant le dos, je ne peux voir sa réaction, mais son absence de réponse me déçoit. Sans que je comprenne réellement pourquoi.

— Si Valentin était comme vous... Enfin, sourit-elle gênée, je ne devrais pas.

Elle ne devrait pas quoi ? Le silence entre eux me trouble. Je fronce les sourcils avant de la voir se rapprocher.

La main toujours accrochée à l'avant-bras de Nick, Émilie avance son torse près du sien. Trop près.

Non. Elle ne va quand même pas...

Si.

Elle ferme les paupières en même temps qu'elle ouvre la bouche.

Je recule, sous le choc.

J'ai peut-être mal interprété. Elle est fiancée. Comment peut-elle... Le bruit de pas me force à courir dans le salon.

Quand Nick réapparaît, je suis en train de faire mine d'empiler les assiettes à dessert sales.

— Vous ne préférez pas vous changer ? s'enquiert-il

en observant les filets d'eau qui s'écoulent au sol. Ça me coûte, mais je veux bien vous offrir un autre T-shirt.

Je lui rends son relevé de commissures avant de décliner sa proposition.

— Je remettrai mes affaires avant de partir.

— Vous pouvez rester ici si vous le souhaitez. Dormir sur le canapé ne me dérange pas.

— Je serai mieux dans ma chambre.

Je me concentre sur la table et les reliefs du repas. Mon esprit est complètement retourné.

Cette soirée s'est transformée en un méli-mélo d'incompréhension ; Valentin qui me défend et provoque en conséquence une dispute avec sa fiancée, puis Émilie qui embrasse Nick. Je ne sais pas quelle information m'interpelle le plus. Une partie de moi devrait éprouver une horrible joie... C'est vrai, quoi.

Si je rejoignais Valentin dès à présent, je pourrais lui révéler tout ce que je viens de voir. Il lui en voudrait, c'est une certitude. Peut-être qu'une autre dispute éclaterait et que je regagnerais un peu de place dans son cœur. Mais, allez savoir pourquoi, je n'ai aucune envie de faire cela.

Ça me fait mal. Étrangement.

Valentin est fou amoureux, et pas de moi ; si je lui disais ce qu'Émilie vient de faire, il ne s'en remettrait pas. De la déception, de la tristesse. Ce n'est pas ce que je souhaite lui faire ressentir.

Pour la première fois depuis notre rencontre fortuite, je regarde Valentin différemment. Il ne représente plus mon amour de jeunesse, mais mon ancien meilleur ami. Comme si mes sentiments à son égard s'étaient déplacés dans une autre case. Je n'y comprends pas grand-chose, mais une chose est sûre : je ne veux pas qu'il se sente trahi.

Je dépose les derniers verres dans le lave-vaisselle puis m'habille à la hâte.

— Émilie m'a dit que la journée de demain serait probablement maintenue.

Debout, Nick me regarde me diriger vers l'entrée.

— Vous avez réglé le problème, c'est bien.

— Il suffisait de trouver les bons mots.

J'esquisse un vague rictus.

— Je... ne vous sentez pas obligé de venir, dis-je, la main sur la poignée. Vous avez déjà fait bien plus que vous n'auriez dû.

— Il y a certaines personnes que j'apprécierais de revoir.

— Je comprends.

Je le laisse à ses sourcils froncés et pars retrouver le froid de l'extérieur. Ça aura au moins le mérite de congeler mon cerveau avant que je retrouve mon lit.

Je suis réveillée à une heure un peu trop matinale par un brouhaha de l'autre côté de ma porte.

Les cheveux en vrac et la tête démolie par les résidus d'alcool, je découvre le visage fermé du réceptionniste. Il me tend une lettre en précisant que les téléphones existent et que nous ne sommes plus au XIXe siècle.

L'écriture qui apparaît lorsque j'ouvre l'enveloppe m'est inconnue.

Émilie est passée, vous avez rendez-vous à 9 heures près du départ des hélicoptères. Pensez à soigner votre épaule.

À ce soir.

Nick

Un seul nom me vient en tête quand je referme le papier.

Lili.

Nous sommes le 31 décembre, et à cette heure-ci (ou

presque), je suis censée boire un café en sa compagnie, et disserter sur la tenue à porter pour la soirée qui s'annonce. Sauf qu'elle n'est pas là et que ça me plombe le moral.

J'ai besoin d'elle, à la fois pour me faire croire que cette journée est normale, mais aussi pour discuter de tout le reste.

Il me faut un téléphone. Du moins un engin qui possède une batterie viable et une carte SIM opérationnelle.

Je me prépare à la va-vite et fonce au rez-de-chaussée. Le réceptionniste me gratifie d'un sarcasme lorsque je lui demande s'il est possible de contacter le monde extérieur et me suggère d'essayer les cabines téléphoniques, en bas de la station.

Même à cette heure-ci, le village grouille de vie. On accroche les dernières décorations sur les toits et on déneige les rues pour laisser aux touristes tout le loisir de se promener. Portée par l'effervescence générale, j'accélère le pas.

Il me faut Lili. Absolument. Maintenant. Il n'y a qu'elle qui pourrait comprendre la détresse dans laquelle je me trouve.

Je fonce dans une descente, la motivation dans les jambes, et m'arrête net en croisant mon reflet dans une vitrine.

Problème.

Je porte la combinaison dont Émilie garde sans doute un souvenir cuisant. Sachant que je suis censée la retrouver, elle et son peut-être ex-fiancé, dans moins d'une heure, je change mes plans et abandonne momentanément l'idée de chercher du réconfort auprès de ma meilleure amie. Direction la première boutique qui vient, et une énième note de frais s'ajoute aux autres : je refuse que ce nouvel uniforme jaune poussin ne soit pas remboursé par Thomson.

Ma vieille combinaison sous le bras, la neuve sur le

corps, je lâche les billets sur le comptoir et rentre en courant à l'hôtel. J'y récupère ma planche et prends soin de vérifier qu'aucun objet indésirable ne s'échappe de mon nez avant de perdre mon souffle jusqu'à l'héliport.

Seule et sur les nerfs, je tente de me remémorer les quelques conseils de Thomas ; je me souviens à peine de la manière dont je suis censée me tenir sur ce truc pour ne pas chuter. Mais je vais me débrouiller. Pas le choix.

— Chloé !

Quand on parle du loup.

Mon moniteur arrive avec un seul pied attaché à sa planche, suivi d'un groupe d'hommes parés de genouillères et d'une artillerie de protection que je ne possède pas.

— Je suis content de te voir ! Je voulais justement m'excuser pour la dernière fois. J'ai eu un léger souci, je n'ai pas pu te prévenir. J'en suis sincèrement désolé.

— Ce n'est rien !

De fait, ce n'est clairement plus la chose qui m'inquiète le plus à cet instant.

— Tant mieux alors. Tu prends les hélicoptères ? s'étonne-t-il.

— Un peu d'adrénaline, acquiescé-je en relevant une commissure.

— Ce... Ce sont des parcours assez ardus, tu sais, dit-il en pâlissant. Le sommet des montagnes est assez violent quand on n'a pas l'habitude.

Ou comment me dire diplomatiquement que je n'ai pas le niveau.

— Ça ne peut pas être si méchant que ça !

Son rictus déconfit commence à m'inquiéter.

— Tu devrais éviter, me conseille-t-il. Sans vouloir te vexer, tu risques de redescendre avec une fracture... Enfin, si tu redescends.

Je déglutis plusieurs fois. À ce point ? Il doit en rajouter.

Après tout il est prof et c'est bien connu, les profs en font toujours des tonnes.

Comme ses élèves trépignent d'impatience, il finit par me souhaiter une bonne journée avant de s'en aller. Dès qu'il disparaît de ma vue, je reprends les exercices encore plus consciencieusement ; une bonne demi-heure d'acharnement sur la planche se passe avant que le couple ne pointe le bout de son nez.

Ils avancent vers moi le sourire aux lèvres, main dans la main, comme s'il ne s'était rien passé la veille.

— Prête pour l'aventure ? me lance un Valentin guilleret.

Chapitre 13

J'ai l'impression d'avoir rêvé la soirée d'hier.

Alors que nous embarquons dans l'engin, Émilie et Valentin ne cessent de se bécoter. C'en devient gênant. Malgré le casque que le guide a posé sur mes oreilles, je peux entendre tout de leur jeu de langues.

Une part très vile de moi a envie de crier au mensonge, de clamer haut et fort qu'Émilie n'est qu'une mante religieuse qui a posé ses lèvres sur celles d'un autre il y a moins de douze heures, mais je me contiens. Valentin a l'air si ravi et excité que je ne veux pas lui gâcher cette journée.

Nous survolons les falaises enneigées un long moment avant que l'hélicoptère se pose sur un plateau. Quand je quitte le cockpit, une montée de sueur m'envahit.

Le brouillard est tellement épais que je ne distingue pas mes doigts. Épouvantée par le froid qui congèle mes membres, j'observe Émilie et Valentin, qui paraissent totalement heureux, comme si se retrouver au milieu de nulle part par –10 °C était un délice des plus exquis.

Nous restons plantés en haut d'une piste un certain temps en compagnie du guide pour établir notre trajet. C'est à cet instant que je me rends compte de deux choses.

La première: nous sommes à une telle altitude que

la carte ne dessine rien d'autre que le ciel au-dessus de notre position.

La seconde : les seuls panneaux que j'entrevois sont rouges ou noirs. Il n'y a pas une seule piste bleue ou verte. *Peanuts. Nada.*

— On prendra par la gorge, déclare le guide, ça sera plus fun.

Nous n'avons vraisemblablement pas la même définition du « fun ».

Quand arrive le moment de chausser mon snowboard et eux, leurs skis, je croise les doigts aussi fort que je le peux. L'objectif de cette journée est de rester en vie. Dans quel état, je ne sais pas encore. Mais je dois absolument atteindre la station avec un cœur qui fonctionne.

Joie. Bonheur. Le couple et l'accompagnateur ne m'attendent pas ; en l'espace de trois secondes, le déhanché d'Émilie et la silhouette de Valentin s'évanouissent dans le brouillard. Le poteau que je distingue à ma gauche indique une piste rouge.

Comme le sang.

Il a beau faire extrêmement froid, je sens les coulées de sueur descendre le long de mon dos. Je tente d'abord d'effectuer quelques glissades en respectant les conseils de Thomas, mais cette piste est constellée de plaques de verglas ; ce n'est plus de la neige, c'est une patinoire géante. Mon surf dérape à de nombreuses reprises et je me ramasse la figure tellement de fois que je ne peux les compter. Je me contente donc de faire la moitié de la descente sur les fesses. D'ailleurs, je note que plus mon corps est proche du sol, mieux je me sens.

Je reprends ma position verticale quand je distingue le trio arrêté sur le côté.

En les rejoignant laborieusement, je perçois les soupirs bruyants d'Émilie à travers son écharpe.

Cette journée risque d'être longue. Très longue.

À l'instar de cette deuxième piste, qui s'avère aussi gelée que la précédente. Je trébuche, je m'arrête. Je repars. Je glisse sur le coccyx.

C'est interminable.

Je ne comprends pas le plaisir qu'on peut trouver à s'infliger ce calvaire. Parce que oui, on croit que la neige, c'est tout mou. Du coton. Un truc sympa.

Foutaises.

Je m'écrase sur du béton. Mes tibias, mes poignets et mon épaule encaissent coup sur coup. Je regrette de ne pas avoir apporté ma crème. Ou le bourbon du bar de la suite de Nick.

Quand j'arrive en bas de la deuxième descente, je découvre une intersection. Et nulle Émilie excédée à l'horizon.

Comment suis-je censée m'y prendre pour les retrouver ? C'est le guide qui détient le plan, en plus. Je n'arrive pas à croire qu'ils m'aient oubliée si vite.

Je scrute les alentours plusieurs fois et demande aux deux skieurs que je croise s'ils ont aperçu un couple vêtu du même style de combinaison bleu marine. Forcément, entre le brouillard et le fait que tout le monde porte une tenue de ce genre, je ne récolte que des haussements d'épaules en réponse. Un jeune homme m'indique néanmoins qu'un bar d'altitude se trouve deux pistes plus bas, et que c'est généralement là-bas que les groupes se retrouvent. Il m'explique comment m'y rendre et c'est ainsi que je m'embarque sur une troisième pente aux poteaux vermillon.

Comme les autres, elle est pratiquement déserte ; aucun fou furieux ne me dépasse à cent à l'heure, aucun enfant ne fait du chasse-neige entre les skis de ses parents. Je me sens horriblement seule.

Je me bats avec les flocons qui se mêlent à la brume et finis par m'effondrer en plein milieu de la pente. Épuisée, je récupère ma planche et décide de terminer le chemin à pied, sur le bord de la piste.

Je n'ai pas de montre, mais suis persuadée d'avoir marché bien plus d'une heure quand je distingue enfin un méli-mélo de bâtiments.

Un mirage.

Je rejoins les énormes terrasses en bois tout en les scrutant méthodiquement pour tenter de remettre la main sur mes trois compagnons d'infortune.

— Enfin ! hurlé-je en apercevant Valentin près des motoneiges. Valentin ! Valentin ! Je suis là !

J'avoue que l'inquiétude qui se lit sur son visage me fait plaisir. Comme quoi, il perd pied lorsque je m'éloigne de lui.

— Émilie a disparu ! dit-il, paniqué.

Un jour, peut-être, j'intéresserai quelqu'un.

— Elle est partie ! ajoute-t-il en gesticulant. Elle en avait assez de t'attendre, alors elle a dévalé la piste suivante avec le guide. Au départ, je l'accompagnais, mais elle est tellement douée sur des skis que j'ai fini par la perdre de vue. Ça fait un quart d'heure que je suis là et elle n'est toujours pas réapparue !

— Elle ne doit pas être bien loin, rétorqué-je.

— Impossible ! On s'était dit que si on se séparait, on se retrouverait aux restaurants d'altitude.

Détail qu'ils ont vraisemblablement omis de me préciser.

— On va attendre ici alors.

— Imagine qu'il lui soit arrivé quelque chose ! s'emporte-t-il. Elle doit être complètement désemparée !

J'apprécierais qu'il remarque que je suis également restée toute seule lorsqu'ils m'ont abandonnée, mais son affolement l'empêche de penser.

Je tente tant bien que mal de le rassurer en insistant sur les talents de skieuse d'Émilie — qu'est-ce que je ne ferais pas.

Nous nous installons à même le sol, à l'endroit où la vue est la plus dégagée.

Je suis un peu moins agitée que lui ; il faut dire que les aventures d'Émilie ne me concernent pas plus que ça. J'ai toujours ce qu'elle a fait en tête.

— J'aurais dû être plus attentif, s'inquiète-t-il. Elle est toujours si impulsive.

— C'est sûr.

— Elle est peut-être en train d'étouffer sous une avalanche !

Ou sous autre chose.

— Elle va sûrement arriver, assuré-je, le voyant se prendre la tête dans les mains.

Au bout de trente minutes, j'avoue que je commence moi aussi à prendre peur.

J'ai beau ne pas l'apprécier, le fait que son corps parfait n'apparaisse toujours pas m'inquiète. Et l'inquiétude, allez savoir pourquoi, ça me donne soif. Je sais bien que ce n'est pas le moment, mais j'ai besoin d'un rafraîchissement.

— Je vais me chercher à boire. Tu veux quelque chose ?

Valentin, au désespoir, secoue la tête en signe de refus. J'entre donc dans le bar-restaurant seule et culpabiliserais presque de souffler un instant.

L'ambiance est bon enfant et les quelques sportifs présents se retrouvent autour de paquets de friandises. Je me frotte vivement les mains, retire mon bonnet et me dirige vers le comptoir pour commander un soda. Mon cœur fait un bond lorsque je vois les prix.

Depuis quand vingt centilitres de liquide pétillant atteignent-ils les 20 euros ? Thomson va vraiment recevoir la plus longue note de frais de toute l'histoire des notes de frais. Je règle le verre à contrecœur et rejoins la sortie, quand un rire cristallin me stoppe net.

Je recule de quelques pas, plisse les yeux en direction

ecoin et reconnais immédiatement Émilie ; elle a son attirail d'Esquimau et arbore un T-shirt à hes longues visiblement trop petit pour contenir oitrine.

assurée, je m'élance pour la rejoindre sauf qu'une encore je m'arrête.

Elle penche la tête. Elle se force tellement à rire ue c'en est ridicule. Elle pose sa main sur celle de son nterlocuteur.

J'hallucine.

Émilie est en train de draguer alors que son fiancé se trouve à deux pas et se fait un sang d'encre.

Je reste bloquée à quelques mètres de la table où les cils ne cessent de papillonner.

— Je suis d'accord, l'entends-je glousser. Mais ce n'est pas comme si c'était interdit.

D'accord pour quoi ? Qu'est-ce qui n'est pas interdit ? En une seconde, je me retrouve à quatre pattes derrière un paravent, l'oreille tendue.

Je perçois à peine la voix de l'homme.

— Et pourquoi pas ? reprend-elle. On pourrait essayer.

J'avale une gorgée de ma boisson pour mieux me concentrer — et parce que je meurs de soif.

J'imagine des choses pas très catholiques, mais j'ai déjà interprété trop vite les liens entre le médecin et Nick, et je ne veux pas commettre à nouveau la même erreur.

— Vous croyez ? C'est dommage.

Si je pouvais mieux voir ses expressions, ses paroles auraient probablement plus de sens. Je pose le verre au sol et passe la tête sur le côté du lambris.

— Qu'est-ce que tu fous ?

Je me cogne violemment la pommette en me retournant ; Valentin m'observe d'un air ahuri tandis que, sous le coup de la surprise, je renverse mon soda hors de prix.

— Je... j'ai fait tomber ma... mon gant.

Je me relève en sursaut et le pousse vers la sortie.

— Tu es sûre que ça va? me demande-t-il lorsque nous sommes à l'extérieur.

— Très bien!

— Tu n'avais pas l'air de chercher ton gant, dit-il, méfiant.

— Parce que je l'avais déjà trouvé, dis-je en montrant ma main recouverte du tissu.

— Mon cœur!

Valentin me dégage comme une serpillière, la bouche en *o* et les yeux exorbités.

Il accourt sur la terrasse et se jette dans les bras d'Émilie; l'échange de baisers bruyants se prolonge pendant quelques secondes avant qu'elle ne se détache de lui.

La vision de notre guide à leurs côtés me fait froncer les sourcils. Elle aurait osé? Une nouvelle fois? En si peu de temps?

En récupérant ma planche, je ne peux m'empêcher d'étudier les réactions du guide et d'Émilie. Dès qu'ils se parlent, je ressens une tension entre eux. Et lorsqu'il l'aide à chausser ses skis, j'y vois une tentative de rapprochement manifeste. Valentin, lui, reste aussi inerte qu'un malheureux plancton.

Il faut être démesurément amoureux pour être aveugle à ce point.

Nous reprenons les glissades, mais je suis tellement déconcentrée que je fonce plusieurs fois tête la première dans la poudreuse.

Cette histoire justifierait presque ma présence sur les pistes. Je veux savoir si mes hypothèses concernant Émilie se révèlent exactes. Si la propriétaire des jambes longues comme celles d'Adriana Karembeu est réellement un goujat au féminin.

— Tu ne m'as pas l'air bien douée, se moque le guide en m'aidant à me relever.

— La fatigue.

— Faut pas que tu positionnes tes hanches comme ça, fait-il en corrigeant mon mouvement. Un peu plus en avant.

La manière dont ses mains se posent sur mon corps me gêne au plus haut point.

— J'ai compris, opiné-je en m'écartant. Dites, vous avez une petite amie ?

Oui, bon. C'est un peu brut de décoffrage, mais peut-être qu'il est en couple. Si c'est bien le cas et en considérant que cette planète n'est pas uniquement peuplée d'hommes qui trompent leur femme et vice versa, ça signifierait que j'ai mal interprété sa discussion avec Émilie.

— Je ne suis pas trop aventures sérieuses, sourit-il.

J'aurais préféré un autre type de réponse.

L'heure qui suit demande à mon cerveau de mobiliser toutes ses capacités.

Je dois jongler entre les bosses intempestives, les réactions du guide face à Émilie et réciproquement ; c'est une véritable tempête, j'ai l'impression de ne jamais avoir autant utilisé mes neurones.

Même en restant complètement à distance, c'est-à-dire en faisant fi de ma détestation d'Émilie, il est indéniable qu'elle se comporte d'une manière anormalement séductrice.

Elle remue les épaules, roule des fesses et rit trop bruyamment à ses blagues vaseuses.

Il y a anguille sous roche, cocotier sur le sable, épine dans le sapin.

Une fois mon corps définitivement changé en boule de neige, nous nous écartons de la piste pour déjeuner. Nous sommes visiblement censés manger en plein air. Dans la neige. Et encore une fois, personne n'a eu la bonne idée de me tenir au courant.

Tandis que tous sortent leurs sandwichs et autres salades de pois gourmands, mon estomac se met à gronder. Au point que même le bout de pain dégoulinant de mayonnaise du guide me fait affreusement envie. Après quelques regards intenses, ce dernier comprend enfin ce qui se passe et coupe le rectangle en deux pour m'en offrir la moitié. Sa générosité contracte la mâchoire d'Émilie.

Se remplir la panse après tant d'efforts, il n'y a pas mieux. Mon écharpe me sert de bavoir et ma combinaison est rapidement redécorée.

— Nous allons passer par les trois sentiers, entends-je le guide annoncer alors que je tente d'effacer les dégoulinades de graisse.

— C'est un raccourci, non ? s'étonne Valentin en étudiant la carte.

— Ça nous permettra d'accéder au chalet un peu plus rapidement, il risque d'y avoir énormément de vent et de chutes de neige dans l'après-midi.

J'en ai marre des gens qui ont raison.

Horrifiée par les hurlements de la tempête, je contiens mes larmes et concentre tous mes efforts pour ne pas me retrouver abandonnée à nouveau au milieu de cet enfer blanc.

Nous glissons pendant une éternité avant d'atterrir face à... Bordel.

C'est une falaise. Un précipice.

Même en présence de millions de flocons de neige, je suis en mesure de distinguer les bâtons noirs qui balisent la piste.

— Un peu d'adrénaline ? se réjouit Émilie.

Beaucoup de sang, surtout.

Je ne vais jamais pouvoir descendre cette chose. Je ne vois même pas la fin tant la pente est raide.

— Ça n'a pas l'air d'aller, Chloé.

— Si. Si, si. On ne peut mieux.

La voir foncer droit devant avec le guide me tétanise.

Comment fait-elle pour ne pas avoir peur ? Elle est mannequin, elle est censée faire attention à son corps.

Valentin parti, je me résigne à m'élancer à mon tour, une énorme boule au ventre.

Les premiers mètres se passent sans trop de problèmes ; n'arrivant pas à contrôler la direction, je me contente d'aller tout droit.

C'est après que ça se corse.

Les snowboards ne disposant pas de freins, j'accélère. Beaucoup trop. Cheveux comme tirés en arrière. Muscles plus contractés qu'ils ne l'ont jamais été. Je suis convaincue d'approcher dangereusement du mur du son.

La moindre aspérité me fait décoller, le plus petit monticule menace de m'envoyer dans le décor. J'ai l'impression qu'un simple contact avec le sol provoquera la fracture de la moitié de mes os.

Par je ne sais quel miracle, je parviens à faire pivoter la planche.

Bonne nouvelle, je ne suis plus en train de dévaler la pente.

Mauvaise nouvelle, je m'enfonce à un rythme improbable dans la poudreuse ; d'après Thomas, elle permet de ralentir la course. Thomas est un idiot.

Je ne ralentis pas du tout. La planche tremble sous mes pieds tandis que je m'envole vers une direction inconnue. Ce n'est plus une piste, mais un espace constitué de fossés et de collines. Je passe devant, puis derrière un sapin. Je tente de changer d'itinéraire, mais plus un seul de mes nerfs ne m'écoute.

N'ayant pas vraiment le choix, je fonce.

Et m'explose.

Mon épaule me fait hurler de douleur, et je me roule en boule en la tenant fermement. J'ai l'impression que mon bras se consume de l'intérieur.

Je déteste les sports d'hiver.

Je déteste la montagne.

Je déteste la neige.

Ces paysages devraient être interdits par la loi. Une amende pour les stations de ski. Un procès. N'importe quoi. Une telle souffrance ne devrait pas être autorisée.

— Chloé ! Chloé !

Les cris de Valentin me parviennent ; je lève péniblement mon bras valide pour lui indiquer ma position.

J'entends le cliquetis de ses fixations qui se détachent puis le vois s'accroupir à mes côtés.

— Merde ! Tu m'as dépassé à une vitesse ! Je n'ai jamais vu quelqu'un foncer comme ça sur une piste noire. Tu as mal quelque part ?

— Mon épaule, soufflé-je.

— Il faut qu'on appelle les secours.

Lorsque je le vois tourner la tête, une image se forme dans mon esprit.

Cet idiot a laissé sa fiancée avec le guide.

— Évite de bouger, me conseille-t-il alors que je me tortille dans tous les sens.

— Je n'ai plus mal du tout, dis-je en mimant la joie.

— Tu plaisantes ? Tu as une grimace vissée au visage.

— Le froid. Viens vite, on doit rejoindre Émilie.

— Elle va arriver, me rassure-t-il. Elle m'a vu partir.

C'est bien ça le problème.

Il me somme de m'immobiliser, mais il est hors de question que je l'écoute ; en trois minutes, sa future femme est capable du pire.

Malgré ses reproches, je me relève et pars récupérer ma planche plantée à quelques mètres.

— Chloé, soupire-t-il, pourquoi...

— Je... j'ai envie de m'amuser sur les pistes. Quand on tombe de cheval, il faut remonter en selle, n'est-ce pas ? Eh bien, c'est ce que je vais faire. Dès que nous serons de retour sur la descente.

Je commence à marcher dans la poudreuse en essayant de faire abstraction des élancements insupportables de mon épaule.

— Mais ralentis ! peste-t-il en peinant à me suivre.

— J'ai tellement hâte de glisser sur mon snowboard ! dis-je avec un sourire qui masque mon envie de pleurer.

Émilie ne doit en aucun cas rester seule avec le guide.

J'avance de quelques mètres et distance Valentin.

— Dépêche-toi ! crié-je en agitant la main.

C'est pour toi que je fais ça, idiot ! Ta future femme est probablement en train d'échanger un peu plus que des amabilités avec un homme des montagnes.

— Je comprends.

— Tu comprends quoi ? fais-je en fronçant les sourcils. Valentin, il ne faut pas faire attendre les autres.

Ses chaussures crissent dans la poudreuse alors qu'il me rejoint.

— C'est parce que tu ne veux pas rester seule avec moi, sourit-il.

Hein ? Il n'a rien capté du tout, le pauvre.

— Si tu veux. Il faut vraiment qu'on y aille.

Je m'embarque de nouveau dans la neige, mais comme il ne me suit toujours pas, je dois faire volte-face.

— S'il te plaît, Valentin. Ils ne vont jamais nous retrouver si on reste ici.

— Tu as encore des sentiments pour moi, n'est-ce pas ?

Le choc de sa question est violent, je n'étais pas préparée à ça.

Je le regarde, complètement hébétée.

— Ce que je vais te dire ne va pas te plaire, me lance-t-il, mais tu ne devrais pas penser à moi.

Effectivement, sa phrase me crispe. Qu'est-il en train de me faire ?

— Écoute, Valentin, je...

— Ne dis rien, me coupe-t-il. Je sais que tu en pinces

encore pour moi, j'ai vu tes regards, et ta jalousie envers Émilie saute aux yeux. Mais ce n'est pas grave, je peux le comprendre... C'est Émilie.

C'est normal que la moutarde soit en train de me monter au nez ou pas ?

— Je vais t'avouer quelque chose, poursuit-il, mais il ne faut pas que tu le prennes mal.

Je vais le prendre mal. Ô combien.

— Je t'ai un petit peu... utilisée. Son comportement m'agaçait et comme elle est très possessive, je me suis dit que si je jouais avec toi, ça la rendrait furieuse.

— Tu as voulu la rendre jalouse ? dis-je, interloquée. C'était ça, tes regards un peu bizarres ?

— C'était ça. Sauf que Nick n'a pas arrêté de lui faire du rentre-dedans, et comme elle ne voit rien, elle est entrée dans son jeu sans le vouloir.

C'est une blague.

— Tu n'es pas sérieux, j'espère ? riposté-je, sur la défensive.

— Je ne sais pas dans quelle mesure c'est dur à entendre pour toi, vu que tu es amoureuse de moi, mais Nick a l'air assez intéressé par Émilie. Je ne peux pas lui en vouloir, dit-il, comme pour me rassurer, beaucoup d'hommes tombent sous son charme.

— Mais c'est le monde à l'envers ! m'enflammé-je. Tu es si aveugle que ça ?!

— Hein ?

— C'est Émilie qui lui fait du rentre-dedans !

Je fulmine.

Tant pis pour ma conscience et pour son amour-propre, il vit vraiment sur une autre planète.

— Je sais que tu m'aimes toujours, soupire-t-il comme si c'était une tare, mais tenter de détruire mon couple n'est pas la meilleure idée que tu aies eue pour me reconquérir.

— Elle a embrassé Nick !

La manière dont ses yeux se figent instantanément fait naître une petite pointe de gêne dans mon ventre. Mais trop, c'est trop. Il faut qu'il sache à qui il a affaire.

— Ton petit ami a embrassé ma fiancée ? déglutit-il.

Ce qu'il peut m'énerver.

— C'est elle. Elle qui a posé ses lèvres sur celles de Nick.

La fureur assombrit maintenant son regard. Ses brusques changements d'humeur sont extrêmement fatigants.

— Alors comme ça, il a eu ce qu'il voulait ? Émilie s'est fait avoir par ce con !

— Oh ! eh ! crié-je pour le réveiller. Tu n'as pas compris ? C'est elle qui l'a embrassé !

— Parce qu'il l'a draguée toute la soirée, crache-t-il, les narines fumantes.

Pitié, sauvez-moi.

— Et le guide alors ?

— Le guide ? sourcille-t-il.

Je prends une profonde inspiration.

— Quand tu m'as découverte dans le bar-restaurant, je n'étais pas en train de chercher mon gant ! J'espionnais ta fiancée en train de faire du gringue au guide. Et là, maintenant, je ne veux pas me dépêcher de partir d'ici parce que j'ai des sentiments pour toi, mais parce que, gros idiot que tu es, tu les as laissés seuls tous les deux !

Chapitre 14

Bon. J'aurais peut-être mieux fait de m'abstenir.

Valentin vient de partir en courant vers les pistes, les poings serrés et les lèvres écumantes.

Je m'élance derrière lui, mais ses jambes sont vraisemblablement plus puissantes que les miennes.

Malgré tout, je n'arrive pas à croire qu'il se soit servi de moi pour rendre sa fiancée jalouse. Ainsi, quand il me regardait en coin et prenait ma défense, ce n'était que du vent, rien, juste un souffle de mensonge. Il n'a vraiment aucun respect pour ma personne. Si j'avais des sentiments pour lui, je serais complètement dévast...

Tu as des sentiments pour lui, Chloé, ne dis pas n'importe quoi.

C'est vrai. Je ne suis juste pas au trente-sixième dessous parce que... parce que je viens de me découvrir une nouvelle facette, celle d'une femme forte.

Voilà, c'est ça.

Ça ne me touche pas parce que je suis incroyablement forte.

Enfin, tout est relatif.

Mon cœur s'est peut-être endurci, mais physiquement, je m'apparente plus à une loque qu'autre chose.

Alors que j'essaie de ne pas perdre Valentin de vue,

la douleur s'emploie à consumer mon épaule. J'aurais mieux fait d'écouter Thomas, tiens. À l'heure qu'il est, je serais tranquillement dans ma chambre d'hôtel, à l'abri du blizzard.

— Connard !

Le hurlement de Valentin me force à accélérer le mouvement.

— Mais qu'est-ce qui se passe ? crie Émilie, effrayée.

Merde.

Valentin et le guide entrent dans une violente bagarre. Leurs coups soulèvent la neige et atterrissent au hasard dans une mâchoire, une oreille ou à l'entrejambe.

Je crois que j'ai très légèrement provoqué un cataclysme. Les deux bonshommes de neige boostés à la testostérone s'insultent, tandis qu'Émilie vocifère, les bras en l'air.

— Calmez-vous ! pleure-t-elle. Mais enfin !

L'affrontement se poursuit de plus en plus brutalement et je... ne sais pas quoi faire.

Autour d'eux, la poudreuse est constellée de gouttelettes écarlates. C'est peut-être ce qui me décide à m'interposer. Ça, et le fait qu'on ne frappe pas les femmes : avec un peu de chance, ma présence calmera le jeu.

Mauvaise idée.

Valentin confond ma pommette avec celle du guide et la droite qu'il m'envoie me fait tomber à la renverse.

— Merde ! Chloé, ça va ?

— Vous arrêtez... de vous... battre maintenant ?!

Les deux mâles émettent un dernier grognement avant de se lâcher du regard.

Sans vouloir en rajouter, je suis à l'agonie. Mon heure a sonné. Mon épaule est en train de migrer étrangement au niveau de ma clavicule et ma pommette vient de se décrocher de mon visage.

Valentin est pas mal amoché, lui aussi, et le guide a les mains en sang.

Vivement la nouvelle année.

— Qu'est-ce qui t'a pris ?! hurle Émilie.

— Ce connard t'a draguée ! vocifère-t-il en pointant son rival du doigt.

OK.

Il n'a apparemment toujours pas compris que le problème venait de sa future femme.

— C'est quoi ce délire ? s'étonne le guide.

— Mais qu'est-ce que tu racontes ? intervient Émilie. Justin n'a rien fait !

— Chloé vous a vus dans le restaurant !

Non. S'il vous plaît. Je ne veux plus me retrouver au centre d'un conflit. Il ne me reste qu'une seule pommette et un bras valide, j'aimerais bien les conserver.

Émilie, le regard vissé sur moi, me lance des éclairs. Au moins, ma position au sol me protège de ses coups : on ne s'attaque pas à un blessé déjà à terre.

— Tu peux m'expliquer ce que tu as vu, Chloé ? grince-t-elle en posant la main sur sa hanche.

En ce moment, des étoiles. Mais tout le monde s'en fiche.

— Une discussion, articulé-je, chaque mot provoquant une vague de souffrance dans tout mon corps. Je crois que je vais... avoir besoin... de secours.

— « Une discussion » ? répète-t-elle en ricanant, ignorant magistralement mon appel à l'aide. Et depuis quand on n'a pas le droit de parler avec les gens ?

— Tu... étais en train de... dire que... tu voulais essayer... un truc interdit... J'ai vraiment très mal...

— Je rêve ! crache-t-elle. Je voulais faire du hors-piste, espèce de débile ! Valentin en a toujours rêvé, j'avais envie de lui faire la surprise, mais Justin n'était pas d'accord.

Du hors-piste ? C'est une métaphore ou simplement la vérité ?

Vu la manière dont elle me dévisage, je crains que ce ne soit simplement...

Je crois que je viens de faire une bourde.

— Une « surprise » ? s'étonne Valentin. Tu ne fais ça que quand tu as quelque chose à te reprocher et que tu veux te rattraper, ajoute-t-il, méfiant.

— Vous pourriez... parler de... ça plus... tard ? grimacé-je, incapable de déterminer quelle partie de mon corps, qui gît toujours au sol, me fait le plus mal.

— C'est parce que Nick t'a embrassée ? reprend Valentin.

— Techniquement, c'est... euh... c'est moi qui ai..., commence-t-elle. Mais ça ne voulait rien dire ! se rattrape-t-elle immédiatement. C'était une grosse erreur ! Ça n'a même pas duré, en plus, je me suis immédiatement reculée.

— S'il vous plaît..., imploré-je.

— Vous êtes tous complètement timbrés ! lance le guide, horrifié. Je ne resterai pas avec vous une minute de plus ! Débrouillez-vous pour le chalet, moi, je jette l'éponge.

Mais non ! Il est en train de partir !

Il ne peut décemment pas me laisser agoniser en compagnie d'un couple en pleine scène de ménage.

Je commence sérieusement à penser que j'avais raison lorsque je disais que je ne m'en sortirais pas vivante.

Valentin et Émilie poursuivent leur querelle sans même prêter attention à son départ précipité. Et j'ai beau avoir l'air d'un zombie rampant au sol, il n'y en a pas un qui m'accorde un coup d'œil.

Valentin est en train de réaliser que c'est bien Émilie qui a posé ses lèvres la première, comme je le dis depuis le début, mais personne ne m'écoute jamais. Émilie essaie de se justifier en expliquant qu'ils venaient juste de se disputer, que Nick avait désamorcé la situation et qu'elle s'était alors emmêlé les pinceaux.

Sorcière.

Comment peut-on s'emmêler les pinceaux entre deux hommes ? Nick et Valentin n'ont quand même pas grand-chose en commun. Excuse minable. Qu'elle admette tout de suite qu'elle a craqué sur Nick, ça serait plus simple pour tout le monde.

— Comment as-tu pu me faire ça ? rugit Valentin.

— Je te dis que c'était une erreur !

Et c'est reparti.

L'un lève les bras, l'autre les croise. Ça repart dans les histoires enfouies dans les tiroirs ; une anecdote mettant en scène un certain Harry semble agacer passablement Valentin, puis Émilie dégaine une Anastasia « copine-de-travail ». Le froid congelant mes neurones un par un, je perds rapidement le fil.

Au départ la dispute portait bien sur une histoire de future femme ayant dragué un faux petit ami en cachette, non ? Pourquoi plus personne n'en parle, désormais ? Ce n'est plus Nick qui pose problème, mais Éric, Léon, et un autre type affublé d'un prénom qui sonne comme « Asticot ».

Valentin n'est peut-être pas si aveugle que ça, en fait ; il se souvient de chaque regard qu'Émilie a lancé, de chacune de ses paroles mielleuses envers les centaines d'hommes qui ont croisé sa route.

Elle a toujours dragué tout ce qui bougeait, et depuis tout ce temps, il fait comme s'il ne le voyait pas. Ça me fait penser à l'histoire que le médecin m'a racontée : le couple qui se hurle dessus en me laissant décéder dans la neige en est à peu près au même point.

J'ai eu mal pour Nick — parce que je suis bel et bien convaincue que c'est de lui qu'il s'agit — quand sa sœur m'a fait part de son histoire. Et là, je souffre pour Valentin, véritablement fou amoureux d'une femme qui adore fricoter à droite et à gauche. C'est pour cette raison que je comprends parfaitement la raison pour laquelle il attrape ses skis et s'en va dévaler la piste, furieux. C'est également normal qu'Émilie...

— Eh ! dis-je, affolée de la voir sur le départ. Attendez ! Vous ne... pouvez pas me... laisser toute...

Si.

Ils l'ont fait.

Les flocons de la tempête qui s'intensifie s'écrasent sur mon visage déconfit.

Ils m'ont abandonnée. Littéralement.

Je suis officiellement blessée et perdue en plein milieu d'une descente enneigée.

J'aimerais beaucoup rester positive, mais la réalité ne m'y aide pas franchement.

Si ça se trouve, la Savoie est peuplée d'ours. Le sang qui coule sur ma pommette va les attirer et ils me mangeront toute crue. Pour le coup, j'aurai même du mal à passer aux informations... Les secours ne retrouveront jamais mon corps.

Prise de panique à l'idée de cette probable mort atroce, je mobilise tout mon courage pour me relever. J'ai décrété que plus jamais je ne monterais sur une planche, alors je me contente d'attraper la mienne de la main gauche et j'entame la descente à pied.

La station est forcément en bas, il n'existe pas d'autre chemin. Les pistes ne sont pas des labyrinthes.

Le vent glacial hurle de plus en plus fort et m'a même arraché mon bonnet. Quant à ma chère épaule, elle semble trouver très amusant de provoquer des élancements insupportables jusqu'à ma nuque.

Comme j'avance au ralenti, je n'ai aucune idée du temps qui passe, ni de l'heure qu'il est. J'aurais bien demandé de l'aide aux rares skieurs que j'ai croisés, mais ils sont tous passés devant moi comme des flèches.

J'ai l'impression qu'il fait de plus en plus sombre, mais j'ai tellement mal interprété tout ce que j'ai vu depuis que je suis arrivée ici que je ne suis même plus sûre de ça.

Je continue ma randonnée, le souffle court. Je n'ai

jamais autant marché et je pense avec nostalgie au métro parisien, que je ne reverrai peut-être plus jamais. Mais si d'aventure je rentre autrement que dans un cercueil, je vous promets que Thomson en verra de toutes les couleurs.

J'ai véritablement donné de ma personne pendant ce séjour, il devra donc ajouter une clause de prime bimensuelle à mon contrat. Je ne lui laisserai plus rien passer. Il devra même m'autoriser à arriver en retard tous les jours sans se plaindre. Et je lui dirai ce que je pense de son haleine post-petit déjeuner.

Quand enfin j'aperçois les lumières de la station, je suis à bout de forces.

Normalement, la piste sur laquelle je chemine grouille de monde ; ils ont tous dû rentrer chez eux pour se réchauffer et profiter de ce fabuleux dernier jour de l'année. Ou c'est simplement une question de nuit tombée.

En temps normal, je devrais être en train de siroter un petit jus avec Lili. Elle testerait sa nouvelle palette de maquillage et nous ririons de nos têtes de clowns. À la place, j'avale les derniers mètres sur les rotules.

Mon épaule ne cesse de me réclamer des soins mais la seule chose dont j'ai envie, c'est de retrouver ma chambre. J'ai besoin de prendre une douche chaude et de m'emmitoufler dans quelques dizaines de couvertures.

Les passants me regardent bizarrement tandis que je chemine dans la station en traînant ma planche. J'imagine que ma pommette a gonflé comme un ballon, elle s'est peut-être même étendue jusqu'à mon œil. Je dois avoir l'air d'une folle furieuse. Une casse-cou qui n'a rien trouvé de mieux que de s'exploser en haut des montagnes un 31 décembre.

J'avoue que lorsque je passe la porte d'entrée des Deux Suzette, j'ai l'impression d'être au paradis. Les récents événements m'ont fait revoir mes exigences à la baisse. Je grimpe les escaliers pour retrouver enfin mon lit.

Ma clé.

Ma clé n'est plus dans ma poche. Je regarde autour de moi et tâte ma combinaison, mais rien.

Vu les kilomètres que je viens de me taper, elle pourrait se trouver n'importe où. Je pars donc en direction de la réception en espérant que le dragon qui en a la garde aura la bonté de m'en prêter un double.

Un cri de détresse m'échappe.

Près de la sonnette, un papier indique que l'accueil fermera plus tôt en raison des fêtes. Je n'ai donc plus de chambre. Je vais passer la soirée et la nuit dehors. En combinaison et chaussures de snowboard.

Mon moral est si bas que je renonce à me venger sur le réceptionniste ; si j'en avais eu la force, j'aurais brûlé son registre de réservations.

J'émets un long soupir de résignation jusqu'à ce que mon épaule me rappelle à son bon souvenir. Je repars donc à travers les rues de la station nimbée des lumières du début de soirée.

En arrivant devant le cabinet, j'hésite entre défoncer la porte et m'effondrer, noyée dans mes propres larmes : le Dr Atman, elle aussi, a fermé boutique plus tôt.

En résumé, un jour de fête, n'envisagez ni de dormir dans un lit, ni de vous faire soigner.

Il ne me reste plus qu'une solution.

Sans prêter attention aux fêtards qui me dévisagent, je m'installe à un bar et commande le plus gros des verres de bière.

Je vais me soûler toute la soirée, ce qui devrait me procurer les bénéfices suivants :

1) Diminution de la douleur.

2) Réchauffement du corps pour affronter la nuit.

3) Plus généralement, oubli de mes soucis.

Alors que les bulles descendent le long de mon œsophage, je me dis qu'il serait probablement mieux pour moi d'écourter le séjour et de rentrer à la capitale dès le lendemain.

La poisse m'a toujours poursuivie, mais je suis certaine que la Savoie l'accentue. C'est humainement impossible de cumuler autant de problèmes en si peu de temps. Je devrais songer à écrire mes mémoires, tiens. Si je rédige le journal intime de mes problèmes, je pourrai le consulter chaque fois que je sens la déprime poindre, pour me souvenir que j'ai déjà vécu bien pire par le passé. Mais, les poches de ma combinaison ne contenant ni crayon ni papier, je me rabats sur le brouhaha de l'établissement pour m'occuper l'esprit.

Le lieu est plein à craquer.

Des groupes d'amis, des familles et des couples se disputent quelques centimètres carrés dans l'espace clos.

Tous ont le visage barré d'un sourire. La joie émane de chacun de leurs pores, de l'alcool qui coule à flots et des rires tonitruants. Je m'attarde plus particulièrement sur un groupe de filles surexcitées.

On dirait Lili et moi.

Une grosse boule est en train de se former dans ma gorge.

Moi aussi je veux ma meilleure amie. J'ai besoin d'elle. Elle serait capable de me remonter le moral en deux secondes chrono. Je réprimande silencieusement l'une des jeunes femmes, qui consulte son portable : comment ose-t-elle appeler quelqu'un alors qu'elle est en si bonne compa...

Je me lève précipitamment et la rejoins aussi rapidement que mes jambes endolories me le permettent.

— Pourrais-je emprunter votre téléphone quelques instants, s'il vous plaît ?

Ses amies écarquillent les yeux en découvrant ma mine défaite.

Je fais désormais reposer tous mes espoirs dans cet engin. Il va me sauver la vie.

— Pardon ? sourcille l'intéressée.

— Je vous en prie, l'imploré-je, c'est une question de vie ou de mort.

— Vous êtes en danger de mort ? piaille une bouche pulpeuse de l'autre côté de la table.

— Complètement. Cette journée est une catastrophe, j'ai besoin de parler aux secours. Je vous promets que je ne serai pas longue.

— L'état de votre visage a un rapport avec cette catastrophe ?

— Entre autres, oui, soupiré-je.

— Comment vous êtes-vous fait ça ?

— Mon ex-fiancé.

Devant leurs grimaces horrifiées, je secoue vivement la tête.

— Non ! Il ne m'a pas frappée ! Enfin si, mais ça n'était pas intentionnel.

— C'est ce que prétendent toutes les femmes, dit avec douceur la propriétaire du téléphone en me prenant le bras.

— Non, non. Il a juste voulu cogner le guide après que je lui ai dit qu'Émilie l'avait dragué et cet idiot a cru que c'était la faute de Justin, mais je me suis trompée en fait, c'était un malentendu, à cause d'une discussion que j'ai entendue alors que j'étais cachée derrière un paravent en voulant acheter un soda à 20 euros pendant qu'on attendait Émilie, justement, parce que Valentin pensait qu'elle avait disparu. C'est pour ça que j'ai cru qu'elle draguait Justin.

À leur expression, j'ai la vague impression d'en avoir perdu quelques-unes.

— Vous allez bien ? s'inquiète la bouche pulpeuse. Votre discours n'est...

— Pas très clair, terminé-je. C'est une histoire compliquée. J'ai besoin de parler à Lili, ma meilleure amie. J'ai besoin de lui raconter et d'entendre ses conseils. Elle maîtrise la question.

Le silence tombe sur la tablée, puis la jeune femme la plus proche de moi me tend son portable, les sourcils toujours froncés.

— Merci beaucoup ! soufflé-je avant de déguerpir à l'extérieur pour me ruer sur le clavier. Lili ? Lili ? Lili ?

— Chloé ?

Mon Dieu. OH, MON DIEU. Entendre sa voix me fait un bien fou.

— Lili !

— Putain, Chloé ! Je t'ai appelée au moins cinq cents fois ! Tout le monde s'est inquiété ! Ta mère, ton père, Clarisse... Tu aurais pu nous répondre !

— Mon portable est hors service. Lili, il f...

— Et tu ne pouvais pas en acheter ou en emprunter un ? s'énerve-t-elle.

En effet... Décidément, on dirait que les récents événements ont eu raison de mon cerveau.

— Si tu savais les efforts que j'ai dû faire pour convaincre ta mère de ne pas te rejoindre..., poursuit-elle en soupirant. Elle était persuadée que tu étais coincée sous une avalanche.

Imaginer maman et sa panique démesurée me fait esquisser un vague sourire.

— Tu m'appelles pour me souhaiter une bonne année ou tu es dans un bourbier innommable ? finit-elle par me demander.

Devoir raconter une nouvelle fois toute l'histoire me fait mesurer à quel point ma vie est partie en cacahuète en moins d'une semaine.

Un trajet en train apocalyptique, un hôtel sublime qui n'est finalement pas le mien (lequel s'avère absolument déprimant), un couple prétendument idéal qui passe son temps à se disputer, du beurre d'escargot sur mon seul chemisier, un homme vêtu d'une serviette, des jambes parfaites dans un jacuzzi, un baiser, six kilomètres de descente avec une épaule décomposée... Je mets un temps fou à lui expliquer la logique de tout cela.

— Elle est comment, sa chute de reins ?

— Lili ! m'insurgé-je. Je suis en train de te dire que j'ai probablement détruit le couple que Valentin formait avec Émilie !

— Entre une dragueuse invétérée fiancée à un ex qui t'a trompée avec elle, et un ancien rugbyman presque nu, mon choix est vite fait. Alors ? Cette chute ?

Elle m'épuise.

— Pas mal, lâché-je entre mes dents.

— C'est tout ?

— Lili !

— Ta conscience d'abord et le plaisir après, je sais, soupire-t-elle. Ça te fait quoi de penser que Valentin et Émilie ne sont peut-être plus ensemble à l'heure qu'il est ?

— Je me sens horriblement mal.

Silence.

— Allô ?

— La dernière fois qu'on s'est parlé, tu me disais que tu aimais encore Valentin et maintenant tu te sens désolée d'avoir brisé son couple ?

— Je...

C'est vrai.

Il y a seulement quelques jours, je voulais Valentin pour moi toute seule.

Désormais, et malgré le fait qu'Émilie m'insupporte, je préférerais qu'ils recollent les morceaux.

Quelque chose ne tourne pas rond chez moi.

— Ça ne serait pas l'effet méga-sexy de l'homme tout nu ? l'entends-je chuchoter en devinant son sourire.

— Absolument pas. Et je ne t'ai jamais dit qu'il était méga-sexy.

— Tu as réussi à me détailler avec précision la forme de son torse, de ses épaules, de sa trace en V, le tombé de la serviette... Tu es même capable de me retranscrire l'odeur de son parfum. Tu le trouves sexy, Chloé.

Je suis si transparente que ça ? J'avoue que... non. Je ne l'avouerai pas.

— Tu craques pour lui.

— Pas du tout, riposté-je aussitôt.

N'importe quoi.

Peut-être un peu.

Non.

Jamais.

Il a simplement été très gâté par la nature et c'est assez agréable de s'attarder sur son physique. Mais au-delà des apparences, il ne me plaît pas du tout.

Il n'arrête pas de se moquer de moi, il s'amuse des situations délicates, il est... toujours là lorsque j'ai besoin d'aide. Il cuisine comme un dieu, il sait goûter le vin, il masse comme un pro, il... Merde.

— Il a embrassé Émilie, me justifié-je.

— Il y a une minute, c'était elle qui l'avait embrassé.

Oui. Mais si je maintiens cette version, ça fera encore un point en sa faveur.

— De toute façon, je n'ai pas du tout craqué sur lui, conclus-je.

— Tu veux donc retourner dans les bras de Valentin ?

— Non. Je suis très bien toute seule.

Voilà, je vais rester avec moi-même. Pas sûr que ce soit la meilleure des compagnies, mais ça m'évitera d'ajouter encore plus de problèmes à ma vie. J'ai déjà assez à faire avec l'aimant à galères que je suis.

Lili passe une dizaine de minutes à m'expliquer dans tous les sens que Valentin est un goujat de première et qu'elle serait bien contente qu'Émilie l'abandonne. Elle précise aussi qu'elle la déteste et qu'elle ne comprend pas comment cette femme peut plaire à quelqu'un. Puis elle sous-entend que je dois me rapprocher de Nick.

Je décide alors de couper court à la conversation en lui souhaitant une bonne année en avance, puis je rends le téléphone aux filles avant de retourner au bar.

Je m'enfile trois bières, peut-être quatre. J'ai l'esprit en pleine tourmente.

Lili n'aurait quand même pas raison...

Oui, je sais, j'ai toujours dit qu'elle avait une sorte de science infuse, mais cette situation fait office d'exception.

Je commande un autre verre pour me remettre les idées en place, puis tente de démêler le sac de nœuds que forment mes émotions.

Dans ce méli-mélo, je sais au moins une chose : je n'ai plus aucun sentiment pour Valentin.

Niveau amour, je suis revenue à zéro.

Un bon gros zéro.

Il ne me reste plus qu'à comprendre pourquoi les mots de Lili continuent à tourner dans ma tête.

Chapitre 15

Guillerette et bizarrement délestée de toute douleur à l'épaule comme au visage, je quitte le bar, direction le Chalet des Sœurs Suzette.

Je sais parfaitement ce que je vais faire : m'introduire dans l'appartement de Nick et lui demander de but en blanc s'il est normal que je m'intéresse autant à son fessier.

— Chambre 209, s'il vous plaît, dis-je, en étouffant un hoquet, à la réceptionniste que je crois reconnaître.

Le visage de la brune me semble anormalement déformé. Je suppose que c'est celle que j'ai décidé de détester, mais elle me paraît subitement moins désagréable.

— Les clés sont en possession de M. Atman, rétorque-t-elle.

— Le double alors, dis-je en riant.

— M. Atman a toutes les clés avec lui, répète-t-elle en fronçant les sourcils.

— Ah ! Je le savais, évidemment ! badiné-je en prenant appui sur le comptoir. Je vais l'attendre ici, alors... Devant la cheminée... Pour l'attendre... Parce que je dois... l'attendre.

Je patiente un temps interminable dans les fauteuils de la réception. J'ai l'occasion de recompter dix fois mes doigts, de jouer avec les fourches de mes cheveux, de faire du piano avec mes orteils et d'admirer le défilé des élégantes qui ne cessent de traverser le hall.

Elles portent toutes des robes phénoménales, des coiffures irréalisables et des bijoux probablement inabordables. Le spectacle qu'elles offrent est fascinant. Lorsque j'accorde un regard dégoûté à ma combinaison, une révélation me frappe : je suis complètement débile.

Nick était censé nous rejoindre au chalet. Il doit sûrement déjà y être, d'ailleurs. Peut-être est-il même en train de se rendre compte que personne ne l'attend.

Si c'est bien le cas, alors je suis en train de patienter pour rien. Il va forcément faire demi-tour et revenir à l'hôtel, mais quand ? Il risque de mettre un temps fou à regagner son appartement.

À la limite, rien ne me force à m'ennuyer ainsi jusqu'à son retour. Et puis ces femmes en robe de soirée m'intriguent depuis tout à l'heure.

Aussi curieuse que désinhibée, je décide de suivre un nouveau groupe froufroutant et étincelant.

J'emprunte l'ascenseur en leur compagnie et m'arrête au même étage qu'elles. Le dernier.

Dans le couloir, j'ai l'impression d'avoir oublié quelque chose... Ma planche ? Oh ! Tant pis, elle ne me servira plus de toute façon.

J'avance sur leurs talons jusqu'à une porte, qu'un homme à l'air guindé ouvre devant elles.

La vache ! Ce n'est pas une pièce mais carrément une terrasse, qui occupe une grande partie du toit de l'hôtel.

L'espace est cerné par d'immenses baies vitrées qui surplombent les lumières de la station. C'est vraiment magnifique. Un espace d'une rare élégance, où une foule en tenue de soirée se presse autour de buffets couverts d'une nourriture élaborée.

Je vagabonde entre les hommes tenant leur coupe de champagne le petit doigt en l'air, et me dirige machinalement vers le fameux buffet où toutes les femmes sont agglutinées — et où aucune ne mange.

— Ah ! Je vous vois, vous, petits escargots vicieux ! Vous ne m'aurez pas, cette fois !

J'attrape une assiette en porcelaine et me mets à la remplir de tout, sauf des gastéropodes ; c'est un peu dommage qu'il n'y ait pas de frites ni de sauces un peu plus grasses que la moutarde, mais j'ai tellement faim que je pourrais ingurgiter n'importe quoi. Je me prépare donc un festin et pars à la recherche d'une chaise vacante.

J'enfourne mon premier canapé avec une grimace quand quelqu'un fait grincer l'estrade.

Très honnêtement, je n'écoute que d'une oreille. La couleur de ces morceaux de mie est douteuse, j'ai peur d'avoir avalé un morceau du décor du buffet. Pour éviter d'être empoisonnée, je m'empiffre rapidement de la quasi-totalité de mon assiette. La soupe froide et la charcuterie qui se mêlent dans mon estomac feront certainement fondre l'objet non identifié que j'ai ingurgité.

— Tu crois qu'il sera là ?

Les murmures de mes voisines chatouillent mes tympans.

Les pauvres, elles n'ont sûrement pas remarqué le buffet gargantuesque. Elles se battent avec un bout de radis défraîchi.

— J'espère, répond la plus proche de moi. Je n'ai pas passé une journée entière à me pomponner pour rien.

— Tu as vu toutes ces femmes ? Elles sont venues pour lui, j'en suis sûre.

— Comme tous les ans.

Ah.

Donc tout cela serait une soirée de fin d'année ? Ça expliquerait ces tenues plus incroyables les unes que les autres.

Je dois avoir l'air d'un déchet avec ma pommette

explosée et ma combinaison nouée autour de la taille révélant un pull en polaire.

— ... c'est pour ça.

— Mais la rumeur dit qu'il est tr...

L'amie de la rousse me dévisage.

Je me racle la gorge avant de lui offrir un fabuleux mélange de rictus douloureux et de grimace affreuse.

— Désolée, dis-je en rougissant. Je n'écoutais pas... vraiment.

Deux lasers remplacent ses yeux; son regard passe de mon assiette à mon pull puis au reste de mon accoutrement.

— Je rentre des pistes, me justifié-je sans savoir pourquoi.

— Vous n'irez pas bien loin affublée de la sorte, juge-t-elle en arquant ses sourcils.

— Pardon?

— Vous êtes également ici pour le P-DG? lance l'autre femme.

— Le P-DG de quoi?

— De Jasaphir.

Ce nom me dit étrangement quelque chose.

Je tente de faire marcher mes neurones, mais l'effet combiné de la digestion et des bières m'empêche de remettre la main sur ce vague souvenir.

— C'est une entreprise? leur demandé-je.

— Une chaîne hôtelière, précise la rousse.

D'où le fait que j'ai déjà entendu ce nom quelque part. À l'agence, forcément. C'est un début, mais mon cerveau refuse de creuser plus loin la question.

J'imagine que c'est une chaîne assez prestigieuse vu le niveau d'Infinite & co. et le degré d'exigence de Thomson. Quoique. Je vis quand même aux Deux Suzette, ce n'est pas non plus le must en matière de standing.

— Jasaphir est établie dans plus de quatre-vingt-dix pays, s'émerveille l'amie de la rousse. Tous les hôtels les plus prestigieux leur appartiennent, et ce, aux quatre coins de la planète.

— Et tout est dirigé par le P-DG le plus séduisant du monde.

— À ce point ? m'étonné-je.

— Toutes ces femmes dans l'assemblée, chuchote-t-elle en les désignant du menton, elles ne sont pas là pour le buffet, si vous voyez ce que je veux dire.

Je ne sais pas trop si cette phrase m'était destinée.

— Depuis qu'il a divorcé, poursuit-elle, il est devenu l'un des meilleurs partis du pays. Beau, charmant, délicat, richissime. La gent féminine rêverait de se voir faire passer la bague au doigt par un type comme lui.

— Sauf qu'il est extrêmement discret sur ses conquêtes, rétorque l'autre. Pas une seule histoire sentimentale n'a fuité dans les journaux à son propos.

— Dans les journaux ? m'interloqué-je.

— La presse locale l'adore. C'est étonnant que vous n'ayez jamais entendu parler de lui.

C'est peut-être aussi à cause de la dose d'alcool qui coule dans mes veines.

— Et donc, vous êtes toutes ici pour lui.

— La plupart des personnes présentes sont des clients réguliers des Sœurs Suzette, à qui il a l'habitude de faire un discours. C'est le moment où nous sortons notre artillerie lourde.

— Je vois, gloussé-je.

— Par contre, reprend-elle, il reste normalement ici jusqu'à minuit. Nous l'avons vu partir tout à l'heure et il n'est pas encore revenu.

— J'espère qu'il n'a pas trouvé mieux à faire, se désole sa voisine. Je ne me suis nourrie que de crudités pendant une semaine, il n'y a pas intérêt à ce que mon plan échoue.

— Votre plan ?

Mon intérêt est piqué. Je me sens soudainement plus proche d'elle.

— Pendant son discours, m'explique-t-elle fièrement, je jouerai avec cette mèche de cheveux ingénieusement détachée du reste de mon chignon, sourit-elle en me montrant l'arme du crime. Puis je le suivrai discrètement et lui foncerai dedans, malencontreusement. Nous entamerons la discussion et je lui révélerai que j'aime les sports à haut risque, il en a parlé une fois dans une interview. Je me suis bien renseignée. Nous boirons ensuite un verre et le charme opérera.

— Bon courage! plaisante la rousse. On est toutes sur les rangs.

Au moins, je n'ai pas besoin de bières pour m'amuser. Ces deux femmes sont désopilantes.

Je les écoute s'épancher sur leurs délirantes stratégies de séduction et les préparatifs de la soirée tout en passant le doigt sur mon plat pour finir la moutarde. Le moins que l'on puisse dire, c'est qu'elles ont mis du cœur à l'ouvrage! Elles se sont même entraînées aux danses de salon puisque après les douze coups de minuit, la terrasse se transformera en salle de bal. J'ai prévu de m'enfuir avant cette partie-là; la danse et moi... Sans commentaire.

Je pars me resservir deux fois avant d'être enfin repue et m'enfonce dans mon siège, les jambes écartées. Mon ventre a tellement gonflé que je dois descendre un peu plus la fermeture Éclair de ma combinaison.

Mes voisines ne manquent pas de me faire remarquer que ma position n'est pas franchement digne d'une femme distinguée. On voit bien qu'elles ne dépassent jamais la ration journalière de gras recommandée. Il n'y a rien de mieux que s'étendre après un bon repas copieux.

Je me sens tellement bien que je souris béatement en me laissant bercer par les murmures des conversations.

Je ne suis pas avec Lili et cette journée n'a pas vraiment

correspondu à l'idée que je me faisais d'un 31 décembre, mais l'ambiance calmement festive me fait du bien. Être entourée, même d'inconnus, me fait me sentir moins seule.

Je me détends au point d'avoir la tête qui vacille en arrière et profite de cette sérénité pendant un long moment, jusqu'à ce qu'une main se pose sur mon épaule, réveillant instantanément la douleur de ma blessure. Je sursaute et m'apprête à hurler de toutes mes forces sur le malotru, mais son sourire me désarme aussitôt.

— Je vous ai dérangée ? s'enquiert le médecin.

Il me faut quelques secondes pour faire taire la souffrance de mon membre.

Plus belle que jamais, elle est accompagnée de la femme qu'elle a langoureusement embrassée. Cette dernière lui dépose d'ailleurs un baiser sur la nuque avant de lui signifier qu'elle part se restaurer.

— Vous aviez l'air en pleine osmose intérieure, rit-elle.

— J'ai un peu forcé sur le buffet, admets-je en passant sous silence mon léger abus au bar.

Elle est tellement parfaite que je serais mal à l'aise de lui révéler mes travers. Si encore j'avais abusé d'un cru millésimé. Mais la bière bon marché, ça me ridiculiserait définitivement.

— Je ne savais pas que vous viendriez à cette soirée, sourit-elle.

J'avoue que je n'étais pas au courant non plus il y a encore une heure.

— J'avais envie de fêter la fin d'année comme il se doit, réponds-je en lui rendant son sourire.

— Vous en avez de la chance ! J'ai été contrainte et forcée de me rendre ici. Chaque année, c'est le même cirque.

— C'est si horrible que ça ?

— J'aurais préféré finir la nuit avec ma fiancée, mais

les obligations sont les obligations. Dites, reprend-elle en fronçant les sourcils, qu'est-il arrivé à votre visage ?

— Oh... ce n'est rien. Un petit accident.

— Vous avez pris des antalgiques ?

— Pas de ceux que les médecins prescrivent.

Tant pis. Quitte à se couvrir de honte, autant y aller franchement.

Elle laisse échapper un petit rire avant de poser sa sacoche sur l'accoudoir pour m'attraper le menton.

— Ne vous en faites pas, lui dis-je afin de lui éviter une auscultation surprise. Je vous promets que ça va.

— Vous devriez quand même passer à mon cabinet demain.

— Je n'y manquerai pas. Allez profiter de votre femme.

Elle répond à mon sourire par un clin d'œil, avant de récupérer sa pochette matelassée et de partir en me souhaitant une belle soirée.

Je ne peux m'empêcher de la regarder poser sa main dans le creux des reins de sa fiancée.

Elles vont tellement bien ensemble. C'est un couple qui me fait envie. Elles s'aiment sans en faire des tonnes, attentives l'une à l'autre. Elles se sont bien trouvées.

— Vous la connaissez personnellement ?

La rousse me dévisage de ses yeux ronds.

— Qui ?

— Le Dr Atman !

— Pas vraiment, on a fini par sympathiser. Pourquoi ?

— Vous avez une carte en main, glousse-t-elle.

Son entrain me laisse un peu perplexe. Je m'apprête à lui demander en quoi papoter avec une sublime femme médecin m'offre une carte, mais le changement radical de l'ambiance générale m'en dissuade.

Le volume du brouhaha a soudainement baissé. Je n'entends plus que des chuchotements.

Les femmes se redressent et déposent leur assiette

dans un coin. Certaines se frottent les mains, d'autres vérifient leur maquillage à l'aide d'un miroir de poche. Quant à mes voisines, elles sont dans un état d'excitation tel qu'elles ne cessent de gigoter sur leur chaise.

— Il est là !

En suivant leur regard, j'aperçois le dos du responsable de leur joie intense. Il se dirige d'un pas rapide vers l'estrade. Quelques personnes tentent de lui parler, mais il les repousse d'une paume levée.

Niveau cordialité, on a vu mieux.

Il finit par grimper les trois marches et attraper le micro que lui tend une jeune femme en extase.

Au moment où il se retourne, mon estomac fait un bond.

— Je vous remercie de votre présence. C'est toujours un plaisir de vous savoir réunis pour une occasion comme celle-ci.

Je suis si crispée que mon épaule hurle à nouveau et que les crampes de mes jambes se réveillent.

— Les fins d'année sont souvent l'occasion de revenir sur ce que nous avons accompli. Durant quelques heures, nous nous remémorons nos actions passées, la manière dont nous avons franchi avec succès chaque étape, comment nous avons surmonté les obstacles...

Mes voisines n'en peuvent plus ; je les entends glousser et murmurer des paroles franchement obscènes. En jetant un œil aux convives, je remarque qu'ils sont tous dans le même état.

Les femmes, du moins.

La gent masculine écoute le discours avec un grand sérieux tandis que les vagins pomponnés hochent la tête en souriant bêtement. Personnellement, je m'enfonce dans mon siège.

— Il a l'air un peu distrait, susurre la rousse.

— On dirait qu'il a un souci, acquiesce son amie.

— ... avoir. Se rassembler entre amis ou en famille est ce qui rend ces instants si heureux. Retrouver les siens et...

En passant un œil à travers mes doigts, je remarque effectivement qu'il n'a pas l'air au mieux de sa forme.

Sa posture est rigide.

Malgré ses belles paroles et toutes ces pensées positives, je ne peux m'empêcher de m'arrêter sur son visage.

Ses yeux sont éteints, comme s'il était présent sans l'être. Il tente à plusieurs reprises de contrôler la ride entre ses sourcils ; elle est incroyablement marquée. Je ne l'ai jamais vu ainsi.

— ... joie de vivre. Douze mois de tentatives, d'essais et de motivation. Un avenir radieux pour toutes et tous...

À mesure qu'il parle, son regard passe de tête en tête ; à chaque fois, la personne sur qui il s'attarde tressaille puis bat des cils.

Il y a une évaporation de phéromones phénoménale sur la terrasse. Des vapeurs qui s'échappent depuis les bouches en cœur.

C'est dingue, l'effet qu'il provoque sur les autres. Il possède une aura qui ratatinerait n'importe lequel des hommes présents dans la pièce. Je pense d'ailleurs que ces derniers le remarquent ; certains dévisagent leur compagne en levant les yeux au ciel.

Je ne l'avais pas encore vu sous cet aspect. Pour moi, il était d'abord l'insupportable homme du train, puis celui qui m'a sauvé la mise à plusieurs reprises. Bon, un peu aussi le dieu aux épaules carrées et aux abdominaux en béton, mais ça n'a duré que le temps d'une serviette.

D'accord, un petit peu plus longtemps.

J'avoue, je pourrais décrire son torse avec une précision qui m'effraie moi-même. Mais c'est juste parce que j'ai bonne mémoire. Rien d'autre.

— Il regarde dans notre direction !

L'emballement de ma voisine me fait réagir ; j'ose un coup d'œil vers l'estrade. Erreur monumentale.

Je tombe en plein dans l'émeraude de ses iris.

Le choc m'empêche de bouger. Je n'arrive pas à détourner le visage.

Nick passe par diverses étapes et je n'en manque aucune.

Ses paupières s'écarquillent très légèrement, je distingue alors le scintillement des décorations qui se reflète dans ses pupilles rétractées. Ses narines s'écartent imperceptiblement tandis que ses traits se crispent. Les muscles de sa mâchoire se contractent, me laissant le temps d'en détecter les stries ; je ne pourrais pas dire combien de temps dure cet instant, mais il me paraît interminable.

Quand il reprend son discours, je ne souhaite qu'une chose : m'enfuir.

— Tu as vu, Valentine ?! Il m'a lancé un regard de braise !

— C'est à moi qu'il était destiné !

Je fais glisser mon dos de la chaise et pose les mains au sol.

Ne me demandez pas pourquoi, mais déguerpir à quatre pattes est l'idée la plus logique qui me vient en tête ; je passe entre les chaises puis entre les jambes. Il faut que je m'en aille.

Soudain, je ne comprends plus pourquoi je suis venue aux Sœurs Suzette. Ah, si, je crois que je voulais lui parler de son fessier. Encore une idée de génie. Jamais je n'aborderai le sujet avec lui. Je vais d'ailleurs m'échapper très loin d'ici pour ne plus jamais voir l'objet du délit.

Non seulement il a visiblement envie de me tuer, mais il a changé de statut ; ce n'est plus le Nick sur lequel j'avais pris l'habitude de râler.

C'est devenu M. Nicholas Atman, le P-DG de Jasaphir, une chaîne hôtelière internationale. Un magnat des affaires. Un homme qui emploie probablement des centaines de personnes. Voilà donc d'où viennent tous ces zéros que j'ai découverts sur son ordinateur.

Au secours.

Je me suis retrouvée à moitié nue devant lui. J'ai observé avec un peu trop d'insistance sa chute de reins. Je me sens tellement honteuse que je fonce droit vers la sortie.

Et toutes ces femmes magnifiques qui rêvent de se faire passer la bague au doigt. Et sa vie sentimentale décortiquée et détaillée dans les tabloïds.

Pitié.

Connaissant ma chance, je me doutais que ce séjour ne serait pas de tout repos, mais là, une nouvelle limite est franchie.

Pourquoi faut-il toujours que les problèmes me poursuivent ? Je ne suis plus un aimant, je suis une planète à soucis. Une constellation. Un univers. Un trou noir.

J'aperçois enfin la porte qui va me permettre de quitter cet enfer soyeux. Tant pis pour les crampes, les épaules et les pommettes, je dois partir.

Le souffle court, je retrouve le couloir. Je me hâte vers l'ascenseur et appuie cinquante fois sur le bouton ; l'acier s'écarte avec une telle lenteur que j'en trépigne dans mes chaussures de surf.

Le monde entier a décidé de déposer sur les épaules endolories de Chloé Martin tous les soucis possibles et imaginables. Si Lili était là, elle se moquerait de moi jusqu'à en avoir des crampes d'estomac. Je la vois déjà venir avec ses sourires en coin et ses « je te l'avais bien dit ».

Je porte malheur. Je suis un grigri à merdier.

Je pénètre enfin dans l'engin déjà occupé par trois personnes. Je matraque le bouton du rez-de-chaussée en faisant fi des regards réprobateurs.

Le Chalet des Sœurs Suzette est une ode aux situations

inextricables, je dois m'échapper de cet endroit maudit et ne plus jamais y revenir.

Je tente de contrôler les pulsations exacerbées de mon cœur et déglutis aussi discrètement que possible quand les portes entament leur mouvement.

Tout va bien. Je vais décamper, trouver un téléphone, appeler Lili, acheter un billet de train et rentrer à Paris.

Je souffle fortement, rassurée par cette idée, quand l'acier s'arrête.

Les doigts qui bloquent la fermeture des portes me tétanisent.

Et... merde.

Chapitre 16

Collée contre la paroi, je ne bouge plus. Si j'arrête de respirer, on ne remarquera peut-être pas ma présence. Je suis si pâle que je pourrais me confondre avec les lambris.

Je consacre toute ma volonté à fixer le plafond pour éviter son regard. À vrai dire, je ne sais même pas s'il m'observe mais je préfère me convaincre que je ne suis pour rien dans son départ de la terrasse.

Il va peut-être descendre à l'accueil puis filer dans un bar. Profiter de la soirée en compagnie d'une excellente bouteille et de femmes prêtes à tout pour le conquérir.

C'est sûrement ça.

Il n'a pas conscience de la proximité de mon corps en état de décomposition.

Il va s'arrêter au rez-de-chaussée et s'en aller sans me remarquer.

Trois étages sont passés, et quelques personnes nous ont rejoints.

Des femmes. Encore des femmes, toujours des femmes.

Décidément, la moitié du milieu de la mode s'est donné rendez-vous en Savoie : je n'ai jamais vu autant de courbes parfaites en si peu de temps. Les cambrures qu'on devine sous les tissus translucides pourraient me faire virer de bord. Ou déprimer définitivement. Il va vraiment falloir que je me décide à engloutir moins de six kilos de nourriture par jour si je veux cesser d'être l'orange dans le filet de clémentines.

L'ascenseur indique un beau « 2 » rouge pétant : les portes se déploient et laissent échapper une personne.

Nick ne bouge pas.

Je retiens mon souffle pendant la seconde de latence avant qu'une main, se calant entre mes omoplates, me pousse.

Non. Non, non, non.

Je refuse de me mouvoir. C'est au rez-de-chaussée que mon destin m'attend. Je ne ferai pas un pas dans ce couloir.

La main semble prendre en compte mes protestations silencieuses puisque la pression s'accentue ; je tente de résister jusqu'au moment où ses doigts agrippent mon épaule.

Coup bas.

Le grincement de l'engin se fait entendre derrière moi alors que j'avance à petits pas.

J'ose seulement regarder le sol, recouvert d'une moquette rougeâtre à laquelle je n'avais jusqu'alors jamais prêté attention. Le cliquetis de la serrure retentit puis, contrainte et forcée, je passe le seuil de l'appartement avec un malaise grandissant.

C'est vraiment le dernier endroit au monde où je voudrais me trouver.

Les clés émettent un bruit sourd en heurtant la commode de l'entrée. Détail réconfortant, il me tourne le dos et ne peut donc pas me voir reculer en silence et agripper la poignée de la porte.

— Qu'est-ce qui t'a pris ?

Son intonation est dure. Glacée. Je ne sais même pas si c'est une question ou un reproche.

J'encaisse le choc que me provoque ce tutoiement

auquel je n'ai jamais eu droit en privé et m'abstiens de répondre. De toute façon, je ne sais pas quoi dire.

Le plus discrètement possible, je tente de tourner la poignée pour prendre la fuite. Mais il se retourne.

Son regard me paralyse.

Il est tellement en colère que le vert de ses iris s'est fait happer par le noir. Sa ride semble se dédoubler.

— Je ne savais pas que c'était une soirée privée... J'ai juste... suivi les robes...

Dans le genre excuse ridicule, j'explose tous les records.

Pourquoi suis-je à ce point pétrifiée ? Je l'ignore, mais j'ai l'intime conviction que ma deuxième pommette va morfler.

— On ne s'embarque pas dans un trek en haute montagne sans avoir le niveau, grogne-t-il.

— Que... Pardon ?

Ses mâchoires recommencent à frémir alors qu'il approche de moi.

— Tu m'avais dit que tu te débrouillais. Je ne t'aurais jamais laissée y aller si j'avais su que tu étais incapable de tenir sur une planche.

Alors c'est pour ça qu'il est aussi furieux ? Parce que je suis une buse en snowboard ?

— Je suis encore vivante, contré-je en tentant d'exprimer le peu d'assurance qu'il me reste.

Mes mots ne le calment pas le moins du monde. Il s'avance encore vers moi, furieux. Je me retrouve le dos contre la porte.

— Et pourquoi tu t'inquiètes autant de mon état ?

Mes mots le font tressaillir ; il s'immobilise un instant avant de reculer.

— Parce que tu es irresponsable.

— Je sais parfaitement me gérer.

— Au point de t'interposer dans une bagarre quitte

à recevoir un coup sur la figure ? Ce n'est pas ce que j'appelle « parfaitement se gérer ».

— Comment sais-tu cela ? sourcillé-je.

Pas de réponse.

Nous nous regardons dans le blanc des yeux un long moment. Enfin, un moment qui me paraît infiniment long, puis il fait volte-face et se dirige vers le salon.

— Va te changer, entends-je depuis l'autre côté du mur.

— Me changer ? Pour quelle raison ?

Là encore, pas de réponse. Je m'avance vers les canapés et le découvre en train de décapsuler une bière.

— Je t'ai aidée dans tes manœuvres pour récupérer Valentin, maintenant c'est à toi de me rendre la pareille.

— Je te demande pardon ?

— Contente-toi de faire ce que je te demande sans poser de questions.

— Je ne suis pas un pantin, riposté-je.

— Moi non plus.

Le duel de regards me désarçonne. Il a décidément le don de me mettre extrêmement mal à l'aise.

— Je n'ai plus accès à ma chambre, je ne peux pas me changer.

— Fais avec ce qu'il y a ici. Nous retournons à la soirée dans quarante minutes.

Je suis presque vexée qu'il me laisse autant de temps. Ce n'est pas parce que je porte une combinaison de ski que je suis un déchet irrécupérable.

Il passe devant moi sans même m'accorder un regard avant de déposer ses muscles raidis sur les coussins, face à la cheminée.

Bien. Il veut que je me change ? Je vais me changer.

Sans un mot, je me dirige vers son dressing. Il n'accepte pas que je sois négligée ? Très bien. Je fouine parmi ses chemises et attrape la plus large en me remémorant le conseil de Lili : toujours savoir se débrouiller avec ce qu'on a.

Dans la salle de bains, je retire la combinaison et la polaire dégoulinante de transpiration. J'enlève mes leggings, ma culotte et mon soutien-gorge. Je passe rapidement sous la douche avant de m'enrouler dans une serviette.

Monsieur veut que je sois présentable ? Qu'à cela ne tienne. Je m'essuie et enfile sa chemise en remettant mes sous-vêtements avec un soupir. Ma culotte monte jusqu'à mon torse et mon soutien-gorge sent plus mauvais que l'haleine de Thomson.

Un regard lucide au miroir m'apprend que je ne ressemble à rien dans cette tenue informe. Je cherche un objet qui me permettrait de cintrer ma taille et finis par m'arrêter sur l'une de ses paires de chaussures ; j'en tire le lacet en cuir et le noue au-dessus de mes hanches. Il est temps de m'attaquer au visage.

Pas compliqué : je laisse mes cheveux sécher naturellement et me contente de ma tête, sans maquillage. Il n'aura qu'à assumer.

Je suis presque prête. Juste un petit souci au niveau de mes chaussures.

Tant pis. J'espère que monsieur aime les bottes de snowboard.

Je sors, propre et déterminée.

— Elle va bien.

Les murmures de Nick me parviennent ; je reste prostrée près de la salle de bains.

— À une soirée... Vous avez été complètement inconscients... Ce n'est pas la question, elle était toute seule... Non... C'est ça... Non, Valentin...

N'entendant plus rien, je présume qu'il a raccroché. Qu'il appelle mon ex-fiancé est déjà étrange en soi. Mais ce qui me trouble le plus, c'est qu'il lui parlait de moi. Je crois.

Son inquiétude concernant cette « elle » restée seule m'arrache un début de sourire. Il existerait donc une personne en Savoie qui se soucie de mon bien-être ?

Ma colère à son encontre est en train de retomber. J'en viens même à envisager une hypothèse absurde : et si c'était à cause de moi qu'il était si tendu pendant son discours ? Mes voisines ont remarqué qu'il n'était pas dans son état normal. Ma supposée disparition aurait-elle affecté son humeur ?

Je ne peux m'empêcher de glousser bêtement.

Je finis par me reprendre, avant de le rejoindre.

— Je suis prête.

Je me plante à cinq mètres de lui, les jambes à moitié nues.

Je ne sais pas si son silence et son regard, qui passe de mes yeux à mes chevilles, sont de bon augure.

— Pas vraiment, grommelle-t-il.

— J'ai fait avec ce que j'ai pu, râlé-je.

Il ne va pas non plus se plaindre : d'accord, moi aussi je reconnais que ces chaussures sont hideuses, mais je pourrais peut-être lancer une nouvelle mode. On n'a encore jamais vu des orteils enfermés dans des parpaings dans une soirée prestigieuse. Au moins, c'est original.

— C'est une soirée, tu ne peux pas y aller avec ça aux pieds, me lance-t-il sèchement.

C'est dingue la rapidité avec laquelle il change de comportement ; il y a une minute, il paraissait inquiet pour moi au téléphone et maintenant, il me parle comme si j'étais un paria.

Lunatique à la con.

— Au cas où tu l'aurais oublié, je ne peux plus retourner à ma chambre.

Et il peut bien me regarder avec son air circonspect, je m'en moque.

Et il peut tout aussi bien montrer la table basse du menton, je n'en ai rien à faire !

Et il peut insister, je m'en contrefiche !

— Tu veux bien tourner la tête deux secondes ? soupire-t-il.

Je croise les bras en m'exécutant. Puis je fronce les sourcils : une boîte de couleur crème est posée sur le verre.

Mes instincts féminins s'éveillent en une seconde.

Je m'approche et découvre le nom d'une marque de luxe imprimé en lettres d'or sur le couvercle.

Je devrais feindre l'indifférence mais c'est plus fort que moi ; j'enlève le couvercle du rectangle de carton et réprime un hoquet.

Ces chaussures sont... merde ! Si je devais décrire sans aucun superlatif les escarpins que je découvre, j'en serais tout bonnement incapable. Lili pourrait se damner pour les porter.

— Ce sera toujours mieux que ça, juge-t-il en désignant les bottes mouillées qui compressent mes chevilles.

Comment a-t-il fait pour dégoter ces merveilles un 31 décembre, en moins de une heure ? Est-ce son statut de P-DG ? C'est donc à ça que sert le pouvoir : accéder au paradis en un simple claquement de doigts.

Je reste interdite, la paire dans les mains. Même la pointure est bonne. Comment Nick peut-il connaître la taille de mes pieds ?

— Il y a aussi un truc sur le lit, ajoute-t-il.

Je déglutis en me dirigeant vers la chambre.

Pincez-moi.

Cette robe. Ce n'est pas possible.

Ces choses-là n'existent pas.

On ne peut pas coudre une telle perfection.

Je la soulève délicatement par les épaules pour mieux l'admirer. Elle est d'une simplicité et d'une beauté à couper le souffle.

Discret sur le devant, le décolleté s'échancre dans le dos. Pas de paillettes, pas de froufrous, pas de couleurs criardes. Cette robe semble faite pour moi. J'en grimace de bonheur.

Et dire qu'il a appelé ça un « truc ».

Un *truc.*

Le mot est trop violent pour mes oreilles.

— Tu peux garder ma chemise, sinon.

Certainement pas ! Je veux cette robe sur moi. Je veux vivre avec et mourir avec.

Je me contiens pour ne pas lui montrer mon état d'excitation puis retourne à la salle de bains.

Cette fois, je dois abandonner mes sous-vêtements ; l'agrafe de mon soutien-gorge fait quiche dans mon dos et ma culotte qui compresse un peu trop mes cuisses forme des bourrelets à des endroits improbables.

Les escarpins — aussi confortables que des chaussons — aux pieds, je me sens incroyablement féminine. Il manque juste le brushing parfait et le ravalement de façade, mais si je demandais à Nick d'ouvrir sa boîte magique pour en sortir du khôl, je pousserais le vice un peu loin.

— C'est bon, cette fois ? dis-je en le fixant depuis le milieu de la pièce.

Il s'attarde un peu trop longuement sur mon épaule détruite par les bleus et ma pommette gonflée. Puis sur mon visage et mes cheveux.

Bien, il ne voit donc que les défauts.

— On s'en contentera.

Sans un mot, nous prenons le chemin de la terrasse.

Dans l'ascenseur, je remarque qu'il s'est changé, lui aussi ; son jean est un peu plus moulant que le précédent, et son T-shirt à manches longues révèle ses pectoraux.

Rien de phénoménal. Juste deux muscles parfaitement taillés.

On nous ouvre la porte. Derrière, la fête bat son plein. C'est le genre de soirée où un trémoussement de popotin est perçu comme une insulte, mais je m'en contenterai. Je ne compte pas me lâcher sur la piste de toute manière.

J'avance sous les regards interloqués des femmes, qui me dévisagent avec horreur. Oui, bon, je n'ai pas de mascara, mais ce n'est pas une raison pour chuchoter sur mon passage.

— Nicholas!

Un homme à moitié débraillé s'approche de nous.

— Tu me présentes? ricane-t-il.

Sans me laisser le temps de réagir, Nick m'attrape par la taille et offre son sourire le plus élaboré au chauve.

— Chloé.

C'est tout. Il ne lui donne que mon prénom. Et ça suffit à l'homme pour me gratifier d'un regard lubrique et d'un clin d'œil, avant de partir dans des considérations bien trop sérieuses pour que j'en retienne un seul mot.

— Alrick Souleman, me dit Nick au creux de l'oreille quand ce dernier s'éloigne. Le conseiller financier de Jasaphir. Très porté sur la boisson. Et là, ajoute-t-il en pointant du menton une femme d'une soixantaine d'années, c'est Annabelle DuBuisson. Mariée à un homme d'affaires ayant fait fortune dans le pétrole. Complimente-la sur ses bijoux.

— Nicholas! se réjouit la femme en tendant les bras à la manière d'une ballerine. Vous m'avez manqué! Je vois que vous êtes en belle compagnie.

Le filet de bave qui prend naissance au coin de sa bouche me fait sourciller. Son regard gourmand est très peu discret.

— Enchantée, Annabelle, dis-je en lui tendant la main.

— Éduquée, apparemment.

J'hésite à mal le prendre, mais je me contente d'agrandir mon sourire.

— Votre parure est d'une beauté à couper le souffle.

Elle tend la nuque et lève le menton avant de me dévoiler ses dents.

C'est tellement amusant de la voir ainsi que je me prends au jeu ; j'en rajoute des caisses sur les saphirs qui lui vont à ravir et le diamant équivalent au PIB de la Suisse à son doigt.

Les présentations se poursuivent pendant une éternité ; chacun des convives tient absolument à échanger quelques paroles avec le P-DG.

Nick endosse un rôle que je ne lui connaissais pas. Il semble puissant, doté d'une indéniable prestance. Je suis surtout agréablement surprise de constater à quel point il est différent de Thomson, jamais moqueur ni condescendant. Il se rappelle les prénoms de tout le monde et se montre même capable d'évoquer des détails de leur vie personnelle. Il sourit aimablement à ses collaborateurs et ses clients, et s'inquiète de savoir s'ils passent un bon moment avant de rire à leurs plaisanteries. Il est vraiment, vraiment très éduqué.

— Bonsoir, monsieur Atman.

Le gloussement reconnaissable entre mille me fait tilter ; la rousse et son amie viennent à notre rencontre, affichant deux larges sourires.

La première joue avec sa mèche de cheveux malencontreusement-sortie-de-son-chignon tandis que l'autre se mord les lèvres en roulant les épaules.

— Bonsoir, Camille. Et Valentine, ajoute-t-il, alors que la seconde vient de se racler la gorge.

— Votre discours était passionnant, monsieur Atman, minaude-t-elle. Vous trouvez toujours les bons mots, c'est une qualité exceptionnelle.

— J'essaie de faire au mieux, sourit-il. Je vous présente Chloé.

Sa main se resserre étrangement autour de ma taille ; la pression de ses doigts réchauffe mes côtes.

— Nous la connaissons déjà, glousse la rousse. Nous nous sommes d'ailleurs vite liées d'amitié.

Elle en fait un peu trop, là.

— Ah bon ? sourcille Nick. Je ne savais pas que ma compagne faisait partie de votre cercle de connaissances.

Le mot « compagne » nous fait tousser toutes les trois, ce qui semble l'amuser. Il en rajoute même en me rapprochant de son torse.

— Chloé nous avait caché ça, grimace Valentine.

Très franchement, je crois ne pas exagérer en disant qu'elle possède des crocs.

Ses dents sont curieusement sorties de sa bouche. Si elle pouvait me dévorer, elle le ferait, sans aucun doute.

Nick pose ensuite son habituelle question polie à chacune d'entre elles, à laquelle elles répondent longuement.

Valentine ne s'est apparemment jamais remise de la mort de son caniche et Camille est tellement lassée de son job qu'elle compte quitter Toulon et venir vivre à la montagne. En Savoie. Elles embrayent ensuite sur quelques anecdotes qu'elles ont lues dans les journaux à propos de Jasaphir ; le sourire de Nick se crispe de plus en plus. Je sens qu'il commence à en avoir assez, mais sa bonne éducation l'empêche de les envoyer paître. Et si je jouais un peu ?

Je suis ignoble, mais c'est jouissif.

Sachant qu'elles sont venues seulement pour lui mettre le grappin dessus, je présume qu'en les provoquant sur ce terrain elles finiront par s'en aller. J'entrelace donc mes doigts avec ceux de Nick, puis je souris avant de poser ma tête sur son bras.

C'est un peu sadique mais ça semble fonctionner. Et puis ça me plaît.

Leur monologue se fait de plus en plus décousu, jusqu'à

ce qu'elles nous quittent en nous souhaitant une bonne année, vertes de rage.

— De rien, lancé-je à Nick en reprenant ma position initiale.

Sa fossette réapparaît et ses traits se détendent.

Il semble bien plus apaisé que lors de son discours. Il ne manque plus que ses yeux pétillent à nouveau et tout sera bon.

— C'est pour ça que tu m'as amenée ici, alors ? Pour t'éviter les minauderies de la gent féminine ?

— Tu me devais une faveur, non ? J'en ai profité, sourit-il. C'est la même chose tous les ans, Camille et Valentine sont assez... envahissantes.

— Tu penses que ce sont les seules ?

Je ne peux m'empêcher de rire. Il doit certainement s'imaginer que le monde entier se rend sur le toit d'un hôtel au fin fond d'une station de ski pour boire ses paroles.

— Qu'est-ce que ça veut dire ? sourcille-t-il.

— Que tes talents d'orateur n'intéressent pas grand monde.

Enfin. Ça y est. Les yeux qui brillent.

La décharge qui m'électrise le bas-ventre me prévient que je fais du bon boulot.

Nous échangeons un regard complice, lorsqu'un type en costard vient briser la magie du moment.

— Un appel important, monsieur, annonce-t-il en tendant le portable à Nick.

— Tu m'excuses ? dit-il en se détachant de moi.

Il rive l'objet à son oreille avant de se diriger vers la sortie. Je jette un œil furtif sur son déhanché.

Vraiment très léger.

Et puis, me souvenant que je suis censée être sa compagne, j'en profite un peu plus longtemps, sans culpabilité.

Tu m'étonnes que la moitié des femmes de cette planète se soient réunies ici.

— C'est donc à cause de vous.

Le médecin arrive à mon niveau en laissant échapper un petit rire.

— Pardon ?

— Nick a manqué plusieurs réunions ces derniers jours, m'apprend-elle. Comme il tient à son travail plus que tout, je me suis demandé pourquoi il dérogeait à ses obligations. Je comprends mieux.

Nick aurait annulé des rendez-vous professionnels pour... La décharge électrique se transforme lentement en un incendie qui embrase chacun de mes membres.

— C'est étonnant qu'il soit revenu ici.

— Comment ça ?

— Il m'avait prévenue qu'il n'assisterait pas à la soirée de fin d'année. J'étais même censée faire le discours à sa place.

— Mais...

— Apparemment, il a eu un problème. Quand il m'a appelée pour me dire qu'il passerait finalement, il semblait tourmenté. Il ne m'a pas révélé tous les détails, mais il a déployé une équipe pour inspecter les environs. Une personne avait disparu, je crois, il a ratissé les pistes pendant plusieurs heures.

— Ah bon ?

C'est tout ce que je parviens à articuler, malgré le flot de questions qui m'embrume l'esprit.

— Hum. C'est déjà arrivé. Les clients de ses hôtels s'imaginent souvent être au-dessus du danger. L'argent rend intrépide. Ils font du hors-piste, on doit aller les chercher et ils finissent dans mon cabinet ou à l'hôpital.

Mais normalement, ce n'est pas à mon frère de s'occuper de ces choses-là. Je ne sais pas pourquoi il a tenu à secourir cette personne lui-même, c'est la première fois qu'il agit comme ça.

Chapitre 17

Lorsqu'elle me quitte pour aller se désaltérer, je reste immobile, les yeux rivés sur la porte.

Il a déployé une armée de secouristes pour me retrouver alors que je pleurais sur mon sort en traînant ma foutue planche.

C'était donc bien moi la responsable de sa colère. Et peut-être aussi Valentin, vu la manière dont il lui parlait au téléphone tout à l'heure.

Mon ex a dû le prévenir qu'Émilie et lui m'avaient abandonnée. Ils sont certainement revenus sur leurs pas, mais j'avais déjà disparu. Ce qui expliquerait également pourquoi Nick est au courant de mon intervention dans un combat de coqs.

— Alors, Chloé !

La vision d'Alrick Souleman, le conseiller financier, encore plus éméché que je ne le suis, me ramène à la réalité.

Le nez rouge et les jambes désormais inaptes à porter le poids de son corps, il ne cesse de vaciller en gloussant.

— Nicholas ne nous avait pas dit qu'il avait une petite amie !

Il me lance un regard vitreux tout en descendant d'un trait son champagne.

— Bien discret le patron, hoquette-t-il.

— Vous devriez peut-être ralentir la cadence, conseillé-je en le voyant voler un verre posé sur le plateau du serveur.

Venant de moi, c'est l'hôpital qui se fout de la charité. Mais il n'a vraiment pas l'air au mieux de sa forme.

— Ma femme m'a quitté, mes enfants me détestent, je ne fais que travailler à longueur d'année avec ton cher et tendre. Crois-moi, j'ai bien besoin de me détendre.

Les confessions alcoolisées, je les connais assez pour savoir qu'elles ne mènent à rien de bon.

La fois où j'ai raconté mon histoire à un inconnu dans un bar, il a fini par m'embarquer dans les toilettes. Je peux vous assurer que le spray au poivre est très efficace.

— Il est aussi chiant avec toi ? Nan, parce que faut dire que son boulot, il y tient comme à la prunelle de ses yeux. T'imagines pas comment c'est fatigant de l'avoir sur le dos. Alrick, les chiffres chutent ! Alrick, règle ce problème ! Alrick par-ci, Alrick par-là !

J'ai l'impression qu'il ne parle pas de la même personne.

Même si le Nick version professionnelle m'est inconnu, je l'ai bien vu à l'œuvre ce soir. Et il n'est certainement pas le tyran qu'Alrick est en train de me dépeindre.

— Nicholas est quelqu'un de très bien, répliqué-je en attrapant sa coupe pour la poser sur le côté.

— Épargne-moi la langue de bois, souffle-t-il en titubant vers moi. Il pense qu'à sa petite personne et fait jamais rien pour les autres. Je lui ai demandé une augmentation cinq fois, il a jamais voulu.

— Peut-être parce que vous ne la méritez pas.

— Oh ! rit-il. Madame monte sur ses grands chevaux. Tu voudrais pas lui dire que j'ai besoin d'argent ? Sur l'oreiller, ça pourrait marcher.

Son haleine empeste. Ses lèvres sont humides et sa chemise déboutonnée est tachée de beurre d'escargot — décidément, c'est un mets qu'il vaut mieux éviter en toute occasion.

Alrick est tellement mal en point que je ne prends pas

la peine de lui donner d'explications. Elles entreraient par une oreille et ressortiraient par l'autre.

— Allez vous reposer sur les canapés, lui intimé-je en désignant les coussins moelleux au fond de la pièce.

— Tu tapes autant sur les nerfs que lui, braille-t-il alors que j'inspire profondément pour conserver mon calme.

— Si vous voulez. Allez vous...

— Deux connards qui se tapent des gueuletons à 10 000 euros pendant que les autres peuvent crever ! lâche-t-il avec un rire gras. Vous, les riches, vous êtes vraiment pathétiques. Encore, si t'étais mignonne, ça pourrait passer, mais t'es vraiment pas dans les normes de l...

La gifle qu'il se prend le fait taire ; je le regarde, les yeux noirs de haine.

— Vu votre état, grogné-je, je vais passer outre à votre débilité profonde. Mais ne comptez pas sur moi pour vous aider. Nicholas a bien raison de ne pas vous augmenter. Que savez-vous de lui pour le calomnier ? Vous croyez qu'il ne fait rien pour les autres ? Attendez de vous retrouver dans la mouise et vous verrez s'il est aussi égoïste que vous le dites. Nicholas est bien plus généreux et bien plus respectable que vous ne le serez jamais.

Je souffle un bon coup pour contenir ma logorrhée. J'aurais encore des millions de choses à lui dire mais il m'agace au point que je préfère prendre congé.

En relevant la tête, je prends conscience que la foule autour de nous a cessé de bavasser ; la plupart des visages sont rivés sur moi avec une expression oscillant entre elle-est-folle et elle-est-complètement-tarée. Je me suis légèrement affichée. Rien de bien grave. Juste une belle honte.

Alrick m'observe, les yeux noyés dans un océan d'alcool et d'incompréhension. Hors de moi, je fais volte-face les poings serrés et me dirige vers la porte.

De quel droit ce type, cette loque humaine, se permet-il

de cracher ainsi sur Nick ? Nick, qui sans me connaître s'est démené pour ne pas me faire perdre la face devant Émilie et Valentin. Qui n'a pas hésité à partir à ma recherche au beau milieu de la montagne alors que d'autres engagements, bien plus importants, le retenaient. Comment ce grossier personnage ose-t-il prétendre que ce Nick-là ne pense qu'à sa petite personne ?

Enflure. Ordure. J'aurais dû lui coller une deuxième claque pour harmoniser la couleur de ses joues.

Les nerfs en pelote, je secoue la tête, et étire la nuque de nouveau. Pour tomber nez à nez avec... Nick.

Le portable à la main, il me dévisage. Son expression me livre des informations contradictoires : sa ride est visible, mais ses yeux crépitent. J'ai envie de lui hurler de foutre dehors l'autre abruti sur-le-champ, mais je n'ai pas vraiment de poids dans son entreprise. Je n'en ai même aucun.

Et pourtant, je viens de gifler l'un de ses employés devant une centaine de personnes.

Soudain, je me sens terriblement mal à l'aise, en songeant au spectacle particulièrement gênant que je viens d'offrir. Je suis censée être la petite amie du P-DG. Je baisse alors les yeux et passe devant lui sans m'arrêter avant de foncer dans le couloir.

Je n'apporte que des problèmes à cet homme. Je préfère ne pas imaginer les pirouettes qu'il devra effectuer pour justifier mon comportement.

D'un autre côté, Alrick est une boursouflure. Une pustule de conseiller financier. C'est sa faute, conclus-je en empruntant l'escalier. Il n'avait pas le droit de dire du mal d'une personne aussi attentionnée que Nick.

— Tu as l'intention de descendre combien d'étages avant de te rendre compte de ma présence ?

Je tressaille. Nick pose le pied sur la dernière marche,

avant de me rejoindre sur le palier. Il pose son portable sur une desserte à côté de l'ascenseur et se plante face à moi.

— Il m'a énervée ! m'emporté-je, la mâchoire crispée. Je n'aurais pas dû, je sais, mais c'est un... une... ce type, Alrick, c'est un imbécile quand il a trop bu !

— Alrick est un imbécile tout court.

— Je suis désolée pour la gifle, mais je te promets qu'il la méritait ! Il parlait de... choses.

Impossible de lui avouer que c'est la façon dont il l'a dénigré qui m'a fait sortir de mes gonds. Trop d'aveux n'est pas préconisé. Il se sentirait important alors qu'il ne l'est pas... trop.

Il avance, son regard fermement planté dans le mien. Nous ne sommes plus qu'à un mètre de distance, quand je sens l'éveil d'une armée de papillons entre mon estomac et mes jambes.

— Quel genre de choses ? me demande-t-il en faisant un nouveau pas.

— Des... choses, dis-je en reculant. Il voulait une augmentation.

— Que je lui ai refusée, opine-t-il doucement sans daigner cesser de marcher. C'est ça qui te met dans cet état ?

— Il... a dit que je lui tapais sur les nerfs.

— Ça peut se comprendre.

— Eh !

Son corps n'a jamais été aussi proche du mien, si j'oublie l'épisode du jacuzzi.

Son visage m'apparaît avec une précision indécente ; ses cheveux en broussaille, qui rejoignent cette barbe de trois jours. Et sa mâchoire. Comment peut-on avoir une mâchoire aussi carrée ? Les humains normalement constitués sont censés avoir des défauts. C'est bien ça qui différencie l'homme du dieu. J'ai beau être à une très faible distance de lui, je n'en vois aucun.

C'est déroutant. Agaçant. Et fondamentalement irrésistible.

Je n'ai rien à dire sur son nez, ses sourcils, ses yeux. Et sa fossette qui se révèle.

— Ne souris pas ! répliqué-je en réalisant qu'il est en train de se moquer de moi.

Sans m'obéir le moins du monde, il fait un nouveau pas.

Trop lentement.

Il me laisse tout le temps de déglutir, d'être presque en mesure de toucher ses abdos, de blêmir, de déglutir encore, et de me cogner contre la paroi de l'ascenseur.

— Il a mal parlé de toi.

Je ne devais pas le lui avouer, mais je crois que son parfum m'a ensorcelée. Je me sens soudainement impuissante, prise dans le tourbillon d'un désir que je ne parviens pas à maîtriser. Il pourrait me dire « joue à saute-mouton en maillot de bain dans la neige », je le ferais.

Ses commissures s'étirent plus largement.

— Justicière ?

— J'ai un rôle à tenir.

— Et il te sied à ravir.

Le bas de mon ventre recommence à faire des siennes. Son regard est trop doux pour me laisser de marbre. Trop doux, et trop intime.

Je ne peux plus faire abstraction de ses muscles ; son torse touche pratiquement le mien, je sens le froissement de son T-shirt sur ma robe. J'ai beau essayer de me reprendre, c'est de pire en pire.

Je me force à ne pas imaginer le dessin de sa silhouette, mais la vision de la serviette me revient de plein fouet ; mon esprit a conservé un souvenir bien trop précis de sa marque en V.

Ça ne va plus du tout.

Je dois revenir sur terre.

Ce n'est qu'un malentendu entre mon cerveau et mes

désirs. Il n'est absolument pas séduisant. Rien chez lui ne m'attire. Même pas sa bouche qui... Malentendu. Malentendu. Malentendu.

— Ça n'a pas l'air d'aller, murmure-t-il, à la fois sûr de lui et troublé.

Très bien. Je vais parfaitement bien. Je suis simplement en surchauffe. Situation tout à fait contrôlable.

La main qui frôle mon poignet me fait frissonner et je ne sais comment le masquer. Ma respiration s'accélère. Je n'arrive pas à quitter des yeux sa bouche délicieusement dessinée. Je le sens qui s'appuie contre moi et ne peux définitivement plus faire abstraction de ses abdos. Ses yeux brillent tandis qu'un bruit se fait entendre à ma gauche.

Sa fossette se creuse, puis il se recule. L'espace entre nos deux corps crée un gouffre. Froid. Je me surprends à ne pas apprécier cette sensation de vide.

— Mon portable, sourit-il en me montrant l'objet entre ses doigts.

Au même instant, la porte de l'ascenseur se déploie ; je me décale juste à temps pour ne pas trébucher.

En un instant je me retourne, passe une main dans mes cheveux et me racle la gorge.

Les quatre femmes m'observent avec un ahurissement très mal dissimulé. Je ne sais pas qui, de moi avec mon visage rouge et ruisselant ou de Nick, pratiquement collé à mon dos, en est la cause.

Les deux, certainement.

Nous entrons dans l'engin en silence. Mon corps ne m'obéit plus. Refus total d'obtempérer. Les pulsations de mon cœur s'intensifient. J'ai littéralement l'impression d'être en feu. Tous mes nerfs entrent en alerte maximale. Dès que je sens le frôlement de son bras sur ma peau, une nouvelle explosion atteint mon ventre. Je ne tiendrai pas et il le sait ; ses lèvres imperceptiblement arquées trahissent sa compréhension de la situation. Mon désarroi l'amuse beaucoup. Mon état second l'enchante.

Quand nous sortons, il me cède le passage en posant la main sur mes reins. Je n'ai jamais été aussi heureuse d'avoir des reins.

Je reconnais la terrasse quand nous la foulons mais le monde m'est soudainement étranger. Je ne distingue plus les gens ni le buffet. La musique me parvient à peine.

J'ai pénétré dans une autre dimension.

— Je dois te laisser quelques minutes, murmure-t-il en collant ses lèvres à mon oreille.

Que ce soit volontaire ou pas, l'effet est le même : mon cœur déraille. Son souffle me donne la chair de poule. Je le regarde partir en direction de la foule, complètement dépassée. J'attends qu'il se tienne à une distance décente pour m'autoriser une longue inspiration.

J'ai besoin de neige. De glace. D'une douche froide.

Ça devrait être interdit de faire des choses pareilles. On ne réveille pas les volcans. On ne provoque pas de crise cardiaque. On ne me regarde pas comme il est en train de le faire alors qu'il se trouve à une quinzaine de mètres ; je vois bien sa bouche en mouvement et les convives qui l'entourent, j'imagine donc qu'il est en pleine discussion, mais je ne distingue que ses yeux. Deux iris d'un vert puissant refusant de se détacher de moi.

— Tu pourrais t'excuser.

Le rot à la crevette qui me perce les tympans me fait tourner la tête.

On peut dire que la chute est violente. Alrick, complètement rond, arrive en titubant, me faisant instantanément retomber de mon nuage. La trace de mes doigts est encore imprimée sur sa joue, ce qui me fait secrètement très plaisir.

— Vous l'avez cherché. Et si vous ne reculez pas

maintenant, ne vous étonnez pas de recevoir un autre cadeau de ma part.

— Je me demande si t'es comme ça au lit.

Je ne suis vraiment pas d'humeur à supporter ses ricanements pervers. Il a gâché mon semi-fantasme. Je soupire et m'éloigne, mais les doigts qui s'enfoncent dans mon bras m'en empêchent.

— Alrick, grogné-je, soit vous me lâchez, soit vous perdrez vos attri...

La fin de ma phrase est masquée par une forte effervescence; en levant les yeux vers la foule, je prends conscience de l'agitation des convives. Au bout de quelques secondes, le décompte envahit l'espace.

Avec tout ça, j'en avais oublié l'événement de la soirée. Mais sincèrement, à cet instant, je ne suis franchement pas d'humeur à fêter l'arrivée de la nouvelle année.

— T'es une coquine, toi, hein? hurle mon voisin fini comme le fond d'une bouteille.

— Lâchez-moi! dis-je en dégageant brutalement mon bras.

Mon mouvement le fait chanceler. Lorsque le décompte passe du « 7 » au « 6 », je tente de rejoindre le groupe le plus proche, mais il m'agrippe encore une fois.

— Allez! fait-il en se dandinant, quasiment collé à moi.

— Je vous ai dit de me lâcher!

— Petite farouche!

Le temps que je prépare ma salive pour lui cracher au visage — mon seul moyen de défense —, un poing puissant atterrit en plein sur son nez. La tête du conseiller financier part en arrière puis il se plie en deux, le visage dans les mains.

Les cris de joie explosent dans tous les sens sur la terrasse tandis que je vois le sang couler entre ses phalanges. Les « bonne année! » fusent, bientôt couverts par les crépitements d'un feu d'artifice.

— Tu vas pas bien ou quoi ?! vocifère Alrick sans comprendre ce qui lui arrive.

— Sors d'ici, intime une voix gutturale.

L'émeraude de ses iris a disparu. Il ne reste que du noir. Un noir opaque, autoritaire et effrayant, même pour moi. Si j'étais Alrick, je détalerais comme un lapin. Malheureusement, Alrick est bourré, il n'a donc pas conscience du danger. Les épaules tendues, les poings serrés, Nick fait un pas menaçant en avant et se retrouve à dix centimètres du blessé.

— Je t'ai dit de dégager.

— Je pourrais porter plainte !

— Essaie.

La respiration saccadée d'Alrick gonfle et dégonfle son torse à un rythme effréné. Une seconde lui est nécessaire pour jauger l'état d'esprit de Nick avant de capituler ; quelques insultes suivies d'un « je démissionne » se font entendre.

— Tu n'étais pas obligé de lui casser le nez, dis-je alors que le conseiller disparaît.

À ma grande surprise, Nick me gratifie d'un franc sourire.

— J'en rêvais depuis longtemps. Tu n'es pas blessée ?

Il faudrait qu'il cesse de passer de la joie à la gravité en si peu de temps, ou je vais devoir lui offrir une puissante crème antirides.

Je secoue négativement la tête en esquissant un sourire.

— Tu peux donc m'accompagner.

D'un geste tendre, il entremêle ses doigts aux miens.

Je me laisse d'abord faire avec plaisir, et avant que j'aie le temps de protester, nous nous trouvons déjà au centre de la salle. Les gens s'écartent et la musique se fait plus forte.

— Nick...

Il s'immobilise au milieu du cercle vide, se plantant face à moi, le regard amusé.

— Oh non, dis-je, horrifiée.

Ses hanches se rapprochent des miennes. Il saisit doucement mon bras pour le déposer sur son épaule, et m'attrape par les reins.

— Nick, non ! susurré-je en observant la foule attentive. Non, non, non !

— Il me semblait pourtant que tu aimais danser, s'amuse-t-il.

L'allusion ne me détend pas. Au contraire. Tout en naturel, Nick cale mon torse au sien, dans un geste à la fois sûr et serein, si j'en crois la ferme tenue de mon dos.

— Ça n'a rien à voir avec un trémoussement involontaire dans un salon ! dis-je, affolée. Je t'en conjure, j'ai deux pieds gauches. Je ne peux pas faire ça !

— Tiens donc, c'est bien la première fois que tu me supplies.

La situation est critique.

— S'il te plaît, l'imploré-je. Je te promets de faire tout ce que tu veux.

L'un de ses sourcils se relève dans un mouvement à la fois surpris et appréciateur.

— « Tout » ?

Je gagne du terrain.

— Absolument tout !

Je m'arrangerai pour retravailler la signification du « tout » par la suite.

— Te priver de fromage ?

— Promis !

— De maquillage ?

— C'est déjà fait !

— Me dire la vérité ?

— À quel propos ?

— Mauvaise réponse.

Il fait un premier pas. Le mouvement de ses pieds me tétanise. Je le dévisage avec effroi : c'est un monstre. Nicholas Atman est un gourou de la honte.

Je tente de suivre ses gestes fluides, mais constate avec horreur que les pas suivants deviennent plus complexes. Je me liquéfie. Dès qu'il me fait pivoter sur moi-même, j'ai vue sur une assemblée de curieux qui ne perdnt pas une miette du spectacle.

C'est effrayant.

Et dire qu'avec Lili on rêvait de participer à cette émission de télé où on apprend les danses de salon. Si je la revois un jour, je lui signifierai que je me retire complètement du projet.

Il me semble que je lui marche sur les pieds plusieurs fois, mais il ne réagit pas ; Nick conserve son calme olympien alors que je suis à la torture. J'ai beau m'emparer de son oreille pour lui faire part de mon malaise et de mes crampes atroces aux mollets, il ne veut rien entendre.

Je valse, je tourne, je me déboîte la nuque. Puis je recule, j'avance, je contiens un sanglot. Et ce morceau de musique qui ne s'arrête jamais. Fichue musique !

Là, maintenant, je ne souhaite qu'une chose : égorger mon partenaire. Je suis certaine qu'il fait exprès d'accélérer le rythme et j'use en vain de tous mes charmes pour le faire ralentir. Il finit même par glisser la main qui se trouvait précédemment sur mes reins pour me faire basculer.

Quasiment à l'horizontale, j'assiste à l'indécent spectacle de son sourire.

Je vais lui faire déguster de la neige.

Il me remet en position verticale et je me retrouve la tête collée contre son torse.

Je dois l'admettre, cette partie-là n'est pas désagréable. Sentir le roulement de ses muscles sous le tissu est même assez électrisant. Sans oublier sa main, toujours positionnée indécemment trop bas, et son odeur, qui m'enivre. Mon corps commence à se détendre tandis que je me cale tant bien que mal sur son rythme.

Nos respirations se synchronisent. Tout devient plus simple. Plus naturel. Je ne prête bientôt plus aucune attention aux pas et me laisse entraîner par l'instant.

La sensation de son bassin qui ondule contre le mien ravive peu à peu la brûlure dans mon bas-ventre. Au contact de la chaleur de son propre corps, je m'embrase à nouveau. Sauf que, cette fois, je refuse qu'il prenne l'ascendant.

Il m'a eue tout à l'heure, c'est à mon tour de jouer.

J'accentue volontairement mes mouvements. J'occulte la présence de la foule et me concentre uniquement sur lui. Il pense pouvoir m'avoir ? Je vais me faire un plaisir de le prendre à son propre piège.

Je laisse nonchalamment ma main couler le long de sa colonne vertébrale, un sourire aux lèvres ; sa cambrure, d'abord indifférente, s'arque imperceptiblement lorsque j'atteins la fameuse chute. C'est impossible à déceler depuis l'extérieur mais je sens parfaitement que certaines idées font leur chemin.

Lorsqu'il remonte à son tour la main pour m'attraper la nuque, je sais qu'il a compris. Il me prend en traître. Ses doigts plongent dans mes cheveux, m'offrant un frisson délicieux, avant de retourner sagement à leur place. Je lui offre le point et repars à l'attaque.

Mon torse se colle un peu trop au sien, accélérant les battements de mes veines, tandis que ma poitrine accompagne ses mouvements lascifs. Nous entrons dans une bulle étouffante de désir grandissant.

Lorsqu'il manque un pas, j'émets un léger gloussement.

— Un problème ? dis-je doucement, incapable de retenir mon sourire.

Je peux lire sa réponse muette dans l'incandescence de

son regard. Avec une aisance indiscutable, il effleure mon bras et me fait pivoter. Mon dos se retrouve plaqué contre son torse et sa main, possessive, se pose sur mon ventre. Sa barbe frôle ma nuque, je peux entendre son souffle.

— Je me demande où sont passés tes sous-vêtements, murmure-t-il alors que la pression de sa paume au niveau de mon ventre s'accentue.

— Je suis tête en l'air.

Le son diminue puis laisse place au morceau suivant à la tonalité plus rock. Nick attrape mes hanches pour m'entraîner hors de la piste. Quand mes yeux croisent les siens, son regard est devenu d'acier.

Passant entre les convives qui reprennent leurs discussions, nous nous dirigeons vers la sortie.

Un sourire titille mes lèvres.

Je dois me contrôler un nombre incalculable de fois pour conserver un semblant de calme, sans grand succès. Mes nerfs semblent agiter chacun de mes muscles. J'en ai la chair de poule.

L'atmosphère du couloir se charge d'électricité.

Nick appuie sur le bouton de l'ascenseur, me laisse pénétrer dans la cabine la première, et vient se placer à ma droite, toujours silencieux. Il accorde juste un regard furtif à ma robe puis relève le menton en serrant la mâchoire.

Je baisse les yeux à mon tour et prends soudain conscience que mon agitation intérieure est bien visible à l'extérieur. L'omission du soutien-gorge se révèle parfois utile.

— Un autre problème ? dis-je en sachant pertinemment qu'il a remarqué la même chose que moi.

Les commissures de ses lèvres se relèvent légèrement ; il appuie une nouvelle fois sur le bouton.

Le temps semble s'être arrêté. Les portes de l'ascenseur refusent de se fermer.

— Et puis merde.

Il empoigne fermement mes hanches pour me pousser hors de l'ascenseur et reste derrière moi. Dans le couloir, la pression de ses doigts sur ma taille trahit son impatience et son souffle court sur ma nuque me provoque des salves de frissons. Ses lèvres effleurent la peau nue de mon épaule puis s'y posent sensuellement. Je ferme les yeux, savourant ce désir qui grimpe férocement en moi.

— J'en rêvais depuis ce foutu train.

Je rouvre soudain les paupières tandis qu'il me force à m'arrêter devant une porte close, avec cette même tendresse teintée d'impatience qui m'entraîne dans un tourbillon de sensations. Je me retourne pour lui faire face, mes omoplates plaquées contre le bois de la porte. Ses yeux brillent de désir, et je crois que ce regard-là devient officiellement mon préféré chez Nick.

— Et donc pour me le faire comprendre, tu m'as volé ma place ? Subtil, comme stratégie.

Il sourit franchement et pose son front contre le mien. Son doigt dessine le contour de ma lèvre inférieure, qui tremble légèrement.

— Tu n'en démords pas.

— Je suis butée, il paraît.

Il rit de bon cœur et confirme mes dires d'un bref mouvement de tête.

— D'ailleurs, je ne comprends toujours pas pourquoi ce contrôleur m'a chassée comme une malpropre.

— Tu tiens réellement à discuter de ça maintenant ?

Je hoche la tête d'un air de défi et poursuis :

— Tu lui as montré une sorte de carte et... Et puis d'abord qu'est-ce que tu fichais en seconde classe ? C'est quand même...

La fin de ma phrase meurt sur sa bouche lorsque ses lèvres s'emparent passionnément des miennes. L'univers se met à tourner autour de moi, au point que j'en oublie tout le reste, qui il est, où nous sommes et jusqu'à mon prénom. L'une de ses mains glisse le long de mes côtes et j'entends le cliquetis d'une serrure.

— Accroche-toi, ordonne-t-il sans détacher ses lèvres des miennes.

Il me soulève d'un bras tandis que l'autre ouvre la porte. J'enroule les mains autour de sa nuque, et les jambes de chaque côté de son torse.

— Je ne prends jamais le train, murmure-t-il en faisant descendre ses lèvres sur mon menton, et encore moins en seconde classe. Ma nouvelle assistante a quelques progrès à faire.

La porte se referme d'un mouvement de pied.

— Elle a commis une grave erreur, chuchoté-je.

— C'est ce que j'ai pensé. J'attendais même le contrôleur pour lui signifier que je voulais une autre place.

Ses hanches m'immobilisent contre le mur.

— Jusqu'à ce que je change d'avis.

— Pour quelle raison ?

Je le sens qui sourit contre ma peau. Il trace un chemin de baisers sur l'arête de ma mâchoire jusqu'à mordiller mon oreille.

— Si jamais la têtue que tu es décidait de rebrousser chemin, je voulais être certain d'être toujours assis à ta place pour te mettre en rogne.

Ma respiration s'accélère, mon sang bouillonne en circulant dans mes veines.

— Vous n'êtes pas si éduqué que ça, monsieur Atman.

— Tu n'as encore rien vu.

Chapitre 18

Les magazines féminins disent parfois la vérité. Il est effectivement possible d'avoir plusieurs orgasmes en une seule nuit.

Je n'ai pratiquement pas dormi ; Nick possède des talents dans bien des domaines, mais celui-ci dépasse l'entendement. Il parvient à faire des choses avec différentes parties de son corps que le commun des mortels ne pourrait pas imaginer. J'en ai encore la respiration haletante alors que le jour se lève.

Lorsque j'émerge, ce matin, je suis seule dans ce trop grand lit. Je me frotte les yeux et m'étire pour me donner la force de me lever. J'enfile son T-shirt de la veille et me rends à la cuisine pour me préparer un café.

Alors que la machine vrombit, je ne peux m'empêcher de sourire ; j'ai encore la marque du plan de travail imprimée sur le flanc. Mais je crois que la meilleure partie s'est déroulée sur le tapis, face à la cheminée. En y repensant, j'avale ma gorgée de travers.

J'allume la télévision en me recroquevillant sur le canapé.

Je devrais demander à Thomson de prolonger mon séjour ; je suis censée partir après-demain, mais curieusement, je n'en ai aucune envie. Je pourrais peut-être dire à mon patron que je n'ai pas eu le temps de tester toutes les activités qu'offre la station. Après tout, je suis censée lui remettre un compte rendu détaillé. Je ferai ça pour le travail. Il n'aura pas besoin de savoir que l'unique raison pour laquelle je souhaite rester ici réside dans le parfum du vêtement que je porte.

J'aimerais appeler Lili, tout lui raconter en détail, m'attarder sur le récit de pectoraux qui se contractent et de bras puissants. Après me l'avoir conseillé mille fois, elle serait sûrement heureuse de savoir que je viens d'ouvrir une nouvelle page de ma vie, et que je ne compte pas la refermer de sitôt.

Enfin, n'allons pas trop vite. Il n'est pas l'homme de ma vie. Juste la perfection.

Nicholas Atman, P-DG de Jasaphir, fantasme de ces dames et amant incomparable. J'en ai les orteils qui frétillent.

J'aurais bien aimé qu'il reste avec moi ce matin. Quelques heures, blottis l'un contre l'autre, à ingurgiter des kilos de fromage : le rêve. Je me plonge dans ce doux songe quand j'entends quelqu'un marteler la porte d'entrée.

J'ouvre. Et je recule dans la foulée, sous le choc.

— On a un gros problème, Chloé.

Anne.

Première question : que fiche-t-elle ici ? Elle entre dans l'appartement sans m'en demander la permission et dirige ses escarpins trempés vers le canapé.

Je tire sur le T-shirt de Nick pour dissimuler du mieux que je peux mes jambes et aplatis mes cheveux pour tenter de dompter les épis.

— Tu as passé une nuit difficile ? me lance-t-elle en observant mon visage défait.

Elle est la dernière personne avec qui j'aimerais m'épancher sur ma vie intime.

Je secoue la tête puis m'immobilise en plein milieu du salon, assaillie par un torrent de questions.

— Ça a été un cauchemar pour te trouver, soupire-t-elle. Qui est assez idiot pour donner quasiment le même nom à deux hôtels qui se trouvent côte à côte ?

— Attends... Que... Comment m'as-tu trouvée ?

— Je suis en train de te l'expliquer, souffle-t-elle en levant les yeux au ciel. L'hôtesse d'ici m'a gentiment envoyée aux Deux Suzette, où le réceptionniste m'a donné ton numéro de chambre, mais bien évidemment, tu ne répondais pas. Je suis donc revenue ici et par un concours de circonstances, nous en avons déduit que tu résidais dans cette chambre.

— Un concours de circonstances ?

Le gloussement à peine étouffé dans sa gorge ne me plaît pas beaucoup.

— Les hôtesses étaient en train de jacasser à propos d'un homme et une femme assez...

Son sourire ne me rassure pas des masses.

— Assez quoi ?

— Il semblerait qu'un incident dans le passé ait contraint l'hôtel à s'équiper de caméras dans quasiment tous les lieux. Y compris le sauna.

Oh ! merde.

Mon front se couvre d'une sueur froide.

Ça signifie que les employés ont vu les exploits de leur grand patron. Pis encore, qu'ils en ont fait le potin croustillant du matin.

Je suis certaine de pâlir à vue d'œil.

— L'une des hôtesses t'a reconnue et a supposé que tu étais encore ici.

Le choc me force à m'asseoir.

Les épisodes honteux, ça me connaît, mais celui-là dépasse très légèrement la moyenne. Il doit bien arriver en position numéro 2 ou 3 sur la liste.

— Je... hum... Que fais-tu là ? bafouillé-je pour dévier au plus vite la conversation.

Son visage se crispe instantanément.

— L'agence est finie.

Le récit dans lequel elle se lance me laisse bouche bée. À part « oh ! », « mais non ! », « bordel de merde ! », je reste muette.

Paris = débandade. Paris = carnage.

Thomson est parti. Il a laissé l'ensemble de ses employés sur le carreau. Rien que cette partie-là vaut un « oh ! ». C'est au moment où Anne a précisé les circonstances de sa fuite que j'ai bordel-de-merdisé.

Le jour de mon départ, en voulant déposer un dossier dans le bureau de Thomson, Clarisse a surpris une conversation entre lui et Alice, son assistante ; apparemment, il était dans une colère noire, usant d'insultes et de méchancetés en tout genre. Pas beau à entendre. Bref.

Clarisse, en bonne fouineuse qu'elle est, a réussi à tirer les vers du nez d'Alice : l'assistante bien sous tous rapports s'est révélée être la maîtresse de notre employeur, et ce depuis plusieurs mois — « mais non ! ». L'arrangement fonctionnait entre eux jusqu'à ce qu'elle en demande plus — « oh ! ». Elle a donc exigé de Thomson qu'il quitte sa femme, ce qu'il a refusé, principalement parce que cette dernière est l'actionnaire principale d'Infinite & co. C'est là que la foudre a frappé.

Se sentant trahie, Alice s'est rendue au domicile de Thomson et a tout avoué à sa compagne — « bordel ! » — qui l'a contraint à démissionner en laissant derrière lui une belle pagaille.

Quand elle a repris par intérim les rênes de l'agence, Anne a découvert que Thomson émettait des billets d'avion et effectuait des réservations dans des hôtels, ce qui lui permettait d'encaisser de belles sommes d'argent qui n'étaient jamais reversées aux prestataires — « merde! ». L'arnaque a affecté plusieurs clients, qui n'ont pas pu embarquer dans l'avion ou séjourner dans l'hôtel qu'ils pensaient avoir réservé. Résultat, les journaux se sont emparés de l'histoire, ce qui a déclenché une panique générale chez Infinite & co.

Alice, Tom et Clarisse ont abandonné le navire plus vite que leur ombre — « bordel de merde! ». Les autres conseillers que je ne connais ni d'Ève ni d'Adam ont également démissionné. Il n'y a visiblement qu'Anne qui est restée.

— Tout ça en l'espace de une semaine? dis-je, interloquée.

— Si on avait réussi à te contacter, tu l'aurais su avant.

— Mais... et toi? Si l'agence est finie, à quoi bon rester?

— Je refuse de me laisser faire, lâche-t-elle en serrant les dents. J'ai vendu mon âme à Infinite & co. Je n'ai aucune vie en dehors de mon travail. Je veux remettre l'agence à flot.

— Mais tout le monde est parti...

— Pas toi.

— Parce que je n'étais pas au courant. Maintenant que j'ai connaissance de l'histoire, je n'ai plus spécialement envie d'y remettre les pieds.

— C'est pour ça que je suis ici, reprend-elle. Je suis venue te chercher pour qu'on règle les problèmes.

— Attends, Anne, objecté-je en levant les mains. J'apprécie mon boulot, mais franchement, je préfère le quitter plutôt que de m'embourber là-dedans.

— Si tu démissionnes, tu ne retrouveras jamais du travail... Oh! soupire-t-elle, ne prends pas cet air vexé. On sait tous que tu as traficoté ton CV, que tu parles anglais comme une vache espagnole et que Thomson t'a embauchée parce qu'il n'avait pas le choix. Il n'y a aucune autre agence en France qui acceptera de te prendre. Soit tu viens avec moi, soit tu es bonne pour pointer au chômage.

Anne et sa délicatesse. Toujours les mots pour mettre en valeur ses collègues.

— Si je suis si nulle que ça, rétorqué-je en pinçant les lèvres, je ne te servirai pas à grand-chose.

— Tu crois vraiment que si j'avais eu le choix je serais là, devant toi ? grimace-t-elle. Soyons lucides, les hôtels vont nous lâcher les uns après les autres, les clients partiront en demandant des remboursements et la presse va en faire ses choux gras. Seule, je n'y arriverai pas. Je compte sur toi pour m'aider. Un train part d'ici à 11 h 30, voilà ton billet. Je t'attends à la gare.

Sans prononcer une syllabe de plus elle se lève, me tend le bout de papier et quitte l'appartement.

La première idée qui me vient en tête se résume en gros à hors-de-question-je-te-déteste-je-ne-t'aiderai-pas.

À quoi servirait-il que je retourne là-bas ? Si l'agence doit couler, alors je coulerai avec elle. Je finirai bien par retomber sur mes pattes, quelque part ailleurs.

Quoique.

Elle n'a pas totalement tort quand elle dit que je suis une incapable. C'est légèrement blessant pour l'ego, mais il faut bien admettre que mon embauche repose sur un tissu de mensonges. Si l'agence se casse la figure, sa mauvaise réputation fera tache sur mon CV, déjà faux de bout en bout. Je n'irai pas bien loin.

Mais je ne veux pas partir maintenant ! Pas aussi vite ! Je n'ai aucune idée de l'endroit où peut bien se trouver Nick. Il doit sûrement être en train de construire de nouveaux hôtels pendant que sa sœur sauve des vies et que je suis en plein dilemme intérieur. Et s'il ne revenait pas d'ici la fin de la matinée ? Peut-être que je ne le reverrai jamais.

Je ne sais même pas s'il vit ici toute l'année ou s'il a un domicile permanent quelque part en France ou à l'étranger. Qui sait s'il ne possède pas une villa en Thaïlande, un duplex à New York, une yourte en Mongolie... Tout ce que je sais, moi, c'est qu'après la soirée d'hier mon corps refuse de quitter la Savoie. Dire adieu à un délicieux petit nuage pour plonger dans des galères abyssales ne me tente pas du tout.

En même temps, Anne est venue jusqu'ici. Elle est antipathique, exécrable, invivable, pénible, odieuse — et elle n'a plus que moi. Elle ne l'a pas clairement avoué, mais j'imagine à quel point ça a dû lui coûter de me demander de l'aide. J'en jubile intérieurement. Je suis sûre qu'elle s'est mordu les lèvres jusqu'au sang entre Paris et la station.

Si je représente son dernier espoir, c'est qu'elle doit vraiment aimer l'agence plus que tout ; même si j'ai du mal à tolérer sa présence dans mon champ de vision, je ne peux pas me voiler la face.

Je déteste ma conscience, parfois. Par chance, je n'en ai pas tellement, mais en l'occurrence largement assez pour culpabiliser.

Je soupire longuement avant de me relever.

Il est 8 h 12, je dois être à la gare à 11 h 25 au plus tard. J'ai donc trois heures devant moi pour :

1. me laver et m'habiller ;
2. engloutir la moitié du réfrigérateur ;
3. récupérer mes affaires aux Deux Suzette ;
4. trouver Nick.

Dans le bain, je tente de me motiver.

Ce n'est pas comme si je m'en allais pour ne plus

jamais revenir. Il suffit qu'Anne et moi trouvions une solution pour sauver Infinite & co., puis je reprends le train pour m'établir définitivement en Savoie.

Ou pas.

Je pourrais demander à Nick si la découverte de Paris ne le tenterait pas. Sait-on jamais, il en a peut-être assez des montagnes ? Et puis, ça me permettrait de le croiser plus souvent. Enfin, pas à tous les repas, je n'en suis évidemment pas là... Juste le voir. De temps en temps. Le matin. Au déjeuner. Pendant la soirée. Toute la nuit.

Je me savonne rapidement puis enfile T-shirt et leggings d'hier. Impossible de mettre la main sur les chaussures de snowboard, je dois donc me rabattre sur les escarpins, ce qui me fait une silhouette épouvantable.

Nick. Je dois le retrouver. Pas question de filer sans lui avoir expliqué la situation. En cherchant mon pull, je passe devant son ordinateur.

Loupiotes dans la tête.

Le fond d'écran m'apparaît aussi clairement qu'un muffin après un cours de sport.

Je ne peux m'empêcher de sautiller de joie. La voilà, la solution !

Nick est le P-DG de Jasaphir. Il détient des hôtels partout dans le monde. Si je lui demande de... Non. Je ne peux pas faire ça. Et puis il refuserait ; s'associer à une agence sur le point de sombrer serait désastreux en termes d'image. Sauf que ma mère part du principe que qui ne tente rien n'a rien. Je lui propose et il décide, ça ne l'engagera pas à grand-chose. Et si jamais il donne son accord, l'agence pourra se targuer de travailler en partenariat avec les plus beaux hôtels de la planète. Les clients afflueront. Je vois déjà Günter se battre avec une horde de femmes prêtes à tout pour tester nos séjours.

Et si je proposais à Nick un partenariat exclusif ? Si nous sommes les seuls à proposer ses cinq-étoiles, nous ferons un tabac ! À nous les clients, les caisses pleines, la célébrité, la presse qui nous prend en photo, les amis sur les réseaux sociaux !

Anne n'en reviendra pas. Elle qui pense que je suis un détritus, elle me devra des excuses ! Je les attends en bonne et due forme, genou à terre, les mains implorantes et le regard désolé d'avoir pris Chloé Martin pour une andouille. Je suis probablement l'une des pires conseillères en voyages sur cette terre, mais je vais sauver sa boîte.

Revigorée par cette hypothèse, je m'engouffre tête baissée dans le couloir, rayant d'emblée les étapes frigo et valise : je me nourrirai plus tard, et pourquoi m'encombrer de mes affaires puisque je compte bien rester ?

Chapitre 19

Je file à l'accueil et presse la sonnette comme une forcenée.

— Ah ! m'exclamé-je en découvrant mon hôtesse préférée. Je suis contente que ça soit vous ! Pourriez-vous me dire où se trouve M. Atman, s'il vous plaît ?

— Vous avez regardé dans le sauna ?

L'enflure. Je la rétrograde en une seconde au rang de simple connaissance.

— Je n'ai pas beaucoup de temps, dis-je, en tentant une légère nuance de menace dans la voix. J'ai absolument besoin de lui parler.

Les doigts crispés sur le bois du comptoir, j'essaie de lui faire comprendre par des grimaces l'urgence de la chose, mais seul son dédain me répond.

— Alors donc il ne vous raconte pas ce qu'il fait ? ricane-t-elle en posant une main sur sa hanche. Vous, votre truc, c'est plutôt l'action, si je comprends bien.

OK, compris. Je sais parfaitement pourquoi elle réagit de la sorte.

C'est une femme. Nick est un homme. *L'*homme. Et moi, je suis celle qui a fini dans ses bras.

— Bien, soupiré-je. Vous avez assisté à une partie de jambes en l'air. J'espère qu'elle vous a plu. Auquel cas, je serai ravie d'en parler avec vous quand j'en aurai le temps. Mais pas maintenant. Je vous assure que j'ai une chose de la première importance à lui demander. C'est grave. Décisif. Vital.

Je ne suis pas certaine d'avoir choisi les bons mots, car elle semble me traiter de tous les noms.

— Je ne connais pas l'emploi du temps de M. Atman, finit-elle par grommeler.

— Un lieu alors ? la supplié-je. Il doit bien travailler quelque part, non ? Il existe forcément un endroit où il se rend pour faire ses... trucs de patron. Un bureau ? Une salle ? Un café ?

— Je n'en ai aucune idée.

— C'est la vérité ou vous ne voulez simplement pas m'aider ?

— Les deux.

Comprenant que je n'obtiendrai rien de plus, je m'en vais, les oreilles fumantes. Quelqu'un d'autre dans cette fichue station pourra sûrement m'aider et, surtout, acceptera de le faire. Un homme, par exemple. Ou bien...

Crapahuter en talons hauts dans les ruelles du village vous expose au danger autant qu'au ridicule. Les plaques de verglas savoyardes ne ressemblent en aucun cas à celles de la capitale, et je manque plusieurs fois de me briser la cheville avant de pouvoir enfin pousser la porte du cabinet.

La salle d'attente est encore plus bondée que d'habitude ; la plupart des visages portent les séquelles du nouvel an, et la moyenne d'âge des grands blessés ne dépasse pas les vingt-cinq ans.

Les aiguilles de la pendule murale tournent à une vitesse phénoménale ; même le temps est contre moi. Je vois passer un nombre incalculable de patients avant que mon tour arrive enfin.

— Tiens ! sourit-elle. Vous venez pour votre pommette ?

D'un geste, elle m'invite à m'installer, mais je ne bouge pas.

— Sauriez-vous où se trouve votre frère ?

— Permettez que je regarde d'abord votre blessure.

Sans attendre une hypothétique réponse de ma part, elle pose ses doigts fuselés sur mon visage ; elle tourne mon cou dans tous les sens afin d'évaluer l'étendue des dégâts, puis s'écarte pour aller chercher des compresses.

— Un joli coup, déclare-t-elle en me posant la gaze sur la peau. Comment vous êtes-vous fait ça ?

— C'est très long à expliquer. Votre frère a-t-il des habitudes ? Des endroits où il se rend tous les jours ? Où puis-je être sûre de le trouver ?

— C'est-à-dire ? demande-t-elle en terminant son pansement.

— Un lieu de travail, un bar où il aime se détendre à 9 heures du matin, une piscine, une piste de ski, un restaurant, un magasin... Ce que vous voulez. J'ai quelque chose à lui dire et si je ne le trouve pas avant 11 heures, tout mon plan va capoter.

— Voulez-vous que je l'appelle ?

À force d'être sans téléphone, je ne pense même plus à cette possibilité ; comment les gens faisaient-ils dans l'ancien temps ? Vivre à l'époque des chevaux et des carrioles devait être sacrément compliqué.

J'acquiesce en la remerciant, soulagée. Elle met un temps fou à dégoter le numéro dans son répertoire, et mon impatience ne fait qu'empirer lorsqu'elle colle l'objet à son oreille ; même ses sourires rassurants n'y font rien. Elle finit par secouer la tête en laissant un message sur le répondeur.

Je lui murmure un « Chloé » au moment où elle piétine sur le prénom de la personne qui doit « lui parler urgemment ».

— Il est probablement en réunion, suppose-t-elle après avoir raccroché, il ne répond jamais dans ces cas-là.

— Où ses réunions ont-elles lieu ?

— Un peu partout, c'est lui qui se déplace, en général. Il est peut-être même parti en hélicoptère ce matin pour atterrir dans un autre département.

Génial. Mettre la France sens dessus dessous deux heures avant le départ du train n'était pas dans mes projets.

— Tenez, me fait-elle alors que je m'apprête à sortir de la pièce. C'est son numéro personnel.

Je l'attrape, ainsi que l'ordonnance, puis retourne dans le froid.

Qui emprunte un hélicoptère à une heure si matinale ? S'il m'avait prévenue, ça m'aurait évité de crapahuter comme une folle furieuse en équilibre précaire sur ses escarpins.

Je ravale mon énervement et prends le chemin de l'héliport, malgré toute la terreur que cet endroit réveille en moi.

— Excusez-moi, lancé-je à l'homme installé derrière le bureau. Pourrais-je savoir si un hélicoptère a été affrété pour M. Atman ce matin ?

Il me dévisage un bon moment avant de m'expliquer calmement qu'il s'agit d'une information confidentielle qu'il n'a donc pas le droit de divulguer. Je déploie tous les stratagèmes en mon pouvoir pour tenter de lui faire cracher le morceau — la bouche en cœur, les cheveux enroulés sur un doigt et un déhanché passablement ridicule — mais visiblement, je ne suis pas son style.

Ma poisse revient.

— Je suis désolée, m'dame. Je ne peux p...

— Sa sœur a eu un accident.

Son torse se redresse d'un coup.

— Elle n'arrive pas à le contacter pour le prévenir,

continué-je en le sentant finalement attentif. Je suis venue de sa part parce qu'elle pense qu'il a quitté la station.

— Le Dr Atman est blessée ?

J'acquiesce en baissant le regard.

— Horrible, une chute affreuse. Je vous envie de ne pas avoir vu ça : sa jambe forme un angle anormal avec le reste de son corps.

— Mais ce sont les urgences qu'il faut appeler ! s'affole-t-il en attrapant son combiné.

— Déjà fait ! m'empressé-je de rétorquer. Elle est à l'hôpital et elle aimerait prévenir son frère, sauf qu'il ne répond pas. C'est pour ça qu'elle veut savoir s'il est parti dans une de vos machines ou non.

— Conrad ! hurle-t-il. Le Dr Atman est grièvement blessée !

L'homme en question abandonne ses clients et accourt jusqu'à nous.

— Non ! C'est pas vrai ! dit-il, effondré. Elle va mourir ?

— Non, non ! Elle est dans un lit, soignée, tout va bien pour elle. Par contre, elle tient absolument à prévenir son frère, qui a peut-être pris un hélicop...

— Je l'apprécie tellement, m'interrompt-il, les yeux déjà humides. Nous n'avons jamais eu de médecin aussi engagé et sympathique à la station.

— Je n'en doute pas, répliqué-je, mais pour son frère je v...

— Tu imagines ? reprend l'homme assis. Cette femme formidable, condamnée à finir sa vie dans un fauteuil roulant.

— Il n'y aura pas de fauteuil roulant, les rassuré-je. C'est juste un petit bobo de rien du tout.

— Vous venez de dire que son genou était retourné, dit-il, soudain soupçonneux.

J'émets un petit rire crispé.

— J'en fais toujours des caisses. Ce n'est vraiment rien, elle sera sur pied dès cet après-midi.

— Alors pourquoi veut-elle contacter son frère ?

— Parce que... Parce qu'elle l'adore et qu'ils partagent tout. Ils sont comme les doigts de la main. Collés tout le temps. Impossibles à séparer. Des jumeaux. Siamois. Pourrais-je savoir si M. Atman a pris un hélicoptère, alors ?

— À quoi ça pourrait bien vous servir ? Il est injoignable, avec ou sans hélicoptère.

— Oui, mais... le truc, c'est que le Dr Atman est très inquiète. Elle n'aime pas ces engins, ça la rassurerait de savoir que son frère n'en a pas pris un. Et vu la situation, elle en a bien besoin.

— C'est étrange, dit-il en fronçant les sourcils, elle est venue faire un baptême de l'air le mois dernier et elle a adoré.

Je ne vais jamais m'en sortir.

— Oui mais elle a fait un effroyable cauchemar avec un crash aérien, du sang, du feu, la mort... Depuis, elle perd tous ses moyens dès qu'on énonce le mot-qu'il-ne-faut-pas-dire.

Je n'ai plus aucun mensonge dans mon baluchon. Je croise les doigts et laisse les deux hommes s'échanger un long regard décontenancé.

Celui qui se trouve toujours sur son siège finit par tourner le cou et taper quelque chose sur son ordinateur.

— Aucune réservation au nom d'Atman aujourd'hui.

Enfin une bonne nouvelle !

Je me bats pendant une dizaine de minutes pour les faire renoncer à l'idée de se rendre à l'hôpital et reprends la route en sens inverse.

Il est forcément ici, dans la station. Où, je ne le sais pas encore, il me reste une heure pour le découvrir. Je respire un bon coup, scrute les alentours, et serre les poings pour me donner du courage.

Je pénètre dans chaque bâtiment, un à un. Je passe en revue les boutiques, les salons de thé, les boulangeries, les restaurants, la piscine municipale, le théâtre, le cinéma, les hôtels... Je ne laisse rien au hasard. Je m'oppose farouchement à l'idée de quitter la Savoie. Je dois lui soumettre mon stratagème infaillible pour remettre Infinite & co. d'aplomb et finir dans le jacuzzi pour relaxer mes pieds.

Je ne compte plus le nombre de fois où je répète son nom de famille. On me regarde parfois étrangement, d'autres fois très sérieusement, mais l'avantage, quand on recherche le P-DG le plus convoité de la station, c'est que tout le monde le connaît. J'ai écumé tous les lieux qu'il est censé fréquenter, mais hélas, chaque fois j'ai fait chou blanc. Pas un poil de Nick à l'horizon.

À force de vagabonder, je suis revenue à mon point de départ.

Le souffle court, d'humeur massacrante, je me rends à l'évidence et me résous à faire ce que je souhaitais par-dessus tout éviter.

Je me dirige le cœur lourd vers le Chalet des Sœurs Suzette en songeant à ce que je vais écrire sur le papier que je laisserai sous sa porte.

« Cher Nick », ça fait trop gnangnan, je me rabattrai sur un « Nick » tout court. Je lui expliquerai que j'ai dû précipitamment rentrer sur Paris à cause d'un problème professionnel, mais que j'ai la solution qui peut tout arranger. Je me garderai cependant de la détailler — on ne sait jamais, il pourrait mal le prendre. Je resterai évasive, tout en lui faisant comprendre que c'est indépendant de ma volonté et que je compte bien revenir ici le plus rapidement possible. Ou alors que je l'invite chez Lili et moi.

Non.

Imaginer un homme de sa trempe entre notre panier

de linge sale et les paquets de chips jonchant la table basse me met d'emblée extrêmement mal à l'aise.

Je pourrais simplement lui laisser l'adresse de l'agence. L'immeuble en verre l'émerveillerait. Je penserai à me montrer sous mon meilleur jour, à ne plus jamais arriver en retard, à ne plus oublier de me brosser les dents — ça ne m'est arrivé qu'une seule fois.

— Chloé?

Je les avais complètement occultés de mon esprit.

Émilie et Valentin se tiennent face à moi. Ils me sourient tous les deux, leurs doigts entremêlés.

— Tu vas bien? me lance-t-elle.

Son intérêt, qui paraît sincère, me secoue; la dernière fois qu'elle m'a vue, c'était juste avant de m'abandonner en pleine montagne à cause d'une énorme dispute.

— Je... Oui.

— Nous tenions à te présenter nos excuses, dit Valentin, désolé. Nous étions tellement en colère que...

— ... vous m'avez oubliée. Ce n'est rien.

Je n'aurais pas répondu la même chose si la soirée ne s'était pas terminée en apothéose.

— Non, vraiment, se tortille Émilie. C'était complètement irresponsable. Nous avons remonté la piste quand nous nous sommes rendu compte que nous étions partis sans toi, mais tu n'étais plus là.

— On a appelé Nick, du coup, continue Valentin. Tu sais que ton petit ami est capable de s'énerver vraiment très vite? J'ai eu l'impression de me faire sermonner par mes parents.

Impossible de réprimer un sourire: cet homme est vraiment parfait sur tous les points.

— Tout s'est arrangé entre vous deux, alors? lancé-je pour mettre fin à leur embarras.

Ils s'échangent un regard, puis Valentin dépose un baiser sur la tempe de sa fiancée.

— C'est un peu grâce à toi, m'avoue cette dernière. Cette dispute nous a été bénéfique. On a tout remis au clair pour repartir sur de meilleures bases.

— Je suis contente pour vous, réponds-je avec sincérité.

La suite me laisse sans voix.

Émilie s'avance puis me prend dans ses bras, sous les yeux amusés de Valentin ; elle est tellement frêle que si je lui rendais son étreinte, je risquerais de lui briser les côtes.

Je reste ébahie, le temps qu'elle se détache et m'offre un sourire radieux.

— Pardon pour le baiser avec Nick, me murmure-t-elle. C'était la plus grosse erreur de ma vie. J'espère que ça n'a pas créé de problèmes entre vous.

Trop de chocs tuent le choc.

En quelques secondes, mes yeux la voient comme... une femme normale. Son parfum est un peu trop prononcé et la longueur de ses jambes est hors de contrôle, mais à part ça, elle m'apparaît comme une fiancée qui a simplement dérapé et qui s'en veut énormément.

Vu les bévues que j'ai moi-même faites, il serait déplacé de ma part de la juger.

— Pas du tout, dis-je en lui souriant.

— Je peux te confier quelque chose ?

J'acquiesce en fronçant imperceptiblement les sourcils ; son regard passe de mes pieds à ma tête tandis que sa bouche esquisse une grimace.

— Tu ne devrais pas aller voir Nick comme ça. Les escarpins avec la polaire, c'est atroce !

Sa moue sincèrement horrifiée est tellement drôle que je laisse échapper un rire.

— Ton odeur laisse aussi à désirer, ajoute-t-elle. Et tes cheveux ont l'air d'avoir été séchés sous un fer à repasser. Et...

— J'ai compris, Émilie, je n'irai pas voir N... Attends, comment ça « aller voir Nick » ?

Je dévisage le couple de mes rayons lasers.

— On l'a croisé dans l'ascenseur. Il allait chercher des documents chez vous avant de se rendre dans une salle au rez-de-chaussée. Je ne savais pas qu'il travaillait ici, s'émerveille-t-elle. Il nous a demandé si on t'avait vue, parce que tu n'étais apparemment plus à l'appartement. Je pensais que tu étais partie t'acheter quelques petites tenues pour lui en mettre plein la vue quand il sortirait de son rendez-vous, mais visiblement, je me suis plantée.

— Quand ?

— « Quand » quoi ?

— Quand l'as-tu croisé ?

— Il y a cinq minutes. Pour...

Je n'écoute pas la fin de sa phrase. Mon corps tout entier implose.

Je la remercie en attrapant fermement ses bras avant de m'élancer vers le hall.

Je me suis tapé la moitié de la station en talons alors qu'il se trouvait tout bêtement à l'hôtel ; je ne peux pas m'empêcher de lancer un regard noir à l'hôtesse lorsque je passe devant elle. Je suis sûre qu'elle savait qu'il était ici. Sournoiserie de la gent féminine. Je lui donnerai un aperçu du fond de ma pensée dès que j'aurai exposé à Nick mon idée pour sauver Infinite & co.

J'arpente la totalité du rez-de-chaussée et découvre au passage qu'il dispose d'une salle de jeu avec un billard et des fléchettes. Je lui proposerai de venir boire un verre ici ce soir.

J'ouvre porte après porte, discrètement, histoire de pouvoir la refermer sans me faire voir si d'aventure je tombais sur une situation gênante — un couple en train d'assouvir ses désirs, par exemple.

Je passe par nombre de pièces avant de l'apercevoir. Beau. Encore plus qu'hier soir. La chemise qu'il arbore épouse parfaitement les contours de sa silhouette divine.

Je souffle enfin. De bonheur et de soulagement.

J'avance, à nouveau détendue, en songeant à ce problème qui sera réglé dans quelques minutes.

Minute.

Qui c'est, celle-là ?

Une femme vêtue d'un pardessus crème et chaussée d'une paire d'escarpins noirs lui attrape le bras. L'une de ses collègues, certainement. On se calme.

J'avance en faisant abstraction de ce sixième sens qui tire frénétiquement la sonnette d'alarme. Elle frotte doucement sa main le long de son avant-bras.

Pourquoi frotte-t-elle doucement sa main le long de son avant-bras ? C'est une manière de sceller un contrat juteux ? Je fronce sérieusement les sourcils. Nick lui sourit — l'un de ces sourires intimes qui n'appartiennentt pas à la catégorie professionnelle.

Pourquoi glisse-t-elle les doigts dans ses cheveux ? Pourquoi est-elle maintenant en train de les ébouriffer avec un rire cristallin ? Je profite de la présence d'un sapin de Noël pour me dissimuler.

Je triture les épines pour mieux les observer, mais je n'entends rien et ça me rend dingue. Je piétine alors en poussant le conifère devant moi tandis qu'elle pose ses paumes sur ses joues.

Nick ne l'en empêche pas.

Il ne réagit même pas.

C'est ça, un rendez-vous d'affaires, alors ? Je gigote un peu plus pour me rapprocher.

Dis donc, elle est en train de lui attraper le menton ou je rêve ? Aiguillonnée par la jalousie, je tente d'accélérer et finis par distinguer leurs rires lorsqu'ils s'étreignent chaleureusement.

Très longue, cette étreinte. Trop longue. Elle caresse son dos en fermant les yeux, et Nick lui rend son geste.

— Ça fait tellement de bien de te revoir, dit la femme.

— Ça fait combien de temps ? répond Nick.

Le timbre voilé de sa voix trahit une forte émotion.

— Depuis le divorce.

J'en trébuche et je me prends une boule de Noël dans la figure.

Merde.

Ça ne peut pas être elle. Je ne veux pas que ce soit elle. Elle a trop de prestance, des chevilles trop fines, un profil trop parfait.

— Effectivement ! s'amuse Nick.

Ce qui n'est absolument pas drôle.

— Mais que faites-vous ?!

Je me retourne à la va-vite — deuxième boule dans l'œil — pour me confronter à la réceptionniste, complètement interloquée. Je pose un doigt sur mes lèvres pour l'implorer de ne pas faire de bruit.

— Je vous ai vue traverser tout le hall et je vous retrouve écroulée dans un sapin ! Vous n'êtes réellement pas normale, vous savez ?

J'agite les bras dans tous les sens pour l'inciter à se taire, mais comme elle ne m'écoute pas, je l'attrape et presse une paume sur sa bouche — qu'elle a grande ouverte, prête à m'insulter.

— Vous auriez pu me dire que M. Atman se trouvait dans l'hôtel ! soufflé-je en la dévisageant.

Elle me fait signe de la libérer.

— C'était pour vous protéger !

— Me « protéger » ?

— Son ex-femme est ici. Comme j'ai cru comprendre que vous appréciiez M. Atman, j'ai préféré vous éviter de la croiser. C'est pour cela que je ne vous ai rien dit, pour que vous déguerpissiez ! L'ex-Mme Atman est une femme aux dents longues. Si elle avait découvert que vous aviez pris du bon temps avec lui, elle vous aurait rendu la vie impossible. Mais je le regrette désormais !

ajoute-t-elle en se levant et en défroissant sa tenue. Vous êtes encore plus cinglée qu'elle !

Ce n'est donc pas un quiproquo. Il s'agit bien de la harpie qui a engagé une armée d'avocats pour plumer Nick pendant leur divorce.

Pourquoi n'ont-ils pas l'air de se haïr ? Il devrait l'envoyer au diable après ce qu'elle lui a fait subir.

Une fois l'hôtesse partie, je reprends ma position initiale et tente de tirer les conclusions les plus logiques du spectacle qui s'offre à moi.

Leur câlin se poursuit. Nick n'est peut-être pas rancunier.

Elle masse ses épaules en le félicitant de sa prise de muscles. Cette femme est peut-être dotée d'une exceptionnelle politesse.

Il lui sourit en la complimentant sur ses yeux. Là, j'avoue que je ne trouve pas de conclusion logique.

Je suis perdue. Mais bon sang, tirez-vous dans les pattes, crachez-vous à la figure !

— Je t'aime.

La garce.

Comment ose-t-elle ?

Sous le coup de la colère, je me lève d'un bond. Elle va voir de quel bois je me chauffe !

J'ai giflé son conseiller financier, je peux bien réitérer l'exploit avec son ex-femme.

— Moi aussi.

Chapitre 20

— Non... Je sais... Non... Pas intéressée... C'est ça, oui... Mais non je vous dis ! Allez voir ailleurs si j'y suis !

Anne se masse les tempes alors que je lui apporte son café.

— Encore un journaliste ? m'enquiers-je.

— Il me proposait 600 euros pour ma réponse à l'article paru hier.

— C'est toujours mieux que les 150 de tout à l'heure. Tu vois qu'on progresse.

Ma pointe d'humour lui fait esquisser un vague sourire.

C'est devenu un rituel entre nous : un appel de la presse, suivi d'une blague sur qui aura décroché la meilleure proposition.

C'est comme ça depuis trois semaines. Depuis que Tom et Alice ont accepté d'être interviewés par un quotidien national, plus exactement.

Nos anciens collègues s'en sont donné à cœur joie dans les confidences, l'appât du gain a véritablement délié leur langue.

Tom a prétendu qu'il avait travaillé pour cette agence parce qu'il la pensait saine et honnête, « comme lui ». Il a été « très affecté » par la révélation des magouilles de Thomson et s'en est tellement voulu de bosser pour un

« combinard » qu'il a immédiatement posé sa démission. Ce gros idiot doublé d'un vantard n'a apparemment pas jugé bon d'avouer qu'il avait eu la trouille de sa vie et que sa couardise est la seule raison de son départ. Quant au témoignage d'Alice, il nous a plongées dans le chaos le plus total.

Elle a raconté en détail son aventure avec notre ancien patron.

Elle a expliqué qu'il lui avait fait miroiter monts et merveilles, qu'il lui avait promis l'amour éternel et une vie remplie de douceur. Parfait pour appâter curieux et voyeurs. Quand Anne et moi avons découvert son interview, nous sommes tombées des nues. C'est ainsi que nous avons appris qu'ils s'envoyaient en l'air à peu près n'importe où, c'est-à-dire à l'endroit où je pose mes fesses tous les matins, là où je vais chercher mon cappuccino ou encore dans le coin où je déprimais parce que je n'étais pas sélectionnée pour le Choix du Mois.

Elle a fait passer Thomson, dont la réputation était déjà bien écornée, pour un pervers, pour le plus grand plaisir de la presse.

Infinite & co. est devenue « l'agence où voyage rime avec trahison et érotisme ». Une saga. Un feuilleton télévisé.

Le pauvre Günter doit subir chaque jour les assauts des curieux qui tentent de pénétrer dans l'immeuble pour visiter ou prendre des photos. C'est l'horreur. J'ai toujours cru que j'adorerais être au centre de l'attention, je me suis trompée dans les grandes largeurs. Je regrette amèrement mon anonymat au retour de Savoie, il y a six semaines. Au moins, je ne me faisais pas alpaguer jusque dans le métro. Même ma boulangère préférée me pose d'étranges questions, à tel point que j'ai dû me résoudre à renoncer à mes petits pains au chocolat du matin.

En plus du battage médiatique, nous croulons sous les annulations de voyages et les ruptures de contrats avec nos partenaires ; il n'est que 14 heures, et j'ai déjà dû faire face à cinq demandes de remboursement, deux désistements et quatre appels de journalistes auxquels j'ai raccroché au nez.

— À ce rythme-là, souffle Anne, on n'en a plus que pour trois semaines. Et encore, je vise large.

Je ne l'ai jamais vue aussi dépitée.

Si, au départ, notre collaboration a eu du mal à décoller, nous avons fini par nous souder envers et contre tout. Je suis très loin de la considérer comme ma meilleure amie — ses envies de salades bio m'insupportent toujours autant —, mais à force d'essuyer les plâtres chacune de notre côté, nous avons presque réussi à oublier nos différends pour travailler ensemble.

Je dois l'admettre, Anne est une bosseuse phénoménale. Je la connaissais pour sa manière de poser ses griffes sur ses clients, j'ai découvert qu'elle ne lâchait rien. Jamais.

Anne est toujours au bureau avant moi — bien que, je le jure, je n'aie pas été une seule fois en retard. À part lundi, mercredi et jeudi. Anne est également la dernière à éteindre les lumières de l'agence ; Anne conserve un calme indéfectible face aux critiques les plus désastreuses ; Anne est une battante pour qui le verbe abandonner n'existe pas.

Enfin en temps normal.

Parce que depuis quelques jours, je sens qu'elle faiblit. Il faut dire qu'étant affublée d'une incompétente notoire, à savoir moi, elle porte un poids énorme sur les épaules. J'ai bien essayé d'alléger tout ça, mais je crée plus de problèmes que je n'en résous.

J'ai même l'impression que plus je fais d'efforts, plus nous sombrons.

— On va trouver un moyen de s'en sortir, la rassuré-je.

— Ne retente plus jamais rien, grimace-t-elle.

Oui. Bon. J'ai fait quelques erreurs. C'est la faute de Lili, aussi.

Un soir, je suis rentrée complètement dépitée du boulot. En plus de l'agence qui se trouve dans l'œil du cyclone, je n'ai plus de salaire. Heureusement que ma meilleure amie est solide de ce côté-là et qu'elle reçoit l'aide de sa mère, sans quoi je serais à la rue. Bref. J'étais en train de ressasser quand elle m'a soumis l'idée de faire de la pub pour l'agence — c'était avant le raz-de-marée médiatique.

Comme nous étions en train de manger des *fortune cookies*, Lili a trouvé très astucieux de reprendre le principe, mais en remplaçant la prédiction par les coordonnées de l'agence, assorties d'une petite phrase accrocheuse.

Quatre jours plus tard, Lili dévalisait les boulangeries du quartier et nous éventrions des croissants pour y glisser nos papiers. Nous nous sommes rendues à la tour Eiffel pour tenter de vendre nos créations à la sauvette, sauf que la police s'en est mêlée ; nous avons passé la nuit au poste après avoir expliqué en long, en large et en travers qu'on ne comprenait pas comment cette « propagande déloyale » avait atterri dans nos viennoiseries.

J'ai aussi eu la grande idée d'organiser une distribution « sauvage » de prospectus, de coller des stickers avec notre logo sur les voitures et les lampadaires de la ville, et même de faire un sit-in devant les agences concurrentes. Je commence à bien connaître le commissariat du quartier.

En retournant à mon bureau, je trie les mails, ceux à lire et ceux à mettre à la corbeille. Entre les pubs et les spams apparaissent encore et toujours des demandes d'interview. Très franchement, je ne sais plus pourquoi je continue à venir ici chaque matin.

J'ai beau faire bonne figure devant Anne, j'ai conscience d'être sur la sellette et de perdre mon temps à tenter de recoller les morceaux d'un vase brisé en un million de cristaux.

— Non, madame, vous ne pouvez pas !

La voix caverneuse de Günter résonne dans le hall.

— Dites donc, grand monsieur, je ne suis pas n'importe qui !

Mince alors, on dirait...

— Fais ce qu'il te dit, Françoise.

... Non.

— Chloé ? Chloé, où es-tu, ma chérie ? Mais... voulez-vous bien me lâcher ?!

— Vous n'avez pas le droit de pénétrer dans cet endroit sans rendez-vous !

Je cavale vers l'escalier et tends le cou en direction des portes vitrées.

— Ma fille va vous faire renvoyer ! hurle ma mère en frappant le pauvre Günter avec son sac.

Je descends les marches, les yeux exorbités.

— Ma chérie ! se réjouit-elle en me voyant. Dis à ce gaillard de cesser de m'importuner !

— Ce sont mes parents, expliqué-je au vigile avec un sourire d'excuse. Que... Que faites-vous ici ?

Ils ne sont jamais montés à Paris, et encore moins venus à l'agence. Les voir ici, dans ce hall, affublés de leurs plus beaux vêtements — sûrement un ordre de maman — me laisse bouche bée.

— Tu ne répondais pas à nos appels, me reproche-t-elle en croisant les bras. Nous avons donc pris le taureau par les cornes, et nous voici.

J'avoue, j'ai manqué à mes obligations.

Papa et maman ont tenté de me contacter plusieurs fois, mais je n'ai jamais trouvé le temps de les rappeler. Entre les insomnies, les journées à rallonge et la déprime du soir, je n'en ai pas trouvé le courage. Si j'avais dû leur répondre, il m'aurait fallu mentir en prétendant que tout allait bien. Et c'était au-dessus de mes forces.

Quand Günter consent enfin à les laisser passer, je leur propose de monter à mon bureau.

Encore une grande idée.

Maman semble très préoccupée par mes conditions de travail : il n'y a pas de rideaux aux fenêtres ; l'écran de l'ordinateur est trop clair et risque de me provoquer des problèmes oculaires ; mon tiroir secret à friandises va ruiner ma santé.

— Tu sais ce qu'on dit, me lance-t-elle, un paquet de bonbons à moitié vide entre les doigts. Une seconde dans la bouche, dix ans sur les hanches.

— Oui, dis-je en le récupérant avec un sourire. Vous savez, j'aurais fini par répondre à vos appels, ça n'était pas la peine de faire toute cette route pour me rendre visite.

— C'est vrai que ce train était une horreur ! s'exclame maman en s'installant sur un siège. Cette femme... Non, mais a-t-on idée de voyager avec un chien ? Et de le laisser poser ses sales pattes sur les fauteuils ? Cet animal a passé la moitié du trajet à aboyer sur les enfants qui couraient dans le couloir, n'est-ce pas, Pierre ? Et ce bambin qui n'a pas cessé de pleurer... J'en ai encore les oreilles qui bourdonnent. Quant au repas, que nous avons payé une petite fortune... Savais-tu qu'ils réchauffaient les plats au micro-ondes ? La pâte de ma bruschetta était si élastique que si j'avais eu un dentier il serait resté collé dessus. J'enverrai une lettre en rentrant, ils vont m'entendre.

— C'est vrai, ce que disent les informations ? lance papa tandis que sa femme fronce méchamment les sourcils.

Voilà donc la raison pour laquelle ils ont traversé la France. J'aurais vraiment dû leur en parler plus tôt.

— Ma pauvre chérie, se désole maman, nous avons eu vent de cette horrible affaire. Ton patron, en plus d'être un filou, c'est un sacré coureur... Il ne t'a jamais... harcelée ? Ils ont même parlé d'un procès... Dis-moi, tu ne vas pas aller en prison, n'est-ce pas ? Je n'accepterai pas qu'on envoie ma fille derrière les barreaux !

— Ta mère réfléchit déjà à la possibilité de payer ta caution en réunissant le compte courant et le compte épargne, soupire papa.

— Je n'irai pas en prison. Ne t'inquiète pas, maman, c'est Thomson qui est en cause, les conseillers ne sont pas impliqués.

— Pourquoi tout le monde dit que ton agence est en faillite, alors ?

— Parce qu'on a perdu la confiance des clients. Et sans clients, il n'y a plus de voyages, donc plus d'agence.

— Doux Jésus, tu vas perdre ton travail ?

— Si on ne trouve pas de solution rapidement, c'est fort probable.

— Et si ton père et moi vous aidions ? s'anime-t-elle.

— C'est gentil, mais tu ne peux pas faire grand-chose.

— Nous pourrions faire de la publicité ! s'écrie-t-elle sans avoir écouté un traître mot de ma réponse. Tu sais que les ordinateurs sont incroyablement intéressants pour ça ? Quand ton père a eu ce mal de ventre atroce, j'ai fait des recherches pour découvrir si les symptômes prédisaient une maladie grave, et je suis tombée sur ces conversations absolument passionnantes, où tout le monde échange ses pensées...

— Des forums ?

— C'est ça ! dit-elle, ravie. Eh bien, c'est de cette manière que j'ai pu savoir que ton père avait la maladie de Crohn !

— Papa ? dis-je, alarmée. Tu es malade ?

— De simples brûlures d'estomac, les forums ont un peu exagéré le diagnostic.

— Enfin, balaye maman de la main, tout ça pour dire que ces forums, comme tu dis, pourraient être la solution, non ? Il te suffirait de créer un endroit où tu parles de ton agence ! Énormément de gens s'en servent, de nos jours.

— J'y penserai, acquiescé-je poliment.

— Ou une manifestation ? Réveiller le peuple assoupi à coups de banderoles !

— C'est déjà f...

— Distribuer des tracts ?

— Ça aus...

— Donner une interview !

— Pas sûr que...

— Envahir les médias ? Proposer des voyages gratuits ? Demander aux prêtres d'implorer le bon Dieu ?

— Ce n'est pas une mauvaise idée, opiné-je. Au point où nous en sommes...

— Tu trouves ? Enfin bon, ma chérie, Dieu doit quand même avoir d'autres choses à faire... Non pas que l'agence soit le cadet de ses soucis, mais la planète est en souf...

— Nous étions juste venus te faire un petit coucou, coupe papa. On va y aller.

— Mais je n'ai pas envie de partir, gémit maman.

— Chloé est occupée, on aura le temps de se revoir. Nous sommes ici pour deux jours.

— Oui, mais...

— Françoise !

C'est curieux, mais leurs chamailleries me font du bien. Un peu comme si la tornade dans laquelle je suis embarquée se dissipait l'espace de quelques minutes ; je les écoute râler l'un sur l'autre, un sourire aux lèvres, jusqu'à ce que mon père trouve enfin le prétexte imparable pour faire plier ma mère.

— Tu crois vraiment qu'ils ont des boutiques qui font des vêtements sur mesure ? l'entends-je demander tandis qu'ils descendent l'escalier.

Je leur réexplique le fonctionnement du métro et leur

souhaite une bonne journée. Lorsqu'ils s'éloignent dans leurs vêtements assortis, je cours retrouver Anne.

Contre toute attente, c'est peut-être une idée issue de l'esprit farfelu de ma mère qui va nous sortir de la torpeur.

— Alors ? me lance-t-elle, ses yeux perçants cisaillant ma confiance.

— J'ai parlé avec mes parents et...

— Ce n'est pas ça qui va nous sauver, me coupe-t-elle.

— Eh bien justement, tu ne crois pas si bien...

— Allô ?

Je lève les yeux au ciel alors qu'elle tend l'index pour me sommer de me taire.

— Anne, murmuré-je, je crois que...

— Hum... Je comprends... Probablement pas...

— Anne...

— Ça m'étonnerait... Ah ! Vous croyez ?

— Raccroche !

— Oui... C'est donc pour ça que je pense...

L'impatience me fait attraper le combiné.

— Nous ne sommes pas intéressées, arrêtez de nous appeler, on ne vous donnera rien ! dis-je avant de raccrocher et de me tourner vers ma compagne d'infortune. Anne, je crois que j'ai la solution.

— Je vais vraiment finir par t'enfermer dans un placard !

— Ça ne sert plus à rien de répondre aux journalistes, ma mère m'a dit quelque chose qui m'a fait réfléchir et... Mais qu'est-ce que tu fais ? dis-je alors qu'elle reprend son téléphone.

— Je rappelle la personne à qui tu as raccroché au nez !

— Mais je viens de te dire que...

— C'était Gros Bonnet !

Merde.

L'homme d'affaires est l'un de nos derniers clients. Anne a fait des pieds et des mains pour le convaincre de ne pas nous abandonner. Il est fidèle à l'agence depuis tellement de temps qu'il a décidé de faire fi des racontars de la presse et de rester à nos côtés.

Je viens de merder. Gravement.

Pendant que j'entortille mes doigts pour expier, elle bataille avec lui, une bonne trentaine de minutes. Elle s'excuse plus bas que terre en m'envoyant des éclairs de rage, lui répète qu'il peut lui faire confiance, le flatte même outrageusement... puis balance le portable sur le bureau.

Je reçois la plus grosse réprimande de ma vie.

— Il est quand même un peu susceptible, tenté-je tandis qu'elle me hurle dessus.

Je me prends des rafales de critiques, que je n'ai pas franchement volées. Apparemment, Gros Bonnet n'a pas supporté d'être pris pour « n'importe qui ». Il refuse catégoriquement de continuer à nous « honorer de sa présence », car nous souffrons d'une « absence criante de professionnalisme ». Il a même signifié qu'il se ferait une joie de nous descendre dans les médias dès qu'il en aurait l'occasion. Tout ça pour un pauvre quiproquo de rien du tout. Les riches et leur ego...

J'ai beau essayer d'expliquer l'idée de ma mère, Anne ne veut rien entendre. Pourtant, je suis sûre qu'elle est bonne. Mais visiblement, le seul son de ma voix lui donne envie de me sauter à la gorge.

N'ayant plus grand-chose à perdre, je me permets d'insister : organiser une grande soirée avec un voyage offert à la clé me semble plutôt judicieux. Mais bon, j'ai eu droit à des « ça ne fonctionnera pas, idiote ! », « on gagne des séjours sur Internet tout le temps, débile ! », « il n'y a rien d'original là-dedans, crétine ! ». Au bout d'une heure à me faire rembarrer par l'obstinée de service, je capitule et quitte l'agence.

Quand je rentre à la coloc, Lili se fait les ongles devant un programme de téléréalité. Elle sait très bien que c'est *la* question à ne pas poser, mais elle ne peut s'empêcher de me demander si la journée s'est bien passée. Je me contente de lui sourire avant de m'enfuir dans la salle de bains.

Je règle la température de l'eau, me déshabille et évite de regarder mon reflet dans le miroir ; les résidus de bleus sur mon épaule me rappellent trop de mauvais souvenirs.

Je reste bien plus de temps qu'il en faut sous la douche, à ressasser les dernières semaines, puis bloque mon esprit quand il tente de m'embarquer sur des pentes trop glissantes.

La serviette enroulée autour de mon corps, je retrouve ma chambre et ouvre ma commode pour récupérer le chiffon qui me sert de pyjama. Malheureusement, la sale journée que je viens de passer me déconcentre et je tire le mauvais tiroir.

La vision de cette paire de chaussures me donne envie de tout casser.

Je le referme violemment et m'enfouis sous ma couette.

J'essaie désespérément de ne plus y penser, mais comme toujours, le passé me revient en pleine figure. J'ai cru que le travail et les galères m'aideraient à tirer définitivement un trait sauf que ma satanée mémoire me ramène sans cesse à lui.

Je le déteste. Je le hais.

J'ai passé cet interminable voyage en train à osciller entre reniflements et insultes silencieuses. Même Anne a semblé s'inquiéter pour moi.

Je n'arrive pas à me sortir cette scène de la tête. Cette phrase qu'elle lui a dite, et à laquelle il a répondu dans un sourire. À peine rentrée, je me suis jetée sur Google pour voir si cette relation de nouveau à l'ordre du jour était mentionnée quelque part, mais le moteur de recherche est resté flou sur la question.

Je ne comprends pas pourquoi c'est aussi douloureux,

pourquoi ça plombe mon moral plus encore que le naufrage de l'agence et mon probable chômage prochain.

Évidemment, Lili a essayé de me tirer les vers du nez, mais je refuse d'en parler. Je refuse même de mentionner son nom. Il est devenu ma bête noire ; je l'ai banni de cet appartement et de ma vie. Il faut que je l'oublie une fois pour toutes. Et j'y arriverai.

Chapitre 21

— Ça te va plutôt bien cette couleur.

Lili déguste son milk-shake hyper protéiné en feuilletant un journal.

— Jette ce torchon, grogné-je.

L'horrible photo de la page 14 me démoralise. Non seulement elle me montre sous mon mauvais profil, ce qui est déjà inacceptable en soi, mais en plus les quelques mots qui accompagnent mon visage grimaçant sont horripilants.

— Tu vas finir par être connue, glousse Lili.

— Ce n'est pas drôle !

Vraiment pas. Il n'y a rien de marrant à se faire démonter par un journaliste qui ne possède certainement même pas de carte de presse. Ou qui ne la mérite pas.

Comment me suis-je débrouillée pour me retrouver dans ce bourbier ? Un quiproquo complètement débile avec un homme d'affaires richissime.

Après notre léger malentendu, Gros Bonnet a tenu sa promesse : en moins de trois jours, il avait contacté la moitié de son carnet d'adresses et ameuté tous les médias à la porte de l'agence.

Il a parlé d'Anne et moi comme de deux incompétentes se moquant impunément de leurs clients. L'enflure a même osé dire qu'Anne a tenté à plusieurs reprises de le séduire pour l'inciter à réserver des séjours hors de prix. Je ne suis pas certaine que cette partie-là soit totalement fausse, cela dit.

Nous avons eu la grande chance de passer au journal télévisé sur plusieurs chaînes hertziennes. Génial. On parle de nous comme des pires conseillères en voyages que la terre ait jamais portées. Des incapables. Des boursouflures.

Anne est en train de sombrer dans la dépression et j'enrage un peu plus chaque jour.

Je me prends des critiques atroces de tous les côtés. Papa et maman ont été contactés à six reprises pour parler de la « jeunesse d'une enfant difficile » ; ma mère ne sait plus où se mettre. Elle aussi a eu droit à son moment de gloire.

La semaine dernière, avant qu'ils ne rentrent chez eux, mes parents se sont fait alpaguer par des journalistes à la sortie de leur hôtel. Les malotrus ont tenté de leur faire cracher le morceau, sauf qu'ils ne connaissent pas la femme qui m'a donné naissance.

On ne touche pas à sa fille.

Les caméras se sont amusées à la filmer en train de piquer une crise, puis de chers internautes ont pris des captures d'écran ; les parodies de ma propre mère en rogne ont fleuri sur la Toile. C'est un carnage.

Elle prend ça à la rigolade. Elle trouve très drôle de se retrouver au centre de l'attention. Je suis dans un état d'esprit complètement inverse.

Mon agacement est tel que je m'en suis prise à un journaliste qui me bloquait l'entrée de l'agence. Même Günter n'a rien pu faire ; cette espèce de charognard en costume me plantait son micro devant la bouche en me demandant si avoir une mère psychologiquement instable était la raison de mon comportement. Après ça, il ne peut pas se plaindre de la beigne qu'il a reçue en pleine tronche. C'est bien évidemment cet instant magique qui a été immortalisé et qui a fini entre les mains de Lili ce matin.

— Il faut que tu le prennes bien, me sourit-elle.

— Tu plaisantes ? Je suis finie, Lili. L'agence est finie. Anne est finie. On est tous foutus. Comment veux-tu que je prenne bien la chose ?

— Pourquoi n'essaies-tu pas de faire ce que ta mère t'avait suggéré ?

— Le voyage gratuit ?

Elle acquiesce et s'explique :

— Tous les médias te collent aux basques en ce moment. Tu pourrais te servir de leur présence pour te faire un peu de publicité.

— Même sans débourser un centime, soufflé-je, personne n'acceptera de participer à un voyage organisé par Infinite & co. On est la pire agence, tenue par les pires conseillères existant sur cette planète.

— Sauf si le séjour en question est top de chez top.

— Presque tous nos partenaires nous ont lâchées, Lili. Il ne reste qu'un établissement en Angleterre et deux en Italie. Et même si ce sont des hôtels de prestige, ça ne sera pas suffisant pour attirer du monde.

De toute façon, j'imagine qu'ils nous abandonneront très bientôt, eux aussi. Juste le temps pour eux de découvrir les informations nous concernant et bye-bye.

— Tu pourrais proposer autre chose...

— C'est-à-dire ?

— Tu connais quelqu'un qui possède pas mal d'endroits dans le monde, non ?

Montée d'énervement numéro 7 de la matinée.

— Je t'ai déjà dit que je ne voulais plus rien avoir affaire à lui.

— Mais il pourrait t'aider..., tente-t-elle.

— Non et non !

Pour clore cette conversation que je refuse d'avoir, je vide mon café d'une traite et pars me préparer pour une nouvelle journée de torture.

J'ai une heure et demie de retard quand j'arrive à l'agence. À quoi bon continuer à faire des efforts ?

Comme d'habitude, quelques personnes patientent devant les vitres ; pour éviter de me retrouver de nouveau sur Internet avec les cheveux ébouriffés, je cours et fonce dans le tas sans répondre à leurs questions. Günter m'aide à me faufiler à l'intérieur et je monte directement au troisième étage.

Anne n'est même pas là. La situation est vraiment critique.

Je m'installe derrière le bureau et forme des carrés sur mon écran à l'aide de la souris en attendant les appels des derniers hôtels qui se désisteront.

Dès qu'ils seront officiellement rayés de notre catalogue, nous fermerons définitivement les portes. Rideau. Terminé.

Il faudra patienter le temps que les médias trouvent autre chose à se mettre sous la dent, puis je tenterai de me dégoter un nouveau job. Voire de me reconvertir.

Je pourrais reprendre des études. Après tout, j'ai toujours adoré la coiffure. Un petit salon de quartier, ça, ce serait sympa. Ou bien le poker en ligne. Si je me débrouille bien, je finirai à Las Vegas et amasserai un beau pactole. J'utiliserai mon compte en banque bien garni pour déménager avec Lili, et nous irons vivre en Polynésie. On bâtira notre maison sur une île et on passera le reste de notre vie sur la plage. Ça, c'est un plan qui me botte. Il ne me reste plus qu'à apprendre les règles de ce jeu.

Je commence à fouiner sur le Net pour mettre en route mon projet quand Anne fait une entrée fracassante dans la pièce.

— Tout... va bien ? balbutié-je en découvrant ses cheveux en pétard et ses yeux exorbités.

— Je n'ai pas dormi de la nuit ! crie-t-elle en riant.

J'hésite entre sombrer dans la folie avec elle et lui suggérer de prendre rendez-vous chez un psy.

— Je n'ai pas dormi de la nuit ! répète-t-elle en lançant ses bras en l'air.

— Oui... je... j'ai compris...

Elle accourt vers moi et plaque ses paumes sur mon bureau avec tant de force que mon tiroir secret se déverrouille.

J'ai peur.

Ses pupilles sont dilatées.

Elle a peut-être pris des amphétamines.

— Je vais sauver l'agence ! tonitrue-t-elle.

— D'accord, grimacé-je, mais lâche mes épaules avant.

Elle me fait valdinguer comme une poupée de chiffon puis se décide enfin à me libérer.

— Donc ? lancé-je.

— Un voyage offert.

Elle se fout de moi.

— Tu te fous de moi ? C'est ce que je t'ai suggéré l'autre jour, mais tu n'as rien voulu savoir.

— Oui, sourit-elle, parce que tu n'avais que la base de l'idée.

Elle pose une hanche sur le rebord de mon bureau et m'offre un regard perçant, sûrement celui qui lui permettait de décrocher autant de clients. Il me ratatine tellement que je suis prête à accepter n'importe quoi.

— On n'a plus d'hôtels à proposer, on est d'accord ? s'emballe-t-elle. On n'a plus de clients, on est d'accord ? On n'a plus de réputation, on est...

— ... d'accord, terminé-je. Je ne vois pas en quoi ça te rend si heureuse.

— Parce que c'est exactement ce qu'il nous fallait !

— Je ne te suis plus, là, fais-je, dubitative.

— On est complètement fichues, on est des parias pour la moitié de la France. Alors forcément, comment veux-tu qu'on parvienne à vendre des voyages géniaux ? C'est impossible. Mais ! hurle-t-elle en se levant, ce qui me fait sursauter. Le marché ne regorge pas seulement de destinations de rêve.

— Où veux-tu en venir ? cillé-je.

— Il faut faire dans l'originalité. Offrir quelque chose de novateur, le tout totalement gratuit. Si l'idée prend, l'information pourra se diffuser comme une traînée de poudre. L'agence pourra redorer son image.

— Et... qu'entends-tu par « novateur » ?

— Aller à l'encontre des habitudes.

— Donc ?

— Proposer les pires vacances d'une vie.

Bien. J'ai officiellement perdu Anne.

— C'est une blague ? dis-je en pâlissant.

— Je n'ai jamais été aussi sérieuse.

La joie vissée aux lèvres, elle se lance dans une explication passablement alambiquée pour justifier son idée folle. J'avoue que plus son monologue avance, plus l'idée me paraît envisageable.

Les gens souhaitent des vacances de rêve. Des endroits paradisiaques, des plages de sable blanc et des cocotiers. C'est ce que les agences du monde entier vendent. Prendre le contre-pied est risqué, mais ça pourrait marcher.

Personne n'a jamais proposé un circuit passant par le pire restaurant, la pire boutique, le pire hôtel. Bien sûr, manger un repas ignoble dans un restaurant sinistre, dormir entre les draps miteux d'un hôtel perdu au fin fond d'une région pluvieuse et voler dans des coucous déglingués, ça nécessite une bonne dose de second degré, mais qui sait ?

Ça représenterait le voyage de l'enfer, *l'*expérience à vivre pour ceux qui osent.

De toute façon, nous sommes mortes aux yeux des richissimes hommes d'affaires en quête de luxe, alors autant oublier les destinations de prestige. En revanche, proposer des vacances inédites et mémorables par leur caractère décalé peut attirer bon nombre de curieux.

— Mais, l'interromps-je alors qu'elle trépigne, quel hôtel accepterait de passer pour le « pire du pays » ? Son image risque de ne pas en sortir franchement grandie...

— Celui qui n'aura plus rien à perdre ! soupire-t-elle, comme si c'était l'évidence même.

— Tu veux qu'on s'associe avec un établissement au bord de la faillite ?

— C'est ça !

— Mais tu...

— Merde, Chloé ! me coupe-t-elle. C'est notre dernière chance ! Si on ne fait rien, on fermera boutique ! Alors, tu es avec moi ou pas ?

La semaine qui suit se déroule sur Internet. Nous fonctionnons à l'envers, désormais. Le but est de dégoter les pires endroits qui existent, ceux qui n'ont qu'une étoile sur les sites d'avis en ligne. Parce qu'on ne peut pas en mettre zéro.

Je lis tellement de choses incroyables que j'en perds pratiquement ma mâchoire.

Je passe des rats qui partagent le petit déjeuner des touristes aux douches déversant un liquide couleur terre. Les commentateurs se plaignent de tout et de rien. Parfois, une mauvaise appréciation tient juste au fait que la serviette de la salle de bains est pliée en quatre au lieu de deux.

Je passe des heures à faire le tri, à biffer des noms

d'établissements de ma liste pour en ajouter d'autres. C'est un travail de longue haleine.

Ce n'est tellement pas dans mes habitudes d'être aussi méticuleuse que je me fatigue encore plus vite qu'aux cours de yoga.

— Tu ne veux toujours pas m'expliquer pourquoi tu t'es enfin décidée à m'accompagner ? me demande Lili alors que nous déplions nos tapis dans un coin de la salle de sport.

Deux séances que je contorsionne mon corps dans des positions improbables. Cette prof n'est pas humaine. Elle parvient à me détruire le dos avec des postures aux noms sortis de nulle part. « Allez ! Chien museau face au ciel ! », « on enchaîne avec la Pince », « faites-moi un bel Angle endormi », « je veux voir des Chameaux toniques ! ».

Je déteste ça.

— Ça me détend.

— La vraie raison, soupire-t-elle.

Je veux passer à autre chose.

Ce petit bourrelet au ventre, il l'a saisi avec plaisir. Je ne veux plus voir ce petit bourrelet.

Il s'est amusé de mon manque de souplesse. Je ne veux plus qu'un homme s'amuse de mon manque de souplesse.

J'ai décidé de le rayer entièrement de ma vie, et pour ça, je dois supprimer tout ce qui me ramène à lui. Martyriser mon corps sur un tapis rose fait partie du processus.

— C'est la vraie raison. Ça te dit qu'on aille boire un verre après la séance ?

Une fois que je lui ai assuré que le verre en question sera un cocktail détoxifiant, elle acquiesce.

L'heure de torture se déroule comme prévu : dans la douleur.

Je suis tantôt une tortue, tantôt un arbre. La prof vient plusieurs fois vers moi et appuie comme une dingue sur ma colonne vertébrale. J'en pleurerais presque. Tout ça pour que mon nez touche mes genoux : cette femme est une perverse.

Je quitte la dernière posture le visage grimaçant ; une bonne goulée d'eau, quelques plaintes silencieuses, et je prends le chemin de la délivrance en compagnie de ma meilleure amie.

— Tu ne veux pas essayer le mélange brocoli chou-fleur ? s'enquiert-elle alors que nous nous installons en terrasse.

Je veux bien changer du tout au tout, devenir une nouvelle femme, me défaire de mes mauvaises habitudes, mais certainement pas de celle-là.

Quand le serveur arrive, je commande une bière pétillante et rafraîchissante.

— Vous êtes toujours aussi jolie.

Le compliment me laisse sans voix. Le pauvre garçon n'a pas dû voir beaucoup de femmes dans sa vie pour me dire ça alors que je sors du sport — traduction : que je ressemble à un pachyderme aux vêtements collés sur ma peau dégoulinante.

— Vous ne me remettez pas ? s'étonne-t-il.

Je fronce les sourcils.

— Je vous avais laissé mon numéro, dit-il, légèrement vexé.

— Ah ! Si, bien sûr que si, je vois très bien qui vous êtes. Pierrick !

Le plan drague avant mon départ pour l'endroit-dont-je-refuse-de-prononcer-le-nom.

— Kevin, grommelle-t-il.

Le serveur s'en va en serrant les dents. Lili ne peut s'empêcher de pouffer.

— Quel dommage que tu l'aies vexé, me taquine-t-elle, il avait l'air heureux de te revoir !

Vexé est apparemment un euphémisme.

Il y a d'abord ma bière, qui est miraculeusement changée en jus de fruits. Puis ce bol de gâteaux apéritifs qui atterrit pile dans mon pull. Sans compter ces innombrables regards glacés, sans doute censés évoquer mon cœur de pierre.

Lili s'amuse d'abord de la situation puis se lasse rapidement des « gaffes » du garçon. Mais à sa grande surprise, je l'empêche d'intervenir.

Je veux l'oublier. Et si un autre peut m'y aider, alors allons-y.

Je commence donc à entrer dans le jeu du serveur sous le regard médusé de ma meilleure amie. Je commande tout et n'importe quoi pour le faire revenir à notre table. Je joue avec mes cheveux dégoûtants. Je souris. Je croise et décroise les jambes. Je prends des poses improbables pour faire ressortir mes attributs.

Après une heure de ce manège grotesque, Kevin se décontracte enfin et m'envoie à son tour une vague de signaux. Des trucs ringards qui me rebutent plus qu'autre chose, mais je fais mine de mordre à l'hameçon.

— Je reviens, lancé-je à Lili en me levant.

Je le repère à l'intérieur du bar, puis j'attends qu'il finisse de s'occuper de ses clients pour lui envoyer une œillade pas franchement discrète. Lorsqu'il passe devant moi en me lorgnant, je pose nonchalamment ma main dans son dos.

Le message est passé.

Je file aux toilettes d'un pas assuré.

Une fois devant la glace, je me refais une beauté. Du moins j'essaie ; les néons criards mettent en avant tous les défauts de mon visage. Y compris ces points noirs que je n'avais pas repérés jusque-là. Je passe de l'eau sur ma peau, les doigts dans mes cheveux, et cherche la position la plus aguicheuse.

Une galère. Entre mon T-shirt en viscose qui met en valeur mes défauts et ma mine défaite, je ne ressemble à rien. En tout cas à rien de potable. Un vieux légume oublié au fond d'un placard. Une boîte de conserve poussiéreuse. Une femme de vingt-six ans complètement déprimée.

Je soupire devant mon reflet. Je n'ai jamais eu un physique à faire se décrocher les mâchoires, mais je me rends compte que les dernières semaines ont anéanti les quelques charmes qu'il me restait. Même mes lèvres me semblent maintenant sinistres.

— Tu peux m'expliquer ce que tu fous?

Je n'ai pas entendu Lili arriver; nos regards se croisent dans le miroir tandis que je suis avachie sur le lavabo.

— Chloé? C'est quoi ce plan drague débile?

Elle secoue la tête, consternée. Je garde le silence.

— Tu fais n'importe quoi.

— C'est ma vie qui fait n'importe quoi.

Elle pousse un profond soupir avant de s'avancer.

— Tout part en vrille, Lili. Je vais perdre mon travail. Les hôtels refusent de nous répondre, ou bien ils nous rient au nez pour mieux nous rembarrer. Et la presse... Même ma mère en prend pour son grade alors qu'elle cherche juste à me défendre. Les gens sont ignobles. Tu vois ce que je provoque? dis-je en tremblant.

— Ce n'est pas pour rien que je t'appelle mon aimant à problèmes, sourit-elle.

Ses bras qui m'enserrent font remonter un trop-plein d'émotions.

Je suis triste. Je suis fatiguée. Harassée, même. Je ressens un ras-le-bol général. Ma vie est un échec. Je suis condamnée à être malheureuse pour le restant de mes jours.

Tandis que Lili me réconforte en me frottant le dos, une tête passe par la porte.

— Occupé!

Mon amie foudroie Kevin du regard, qui ne bouge pas. Elle me quitte un instant et se plante devant lui.

— Je suis désolée, mon vieux, mais Chloé n'est pas intéressée. Elle est juste complètement perdue. Oui, oui, soupire-t-elle, je sais. Tu es vexé, ton orgueil en a pris un coup, on connaît la rengaine. Oublie tout ça et retourne dans la salle.

— Mais...

— Mais rien du tout, tranche-t-elle. Allez, ouste !

Elle claque la porte derrière lui puis revient à moi.

— Il faut que tu arrêtes tes conneries et que tu regardes la réalité en face, murmure-t-elle.

— La réalité est on ne peut plus claire, dis-je. Je vais finir à la rue.

— Je ne te parle pas de ton boulot.

Non. Non, non, non. Je ne veux pas que la discussion prenne cette tournure.

— Avoue.

— Je n'ai rien à avouer.

— Mais enfin ! Ça crève les yeux ! Tu crois que je ne t'entends pas renifler le soir, dans ta chambre ? Je ne suis pas sourde, et encore moins aveugle. Tu es amoureuse de Nick, Chloé.

— C'est faux.

— C'est pour ça que tu refuses que j'en parle ? Pour ça que tu te tues à la tâche pour un travail que tu as 99 % de chances de perdre ? Pour ça que tu dragues le premier abruti venu ? Et que tu m'accompagnes au yoga alors que tu détestes ça ?

— J'adore le yoga !

— Oh ! arrête ! Tu es aussi souple qu'une planche de bois et je te connais assez pour savoir que tu as horreur du sport. Tu fais ça pour l'oublier. C'est tellement flagrant que tu pourrais au moins le reconnaître.

C'est agaçant d'être aussi transparente.

— Et quand bien même je ressentirais quelque chose ? Qu'est-ce que ça y changerait ? Il est retourné dans les bras de son ex-femme. Il a juste voulu passer un peu de bon temps avec moi, et c'est tout.

C'est l'histoire de ma vie. D'abord Valentin qui s'entiche de la femme avec qui il m'a trompée, puis lui. Lui qui s'amuse avec moi avant de dire « je t'aime » à une autre. Je traîne le boulet de la poisse à mon pied.

Une conne.

J'ai l'impression d'être prise pour une conne à chaque fois.

Je m'étais promis de finir seule, de ne plus m'attacher, mais mon fichu cœur d'artichaut dopé aux films d'amour a déraillé une fois encore.

Je ne veux plus aimer personne. Ce truc-là fait trop mal. Quel est l'idiot qui a prétendu que pour être heureux, il suffisait de vivre d'amour et d'eau fraîche ? Cet adage, c'est un ramassis de mensonges. Je vais vivre de solitude et de bière, et je m'en porterai très bien.

— Ne prononce plus jamais son nom, Lili.

Chapitre 22

Notre idée de « pire voyage à gagner » commence à faire son chemin. Il faut croire que les deux cents hôteliers qu'Anne et moi avons contactés ont fini par partager l'information, puisque certains médias s'en font maintenant l'écho.

Magnifique.

Nous sommes passées de « érotisme et trahison chez les conseillers en voyages » à « humour lourdingue chez Infinite & co. ». Pas sûr que l'évolution soit à notre avantage, mais au moins, ma mère a enfin un peu la paix.

Anne nous a ouvert un compte officiel sur Facebook, histoire de maîtriser un peu notre communication. Pour le moment, nous essuyons surtout des railleries. Les messages se résument à des « Vous porteré des culotes pour votre grande soirée ? » ou encore « On peux inauguré vos toilettes ou ces déjà fais ? :))) ». Si charmant.

Mais nous faisons fi et nous battons âprement contre l'adversité... Traduction : nous dépérissons comme deux pauvres plantes vertes devant la machine à café.

— Tu as trouvé un hôtel ? me demande-t-elle en attrapant son noir corsé sans sucre.

— J'ai peut-être quelque chose avec un Auvergnat.

C'est faux. L'homme bourru m'a rembarrée comme

une malotrue. Mais je me sens tellement mal de ne pas réussir à dégoter un sympathisant que le mensonge me semble être préférable à la vérité.

— Je compte sur toi, grimace-t-elle. C'est pas fameux de mon côté.

Si Anne se repose sur moi, autant mettre la clé sous la porte dès aujourd'hui.

— Je me prends refus sur refus, grince-t-elle. Ils n'écoutent même pas mes arguments.

Sa sincérité accroît mon malaise. Je devrais peut-être lui dire que je suis également dans la panade.

Non.

Elle commence enfin à me faire confiance, il est hors de question que je brise ce lien, si ténu soit-il.

— La soirée est dans une semaine, reprend-elle en touillant son café. Si on n'a pas de voyage d'ici là, on est mortes.

Foutues. Enterrées. Il faut que je prépare ma tombe, on ne s'en sortira jamais.

Histoire de me changer les idées, je décide de cesser toute recherche hôtelière pour la journée et me concentre sur l'aspect le plus sympa de l'organisation de cette future soirée : la décoration.

L'agence doit en mettre plein la vue. On doit éblouir les éventuels curieux qui s'aventureraient dans nos locaux pour tenter de remporter ce voyage dont nous ne disposons pas. Je pars donc en goguette sur le Net.

Il nous faut des objets en lien avec le thème, c'est-à-dire des trucs hideux. Je veux de la laideur, du kitsch, de la mocheté, du n'importe quoi. C'est avec cette pensée en tête que je fais défiler des pages et des pages.

Dès que je débusque une belle cochonnerie, je me trémousse sur mon siège ; je commence vraiment à me prendre au jeu. On devrait prescrire ce genre de shopping lorsqu'on a le moral en berne, c'est franchement revigorant ! Des rideaux pour structurer les espaces ? Je prends ceux pour la douche avec des canards ringards dessus. Je glousse en mettant dans mon panier des plantes en plastique qui font de la lumière et d'autres bidules inutiles, comme ce poisson qui chante. Ça va être abominable, j'en déborde de joie !

Prise de folie, je fais chauffer la carte bleue. Un parasol à fleurs ? Dans le panier ! Des guirlandes de Noël en promo ? Parfait ! Un tabouret pour enfant en plastique ? Génial !

Au bout d'une heure, j'ai de quoi remplir un musée des horreurs. Je me sens extrêmement fière de moi. Je me suis surpassée !

Puisqu'il me reste un peu de temps à tuer et que ce sont les soldes, je flâne dans les boutiques de fringues en ligne, en quête d'une tenue atroce.

Je vais directement dans les rayons que je déteste et dégote la pire des robes, ainsi que la pire des vestes et les pires mocassins au monde ; je vais être au comble du désavantage, j'en trépigne d'impatience ! Je passe quand même par les catégories pantalons basiques, puis blazers, puis chemisiers. Très vite. Juste pour regarder.

Mon troisième café en main, je bave devant ce jean. Mais si, celui de la pub, qui est censé rehausser et galber les fesses... j'aimerais bien avoir des fesses rehaussées et galbées. Je l'ajoute dans mon panier. Et ce cardigan est vraiment canon ! Moi qui ai toujours rêvé d'avoir un cardigan en pilou.

Pour être sûre de la matière, je fais un zoom sur le vêtement et... merde alors... Je pointe la souris sur le visage du modèle.

C'est bien elle.

Émilie est dans mon ordinateur, un énorme sourire figé aux lèvres et mon cardigan sur le dos.

Je ne devrais pas être aussi choquée de la voir en

photo, après tout elle est mannequin, c'est logique. Mais quand même!

Je me demande ce qu'elle et Valentin sont devenus. Sont-ils de retour à Biarritz, ou en voyage au bout du monde? Je n'ai pas eu de nouvelles depuis vous-savez-quoi. Et bizarrement, ça me titille; j'ai envie de savoir si tout se passe bien pour eux. Le seul petit souci est que n'ayant ni leur numéro de téléphone, ni leur adresse mail, il m'est impossible de les contacter.

Quoique. Il y a peut-être une solution.

Je tape le nom de Valentin dans Google; il est photographe, il doit bien avoir un site avec une rubrique permettant de le joindre.

La vache! Valentin Guilbert est sacrément doué!

En toute honnêteté, ses photographies sont superbes. Je ne comprends pas trop l'intérêt de prendre une porte de garage en photo, mais c'est réussi. Il a même un portfolio comprenant des animaux. Ça me donnerait presque envie d'avoir un teckel. Je traîne sur son site web un long moment avant de m'arrêter sur la raison première de mon incursion dans son travail.

J'hésite à l'appeler. Je ne vois pas vraiment ce que je pourrais lui dire. Oh! et puis zut!

— Valentin Guilbert, bonjour.

Entendre le son de sa voix me provoque un étrange sentiment de mal-être.

— Allô? Valentin? C'est... moi.

— Qui?

Il aurait pu me reconnaître.

— Chloé Martin.

— Chloé? s'étonne-t-il. Tu es encore en vie?

Sympa.

— Apparemment...

— J'ai vu les infos, me balance-t-il immédiatement. Ma pauvre, tu es dans une sale galère! Ton patron est un beau connard ! Et Françoise... Je suis désolé qu'on la traîne dans la boue de cette manière, c'est une femme bien.

Valentin qui défend ma mère. On aura tout vu.

— Oui, je... merci, réponds-je, gênée. Je voulais savoir comment tu allais, en fait.

— Très bien.

Je peux entendre son sourire de l'autre côté du combiné.

— De bonnes nouvelles à m'annoncer ?

— Émi' et moi sommes en pleins préparatifs du mariage, on a fixé la date à septembre prochain. Mais c'est plutôt à moi de te poser la question... Ce n'est pas trop dur ? Tu t'en prends plein la figure depuis quelques semaines.

— On finit par s'habituer, dis-je avec un petit rire pour masquer mon effondrement. Et puis, avec une collègue, on a trouvé une solution pour remettre l'agence sur pied. Tout va s'arranger.

Cette dernière phrase est surtout destinée à me rassurer.

— L'histoire du pire voyage d'une vie ?

— Tu en as entendu parler ? sourcillé-je.

— Il faut dire que tes aventures sont étalées un peu partout dans la presse. Si tu veux, je pourrais couvrir l'événement.

— Pardon ?

— Je suis photographe, et je t'avoue que le grabuge autour de ta soirée pourrait m'être bénéfique.

On peut dire qu'il ne perd pas le nord.

— Si tu veux.

— Parfait ! Je viendrai quelques jours avant avec Émi'. C'est bien la semaine prochaine ?

— Samedi.

— Nickel. Et sinon, ça va avec Nick ?

Sa voix semble avoir baissé d'un ton. Tout comme il vient de dégringoler dans mon estime. J'ai envie de lui arracher les yeux, il a de la chance qu'un téléphone nous sépare. Je réponds de mon intonation la plus joyeuse.

— Parfaitement !

— Tu es sûre ? Parce que je l'...

— Tout va comme sur des roulettes ! le coupé-je. Dans le meilleur des mondes. Amour et eau fraîche. Top. Je dois te laisser, j'ai été heureuse de te parler. Passe le bonjour à Émilie. À la semaine prochaine.

Inspiration, expiration, fermeture de l'esprit.

Oublie-le. Ne pense pas à lui. Reprends tes activités.

Les préparatifs se déroulent sur les chapeaux de roues.

J'ai reçu les quatorze cartons de décorations hier. Lorsque Lili et moi les avons déballés, je me suis demandé si je ne m'étais pas un peu lâchée ; je ne me rappelais pas avoir commandé ce Père Noël en sous-vêtements. Même si les fêtes sont derrière nous, le décalage pourra toujours prêter à sourire. C'est ce que je me dis en apportant la chose barbue en slip au bureau.

J–3. Plus que soixante-douze heures avant de jouer notre dernière carte.

En arrivant, je fais du mieux que je peux pour ne pas insulter les journalistes qui campent devant l'agence ; les articles sur Anne et moi pleuvent et le moindre faux pas pourrait nous être fatal. Je me contente donc de leur souhaiter une bonne journée tout en les maudissant intérieurement.

Le hall de l'immeuble commence à ressembler à un dépotoir, et lorsque je dépose le machin bedonnant en porcelaine aux côtés du parasol, je ne peux m'empêcher de me féliciter. C'est hideux, ça donne envie de dégobiller. Anne ne va pas en revenir.

— *ÇA Y EST !*

Hystérique, ma collègue descend l'escalier au pas de course.

— Ça y est ! répète-t-elle en me déboîtant le bras. J'ai trouvé un hôtel !

Enfin !

J'avoue que sur ce terrain-là, je lui ai laissé les rênes. Quand elle a finalement compris que j'étais une vraie bille en la matière, elle m'a demandé de me concentrer sur la déco et le buzz autour de l'événement. J'ai donc pris ses mots au pied de la lettre et me suis investie à fond ; j'ai même réussi à dénicher le pire traiteur de la ville. De justesse, puisque les services d'hygiène lui avaient demandé de fermer son bouge. Heureusement pour nous, il n'en a rien fait et continue de servir ses mets en toute discrétion. Lili et moi avons testé le rouleau verdâtre de viande et avons toutes les deux eu une intoxication du tonnerre. Parfait. Les invités seront ravis.

Il ne reste plus qu'à assurer la promo.

Bien sûr, les médias s'en chargent un peu pour nous, mais Anne aimerait faire encore plus de bruit. J'hésite encore sur la stratégie à adopter. À vrai dire, ma journée passée aux toilettes ne m'a pas aidée à y voir très clair.

— Félicitations ! hurlé-je de joie. C'est où, alors ?

— En Alsace. Un truc si moche et si sinistre qu'on n'oserait même pas y mettre les pieds !

Günter nous dévisage quand nous nous mettons à faire de petits bonds.

Je suis de plus en plus certaine que l'idée va fonctionner. Même si les gens ne viennent que pour les ragots, ça nous sera utile. Il nous faut du monde. Beaucoup de monde.

Revigorée par la belle réussite d'Anne, je me rends dans mon bureau pour tenter de trouver un moyen d'ameuter la moitié de la ville dans nos locaux.

Au départ, je suis le conseil de maman et interviens sur les forums, mais la mayonnaise ne prend pas. À vrai dire, ce qui marche de nos jours, ce sont les réseaux sociaux.

Je pourrais peut-être envoyer des messages groupés à

tous mes contacts ? Non ! Je vais carrément envahir les boîtes mail d'inconnus. Motivée, je me mets à harceler chaque personne ayant commis l'erreur de laisser ses coordonnées sur sa page Facebook. Je tape comme une dératée sur le clavier et les force à nous rejoindre pour remporter le voyage de l'enfer dans l'agence la plus détestée de France. Certains me répondent immédiatement en me demandant de cesser de les spamer, d'autres m'envoient bouler avec une ou deux insultes bien senties, et les quelques-uns qui ont eu vent de l'histoire acceptent par curiosité. C'est grisant !

Je glousse de bonheur tandis que la porte manque de s'effondrer sous des coups répétés.

— Günter ?

Il est rouge pivoine. Sa carrure d'homme des cavernes est recroquevillée de gêne.

— Que se passe-t-il ?

— Il y a du monde pour toi en bas.

Je fronce les sourcils tandis qu'il essuie son front. Pour que Günter perde ses moyens, ça ne doit pas être beau à voir.

Je descends les marches sur la pointe des pieds et contrôle mes pulsations cardiaques. Si c'est la police, je peux m'enfuir par la fenêtre des toilettes. Il faudra juste que je coure très vite. C'est faisable.

— Chloé !

Bonne nouvelle, aucun homme en uniforme ne s'apprête à me courser dans le hall. Par contre, la présence d'une vingtaine de femmes, toutes vêtues du même long manteau, me trouble.

D'autant qu'elles possèdent des visages figés, une peau parfaite et des yeux anormalement sublimes. C'est donc pour cette raison que Günter est au plus mal ? Il a déjà vu des femmes, tout de même.

Je quitte l'armée féminine du regard et me dirige vers

Valentin et Émilie. L'un trimballe deux valises contenant très certainement ses appareils photo, l'autre porte la même tenue que les canons de beauté derrière elle.

— Salut !

Émilie m'écrase dans ses bras. Bien que j'aie déjà vécu cette situation, son geste me choque toujours autant.

— J'ai amené de la compagnie ! sourit-elle.

— Je... vois ça. C'est... gentil.

Je ne sais pas quoi dire.

— Quand j'ai vu le carnage aux infos, j'ai réfléchi, me dit-elle en me poussant pour me placer face au groupe. Valentin m'a expliqué le concept de ta soirée et j'ai voulu apporter ma pierre à l'édifice.

— Avec des... femmes ?

Je ne vois pas où elle veut en venir.

— Des amies mannequins ! s'anime-t-elle. Il te faut de la pub pour ramener des gens ici, n'est-ce pas ?

— Je... Oui.

— Eh bien, tu peux être tranquille, elles vont s'en charger pour toi !

Je la dévisage sans comprendre.

— Je... C'est... Enfin, baragouiné-je. Je ne...

— Tais-toi et admire.

Elle attrape l'une des grosses valises de Valentin et tire sur la fermeture Éclair, me plongeant dans des abîmes d'incompréhension.

À l'intérieur s'empilent des centaines de flyers portant le logo d'Infinite & co.

— Je... Émilie, j'ai déjà tenté les prospectus, ça n'a pas vraiment marché.

— Parce que tu n'avais pas le bon support. Les filles, lance-t-elle, à vous !

Oh merde.

Je suis certaine d'être encore plus rouge que Günter.

Les vingt mannequins viennent de retirer leur manteau, lequel ne dissimulait qu'un... Un bout de tissu?

Je fais maintenant face à une armée de corps longilignes en talons hauts et microshort. Leur décolleté plongeant me fait hoqueter.

— Alors? sourit Émilie. Elles distribueront les flyers dans la rue pour toi! C'est pas une bonne idée?

Je me racle longuement la gorge pour trouver quoi lui répondre.

— Euh...

— Tu n'as pas le choix de toute façon, s'amuse-t-elle.

— Je ne suis pas sûre que...

Quoique.

Après tout.

Au point où on en est.

Je les regarde passer en file indienne à mes côtés pour récupérer un petit tas de papier. Elles me dépassent toutes de deux têtes, ma poitrine gant de toilette arrivant quasiment à leurs hanches.

Émilie s'autoproclame reine de l'organisation et les briefe une à une. Je ne veux même pas écouter ce qu'elle leur dit. Chacune acquiesce sérieusement avant de remettre son manteau et de prendre le chemin de la sortie.

— C'est quoi, ça?

Anne arrive à mon niveau, les yeux exorbités.

— Notre moyen de communication.

Elle ne me demande même pas d'explications. Tout est tellement n'importe quoi depuis l'effondrement de l'agence que voir un groupe de mannequins à moitié nus se trémousser entre un Père Noël en slip et un parasol à fleurs est devenu normal.

Une fois la petite troupe partie derrière Émilie, Valentin s'attelle à l'inspection du lieu.

Il m'explique qu'il a besoin de s'imprégner des lieux, de voir où la lumière est la meilleure pour prendre les plus belles photos. Je pars donc lui chercher un café et m'installe dans un coin du rez-de-chaussée.

Avantage : je n'ai plus rien à faire.

Désavantage : je suis très légèrement inquiète pour la suite des événements.

Chapitre 23

Jour J

Branle-bas de combat.

Je suis levée depuis 3 heures du matin et j'ai l'impression de ne pas avoir avancé d'un poil. Mes cheveux sont lavés, mon corps aussi, le reste se résume à un désastre absolu.

Lili m'a préparé un petit déjeuner que je n'ai pas réussi à avaler. La boule de stress qui occupe la moitié de mon ventre n'arrête pas de grossir, je ne tiendrai jamais jusqu'à ce soir.

Le petit numéro des mannequins a fait énormément de bruit. En même temps, autant de paires de jambes nues battant le pavé parisien, ça ne laisse personne indifférent ; Émilie a vraiment eu une idée de génie. Quand elle est revenue, à la tête de ses troupes, visiblement très fière d'elle, elle n'a cessé de répéter qu'au moins trois cents personnes lui avaient promis de venir à notre fête. Espérons qu'elles tiendront leur parole.

Valentin a consciencieusement mitraillé les décorations pour nous permettre d'inonder de kitsch les réseaux sociaux. Sur Facebook, le Père Noël en slip divise. Il y a ceux qui comprennent le second degré et trouvent l'idée sympa, et puis les autres. Mais dans l'ensemble, le retour est plutôt positif. Plus qu'à croiser les doigts pour que la suite se déroule sous le même son de cloche.

Mais à vrai dire, ce n'est pas cela qui a provoqué mon insomnie. Un autre détail m'a turlupinée. Une chose à laquelle je n'étais pas préparée. Du tout.

Papa et maman seront là ce soir, avec Christophe, Jane et ma grande sœur Julie, qui va ramener sa paire de chaussures à 3 000 euros et toute sa tribu à Paris. C'est elle que je redoute le plus. Il est évident qu'elle va détester tout ce qu'Anne et moi avons fait et qu'elle ne se privera pas de nous le faire savoir. J'entends déjà ses critiques et j'ai même préparé quelques contre-attaques. Au cas où.

— Tu es certaine que tu veux porter cette horreur ? me demande Lili en grinçant des dents.

Depuis que ma « tenue de soirée » est arrivée à la coloc, Lili a tout tenté pour que je m'en débarrasse : taches de gras, accident malencontreux impliquant des chaussures pleines de boue, un coup de ciseaux malheureux ou encore la dissimulation dans le fond du panier à linge.

— C'est pour être dans le thème, dis-je avec un grand sourire.

— Tu n'es pas non plus obligée d'être hideuse, grimace-t-elle.

— Et encore, tu n'as pas tout vu !

Je compte me maquiller comme un camion volé, en poussant le vice jusqu'à me dessiner des pommettes de clown et des paupières de péripatéticienne.

Tout doit être exagéré ce soir, c'est le but. Je ferai donc partie du décor en bonne et due forme.

Je me rends à l'agence, ma tenue sous le bras et la boule au ventre, qui grandit encore lorsque je constate que la barricade de journalistes est encore plus épaisse que d'habitude. Par contre, fait très étrange, la grande majorité se compose uniquement d'hommes. L'effet du passage d'Émilie et de son armée, je suppose.

Anne et moi réglons les derniers détails toute la journée. Même Günter est réquisitionné.

Le vigile est devenu notre meilleur allié. Il est le seul à ne pas nous avoir lâchées et à avoir tenu bon face à tous les problèmes d'Infinite & co. S'il n'était pas là, Anne et moi n'aurions jamais pu continuer à travailler.

Lorsque le soleil commence à décliner, je pars me préparer aux toilettes. Je m'amuse tellement à me peinturlurer que j'y passe un temps fou, puis je sors rejoindre Anne.

— Mais qu'est-ce qu... Anne !

La vision de ma collègue en robe de soirée me fait voir rouge.

— On a dit qu'on devait s'enlaidir !

— Je ne veux pas me ridiculiser.

Ben tiens. Ce maquillage parfait. Ces cheveux tirés en arrière. Et cette épaule nonchalamment découverte. Il est hors de question qu'elle reste présentable.

— Qu'est-ce que tu fous ?! dit-elle, effrayée, alors que je l'attrape par le bras.

— Je vais masquer toutes tes qualités !

Je prends ma trousse à maquillage et m'attelle à la tâche.

— Arrête de bouger, dis-je en brandissant le tube de mascara.

— Je refuse de te ressembler !

— C'est pour le bien de l'agence, dis-je entre mes dents. Je te rappelle que c'est toi qui m'as harcelée pour que je reste, alors tu n'as pas intérêt à te défiler !

Je manque de lui crever un œil avant qu'elle se décide enfin à cesser de gigoter.

C'est encore plus drôle de barioler la figure de quelqu'un d'autre ; je force un peu sur la poudre, lui fais des lèvres de canard et dois contrôler mes gloussements lorsqu'elle fronce les sourcils.

Je lui tends un petit miroir pour lui permettre d'admirer le travail, ce qui la fait hurler comme une damnée.

— Bordel ! crache-t-elle. C'est...

— Immonde ? complété-je avec un grand sourire. C'était le but.

— Promets-moi de ne plus jamais m'adresser la parole si jamais on sort vivantes de cette soirée.

Je pars dans un éclat de rire pendant qu'elle lève les yeux au ciel. Je vais peut-être enfin finir par la considérer comme une amie. Enfin, une amie à temps partiel. Uniquement dans ses bons moments.

Quand Valentin et Émilie arrivent, en même temps que Lili, je me sens rassurée. Voir des têtes que je connais avant le top départ me permet de souffler un bon coup.

— Je suis venue avec les filles, sourit Émilie.

Effectivement. Sauf que cette fois, et heureusement pour Günter, elles sont habillées.

Les mannequins investissent rapidement l'espace et s'arrêtent devant les décorations en penchant la tête ; j'en entends même une demander s'il est normal que le « parapluie » fasse cette taille-là.

— Ma chérie ! Ma chérie !

Les « youhou » très sonores de maman débarquent. Elle accourt, le sac en l'air et le sourire jusqu'aux oreilles. Je la prends aussitôt dans mes bras — pas vraiment le choix, vu la manière dont elle me fonce dessus — puis salue papa.

Christophe me lance un regard inquiet.

— Tu as trouvé un traiteur bio ?

— Tout ce qui est ici provient des endroits les moins bio du monde !

— En agriculture raisonnée, au moins ?

Je secoue la tête et lui rappelle le thème de la soirée : horrible, et le buffet ne fait pas exception.

— Y aurait-il un siège quelque part ?

La vache ! La pauvre Jane est enflée jusqu'au menton. J'ai rarement vu un ventre aussi proéminent. Sa peau ne tiendra jamais le choc.

Je lui fais la bise, tandis qu'elle souffle péniblement.

— Tu n'étais pas censée accoucher il y a deux semaines ? m'étonné-je.

— Ils ne veulent pas me quitter, soupire-t-elle. Je te le dis, Chloé, ne fais jamais d'enfants.

Tout en se tenant les reins, elle avance comme un canard jusqu'au vieux canapé dégoté dans la rue.

Quand je l'ai testé, les ressorts m'ont détruit le fessier, mais elle ne semble pas s'en plaindre ; au contraire, elle s'enfonce dedans en écartant les jambes et en jetant sa tête en arrière.

— Salut, Chlo'.

Sourire crispé de circonstance.

Julie, ma chère sœur, pose sa main fine sur mon épaule.

— Comment vas-tu ? lui demandé-je poliment.

— Eh bien, ça pourrait aller mieux, soupire-t-elle. Le jet privé est parti avec sept minutes de retard. Les petits n'ont pas aimé le voyage.

Quelle horreur. Un jet privé. Je la plains.

Je pince les lèvres pour mimer un semblant de compassion puis me tourne vers les quatre monstres.

Ils sont encore plus effrayants que dans mon souvenir : non seulement ils ont grandi trop vite mais ils arborent désormais l'air supérieur et condescendant de leur père.

— Je n'aime pas la décoration, grimace Caroline, la plus petite.

— Tu es bizarrement accoutrée, déclare son frère.

— Les enfants, sourit leur père, je vous avais prévenus.

On ne critique pas les gens qui n'ont pas les moyens. Généralement, ce n'est pas leur faute.

Il me fait un clin d'œil puis me serre la main avant de dire à ses garnements d'aller jouer avec les objets qu'Anne et moi avons mis plusieurs jours à mettre en place.

— J'aurais peut-être dû me vêtir un peu plus... simplement, suggère ma sœur en me reluquant.

Non, vraiment ? Elle a vidé sur elle sa boîte à bijoux. Elle brille de partout, à la manière d'une guirlande lumineuse.

— Tu es très jolie comme ça, répond maman.

— Je ne voulais pas faire d'ombre à Chlo', se justifie-t-elle.

Dis surtout que tu voulais être parfaite au cas où un journaliste te prendrait en photo.

Elle et maman s'embarquent dans une longue discussion à base de caviar et de vie difficile, tandis que mon père part tester le buffet. Jane, qui va éclater incessamment, est en train de méditer aux côtés de Christophe, et Valentin fait des papouilles à sa fiancée. Je profite de mon invisibilité temporaire pour rejoindre Lili.

— Ta sœur a encore fait fort, glousse-t-elle.

— Je me doutais qu'elle ne viendrait pas sans la totalité de sa fortune aux poignets.

— Tu peux toujours lui rabattre son caquet.

— Comment ça ?

— J'ai déposé une robe et des escarpins dans ton bureau, me glisse-t-elle à l'oreille.

— Pour quelle raison ? sourcillé-je.

Elle sourit en haussant les épaules.

— Au cas où.

Lili ne balance jamais un de ses « au cas où » sans raison ; je la dévisage, mais elle se mure dans le silence. Qu'a-t-elle encore fait ?

Mais je dois faire taire la légère inquiétude provoquée

par le comportement étrange de ma meilleure amie car de l'autre côté des vitres, les journalistes s'agitent. Les premiers invités passent la porte sous une courbette maladroite de Günter.

Anne court les accueillir ventre à terre ; la connaissant, je ne doute pas qu'elle accomplira cette partie du job bien mieux que moi. Avec un sourire commercial, elle les guide vers les buffets en agitant les mains pour leur expliquer la raison de ce décor pittoresque.

La soirée peut commencer.

Les minutes défilent et le hall se remplit. Je remercie silencieusement Émilie et ses mannequins. Les curieux ne cessent d'entrer et certains se sont même amusés à se déguiser pour l'occasion.

Cela faisait très longtemps que je n'avais pas vu autant de monde à l'agence. Que je n'y avais pas vu de monde tout court, d'ailleurs. Je suis sidérée d'entendre des conversations, des éclats de rire et des cris de consternation dans ces locaux habituellement vides. L'ambiance se fait encore plus festive quand les musiques ringardes de la playlist d'Anne résonnent.

Les gens se prêtent avec plaisir au *photocall* improvisé par Valentin tandis qu'Émilie donne des directives à ses troupes pour qu'elles tiennent compagnie aux invités. Je me sens respirer pour la première fois depuis des semaines.

Je crois que le moment le plus étrange survient lorsqu'une adolescente, accompagnée de ses parents, se plante devant moi en me demandant un autographe. Je sens mes ailes pousser et mes chevilles enfler. Je signe avec plaisir son bout de papier et déchante la seconde d'après, en lisant le texto qu'elle envoie aussitôt et qui dit, en gros : « Trop bien !! C'est moi qui ai l'autographe le plus merdique au monde ! J'ai gagné le pari ! »

Je déteste les ados.

Si un jour je décide d'avoir un mioche, je l'adopterai directement au stade d'adulte responsable.

Après deux bonnes heures de détente, et tandis que je regarde mes parents se déchaîner au son de la country, Anne s'empare du micro.

— Je suis étonnée que tu aies organisé une telle soirée, me lance Julie alors que ma collègue entame son discours.

Venant d'elle, le compliment cache forcément une pique bien aiguisée.

— Ah oui ?

— Je ne te pensais pas capable de ça.

— Ah bon ?

Anne vient certainement de faire une blague puisque tout le monde glousse ; dommage, j'aurais bien aimé rire. Sauf que ma sœur me tient la jambe.

— Tu n'es pas douée d'ordinaire.

Voilà, ce n'était pas bien difficile, il suffisait d'attendre un peu.

— Tu n'as pas besoin d'être méprisante, tu sais, dis-je en souriant.

— Je suis juste sincère, Chloé. Tu m'insupportes à toujours te plaindre et te louper dans tout ce que tu entreprends, on dirait que tu le fais exprès.

— ... presque temps de tirer au sort le gagnant du séjour...

— Crois-moi, grommelé-je, j'éviterais les problèmes si je le pouvais. On n'a pas tous une bonne étoile au-dessus de la tête, Julie.

— Je sais. C'est pour ça que je suis assez... satisfaite de toi quand je vois la peine que tu t'es donnée pour organiser cette soirée.

Ma sœur est « satisfaite » de moi.

Dans son langage à elle, ça veut dire « je suis super fière, mais je ne te le dirai pas clairement pour que tu ne penses pas que c'est le cas ».

— ... destination absolument parfaite pour les casse-cou et les téméraires...

— Merci, murmuré-je, légèrement gênée.

Non pas qu'elle me mette mal à l'aise, mais... en fait, si. Julie me fout les jetons avec ses réflexions, et cet accès de gentillesse est carrément effrayant.

— ... pas très connu... services d'hygiène...

— Note que j'ai intérêt à savourer le compliment : tu n'es pas du genre à en faire deux à la suite.

— J'avoue que c'est la seule chose positive que j'ai trouvé à dire, pouffe-t-elle. Il n'y a que dans le désastre que tu parviens à m'épater. Pour le reste...

— VOULEZ-VOUS BIEN FAIRE TAIRE CE CHIEN ?!

Le hurlement d'Anne nous prend au dépourvu ; un silence interloqué envahit aussitôt la salle.

Quand je vous dis qu'il faut qu'elle consulte.

— J'entends des jappements, se justifie-t-elle.

Nous nous observons tous les uns les autres en fronçant les sourcils.

Ma collègue a perdu la tête.

Et à en croire les sourires en coin, je ne suis pas la seule à le penser. Je me faufile dans la foule et la rejoins.

Ah. Effectivement. Un léger bruit se fait entendre par ici.

— On dirait plus un enfant, fais-je à Anne.

— Non, s'énerve-t-elle. C'est un sale cabot qui vient de ruiner mon discours.

— Ça vient d'où ?

— Si je le savais, j'aurais sorti cet animal par la fenêtre, grince-t-elle.

— OH, MON DIEU !

Une femme dans l'assemblée pointe un doigt horrifié au-dessus de notre épaule.

La tête de Jane, qui émerge du canapé, est rouge pivoine.

Mais non... Ne me dites pas qu'elle est en train de

s'envoyer en l'air avec Christophe. Ils auraient pu trouver un endroit plus discret, bon Dieu !

— Jane, dis-je à voix basse. Jane ! JANE ! Je te vois ! Arrête ça tout de suite !

— AAAAAAAAAAAAAAH !

Un orgasme. Jane a un orgasme. Maintenant. Ici. Je vais leur interdire les graines sans OGM, ça leur fait trop d'effet.

Je me retourne vers la foule avec un sourire.

— Tout va bien ! Le discours va reprendre dans...

— AAAAAAAAAAAAAAH !

— ... pas longtemps. Allez vous ra...

— AAAAAAAAAAAAAAH !

— ... FRAÎCHIR EN ATTENDANT !

Le brouhaha des conversations ne parvient pas à couvrir les hululements de Jane. Je cours vers le canapé et prends soin de me retourner pour éviter d'assister à la chose.

— Christophe ! Jane ! Ce n'est vraiment pas le moment !

— Chris... tophe... sorti...

— Épargne-moi les détails, je t'en prie.

— Retourne... toi...

— Non, merci. Je veux juste que vous calmiez vos ardeurs !

— Pas... possible...

— Je vous en supplie, vous allez finir au poste pour exhibitionnisme !

— Je... vais...

— Avoir un autre orgasme, mais dans une autre pièce, par pit...

— ACCOUCHER !

Oh ! merde.

Les yeux plantés dans les siens, je me retiens pour ne pas lâcher mes *crostini* sur le divan.

Ses cheveux sont trempés, et je crois que... Ça veut dire quoi, déjà, quand on perd les eaux ?

— Ne bouge pas ! ordonné-je, avant de me rendre compte de la débilité de ma phrase. Anne ! Ton téléphone !

— Je ne l'ai pas avec moi. Mais bon sang, dis-lui de se calmer !

— Elle est en train d'accoucher !

— Bordel de merde.

— Appelle une ambulance !

— Ah oui, oui... Oui ! UNE AMBULANCE ! tonitrue-t-elle au micro. QUE QUELQU'UN APPELLE UNE AMBULANCE !

Une onde d'agitation traverse soudain la salle. Les gens demandent si quelqu'un est blessé ou a trop forcé sur le punch. Papa et maman arrivent en trombe, aux côtés de Lili.

— Jane accouche ! dis-je, affolée.

— Doux Jésus !

Papa vire au vert. Lili a les yeux pratiquement révulsés. Anne continue de hurler dans le micro en gesticulant. On va tous les perdre.

Quand quelqu'un nous confirme enfin que les secours sont en chemin, je me tiens aux côtés de Jane, occupée à essayer de ne pas tomber dans les vapes.

Je ne connais rien aux femmes enceintes et je ne supporte pas la vue du sang, comment suis-je censée l'aider ? Complètement désemparée, je regarde autour de moi et finis par voir apparaître Christophe.

— Enfin ! Ta femme est en train d'accoucher !

Saisi d'effroi, il ne me répond pas. Je me relève pour lui céder ma place, mais il ne moufte pas, tétanisé.

— Reste à côté d'elle le temps que les secours arrivent, lui dis-je pour l'inciter à s'accroupir. Christophe !

— Je ne me sens pas bien..., fit-il en pâlissant.

Oh non. Non, non, non.

Si.

Cet idiot vient de s'évanouir.

J'aurais bien envie de lui dire que s'il avait mangé autre chose que de la paille et du foin, ça ne lui serait pas arrivé, mais ce n'est vraiment pas le moment. Et puis de toute façon, il ne m'entendrait pas.

Pendant que Jane hurle à la mort et que je tape sur les joues de son mari, les lumières bleues de l'ambulance m'offrent enfin la délivrance.

Les civières arrivent rapidement et repartent presque aussi vite, en embarquant le couple.

— Reste ici ! m'intime Lili tandis que je suis les ambulanciers et leur chargement.

Elle me tient fermement le bras.

— Tant pis pour la soirée, réfuté-je, Jane et Christophe sont plus importants.

— Non ! tressaille-t-elle. Tu dois rester ici !

Ses yeux se figent étrangement.

— Que se passe-t-il ? dis-je en fronçant les sourcils.

— Je... rien, déglutit-elle. Mais tu devrais quand même ne pas partir. C'est... pas... bien pour les invités.

— Lili, soufflé-je en me détachant, je crois que ce n'est pas vraiment la priorité ce soir.

Chapitre 24

Patienter sur un banc d'hôpital devrait faire bénéficier d'au moins deux jours de RTT.

Je ne sais pas ce qu'Anathole, Grisby et Arthémis fabriquaient là-dedans, mais aucun des trois n'a voulu sortir avant l'aube. Ces trois dragons ont juste décidé de faire souffrir leur mère et d'écourter ma soirée, puis ils sont retournés se lover tranquillement dans leur placenta.

Jusque-là je détestais les bambins, les enfants et les ados, maintenant je peux ajouter à ma liste les bébés qui tardent à naître.

Christophe a fini par se réveiller mais est retombé dans les pommes quand l'infirmière lui a mis Anathole dans les bras. Papa et maman sont rentrés à leur hôtel avant les naissances ; je suis donc la seule personne à être restée assez longtemps pour voir ces marmots aux bouilles d'anges.

Enfin, tout est relatif.

Ces trucs-là sont sacrément ridés ! Tout rouges, avec des doigts minuscules et des yeux boursouflés.

Après avoir tenté de remettre mes os à leur place, j'ai pris le métro et suis rentrée directement me coucher. J'avais pour idée de retourner à l'agence et d'aider Anne à ranger, mais elle m'a envoyé un SMS me signifiant que tout était déjà « réglé ». Elle a également précisé que les gens ont beaucoup aimé « le spectacle », c'était « fantasque », ils s'en « souviendront longtemps ». Tu m'étonnes.

— On parle encore d'Infinite & co. aux informations, me lance Lili alors que j'engloutis mon double café du matin.

Un journaliste est en effet en train de relater les événements d'hier.

Deux choses ressortent : les mannequins, bien sûr, et Jane à l'agonie. Le présentateur ajoute surtout que le coup de pub est magistralement réussi et présume que notre succès nous permettra de relever la tête.

J'espère qu'il a raison. Les prochains jours le diront.

— Au fait, dis-je à Lili. Pourquoi tenais-tu absolument à ce que je reste à l'agence ?

— Je n'ai jamais dit ça.

— Si. Avant que je prenne l'ambulance, tu avais l'air inquiète que je quitte la fête.

— Pas du tout.

— Tu me caches quelque chose ?

— Tu es toujours informée de tout, sourit-elle. Ça te dit qu'on aille se balader, aujourd'hui ?

— « Se balader » ?

Elle sait très bien que mes jambes possèdent leur propre cerveau et que ce dernier refuse toute activité.

— J'ai envie de m'aérer la tête, soupire-t-elle. Un problème avec l'idiot de base.

Je vais devoir passer outre à ma répugnance pour les parcs.

Elle me force à avaler mon café en trente secondes puis m'envoie faire ma toilette à coups de pied aux fesses. Je n'ai même pas le droit de choisir mes vêtements ; je voulais piocher un chiffon quelconque dans la corbeille à linge sale, mais j'ai fini avec ma seule robe repassée, ses ballerines et son trench.

Quand je sors de la pièce, les réprimandes fusent puisque mes cheveux sont mouillés et que ma peau n'est pas recouverte de fond de teint.

Elle doit être dans les quatre mauvais jours du mois.

Pour ne pas la perturber, j'attache ma crinière et passe de la poudre sur mon nez.

Nous nous retrouvons dans le métro qui nous mène dans le 16e arrondissement.

— On n'était pas censées aller dans un jardin ? sourcillé-je tandis que nous vagabondons dans les rues.

— Je préfère le macadam.

Son regard fuyant me déstabilise. Elle paraît ailleurs, et ne me parle pas une seule fois durant le trajet ; nous avalons un bon kilomètre avant que je me décide à ouvrir la bouche.

— Alors ? Que se passe-t-il avec l'idiot de base ?

— Des broutilles.

— « Des broutilles » ? répété-je en arrêtant de marcher. Tu nous as fait traverser la moitié de Paris parce que tu voulais te confier...

Elle baisse le regard.

— J'ai couché avec lui.

— Quoi ? Lili !

— Oui, je sais, c'est pas bien. Continue d'avancer.

— Non, mais... attends ! Tu me balances ça comme ça ? Je pensais que tu le haïssais ! Comment tu t'es débrouillée pour retomber dans ses bras ?

Elle ne me répond pas, apparemment bien plus préoccupée par le nom des rues, ce qui m'agace fortement.

— Lili ! l'apostrophé-je en m'arrêtant une nouvelle fois. Tu veux bien m'expliquer ?

— Je cherche un... parc. Pour m'asseoir.

— Tu m'as dit il y a dix minutes que tu préférais le bitume.

— Le bitume dans les parcs. Marche !

Après la folie d'Anne, je dois supporter les sautes d'humeur de Lili.

J'ai beau la harceler de questions, elle s'en contrefiche et poursuit son chemin tête baissée.

Je commence à me rendre compte, un peu trop tard, que la « balade » était une excuse. Je me demande même si elle a réellement couché avec l'idiot de base.

Si vraiment elle avait fauté, son état oscillerait entre lamentable et déprimé. Elle m'a déjà fait le coup une fois avec un autre ex et j'ai dû la ramasser à la petite cuillère. Or, aujourd'hui, elle semble complètement détachée. À vrai dire, elle préfère regarder les façades des immenses bâtisses.

— Tu veux bien cesser de trottiner ?

Les leçons de yoga ont un effet bénéfique sur sa respiration. À côté d'elle, j'ai l'impression d'être un fumeur. J'essaie tant bien que mal de la suivre, mais cette satanée meilleure amie possède un corps si léger que la brise semble la pousser.

— Lili !

Elle est peut-être devenue sourde ; je n'ai droit à aucune manifestation d'intérêt. Je finis par cesser définitivement tout mouvement.

Mon instinct et la connaissance que j'ai de Lili m'indiquent qu'elle me cache quelque chose, mais j'en ai assez de crapahuter dans ces quartiers bourgeois. Les poings serrés, je fais demi-tour.

— Hé ! Reviens ! me crie-t-elle.

— Dis-moi ce que tu fiches, alors !

— Je t'emmène au restaurant !

— « Au restaurant » ? répété-je, hébétée.

— Celui-là, sourit-elle en me montrant une façade

haussmannienne. Tu adores manger, je me suis dit que ça te ferait plaisir.

Elle me connaît trop bien, ce n'est pas juste. J'hésite quelques secondes mais l'appel grondant de mon estomac me somme de la suivre.

Un voiturier nous ouvre l'énorme grille peinte en noir. Rien que le grincement du métal est époustouflant.

— Lili... je ne suis pas sûre d'avoir les moyens de manger à cet endroit.

— C'est moi qui invite.

Seules trois voitures sont garées dans le parking; l'addition doit être tellement salée qu'une fourchette infime de chanceux peut s'y offrir un repas.

Je sais bien que Lili possède un compte en banque bien garni, mais il me paraît improbable qu'elle accepte de dépenser autant d'argent pour un simple plat.

— Comment as-tu découvert ce lieu? dis-je, curieuse, alors que nos pas font crisser les cailloux.

— Un ami. Tu ne le connais pas, ajoute-t-elle.

Ami ou pas, je trouve très étrange de devoir sonner à la porte pour pénétrer à l'intérieur de l'établissement. Je n'ai jamais vu cela nulle part, mais peut-être est-ce parce que je ne fréquente pas assez les beaux quartiers.

Je suis soudainement reconnaissante envers Lili de m'avoir forcée à me changer. Les femmes très riches qui déjeunent ici avec des hommes très riches doivent porter des tenues à faire pâlir d'envie n'importe qui. Devant l'énorme miroir de l'entrée, je regrette de n'avoir pas passé plus de temps à me coiffer.

J'en ai assez de ces cheveux. Je devrais faire comme Demi Moore dans ce film de guerre et me raser la tête. Je ferais des économies de shampoing, en plus, ce qui n'est pas négligeable.

— J'ai une envie pressante, déclare soudain mon amie.

— Qu'est-ce que... Lili ! dis-je à voix basse. Je ne sais pas où est l'accueil !

— Au bout du couloir.

— Tu as réservé ?

— À ton nom. Va t'installer, je reviens.

Elle s'éloigne sans même un regard.

Je me retrouve seule dans cet espace gigantesque. La blancheur des murs me pique les yeux et au sol, un épais tapis me guide le long du parquet en bois wengé.

C'est élégamment classe. Je me sens affreusement mal.

J'avance lentement et m'émerveille de la modernité de la décoration, qui tranche avec la majesté du bâtiment ancien.

Les tableaux éclairés par des spots ont des dominantes rouges et orange, et je croise quelques sculptures aux formes abstraites. Magnifique, je n'ai que ce mot à la bouche.

Je renifle plusieurs fois pour tenter de repérer l'emplacement des cuisines, mais je ne sens qu'une odeur boisée. Et je n'entends aucun bruit.

Ce silence me fait ralentir ma progression dans le couloir pour ne pas perturber les clients avec le bruit de mes ballerines.

Ou pas.

Qu'est-ce que...

Il n'y a pas d'accueil.

La pièce, immense, est seulement meublée de fauteuils design, d'une télé et d'une incroyable colonne de verre dans laquelle est enfermée une petite jungle de plantes tropicales. Les baies vitrées donnent sur une terrasse en bois où les chaises longues se mêlent aux poufs. Il y a même une piscine.

Dans quel type de restaurant trouve-t-on une piscine ?

Je tourne la tête à droite et à gauche pour tenter d'apercevoir un serveur ou un cuisinier, mais je suis encore plus seule qu'à mon arrivée.

Lili a dû se tromper.

Cet endroit est un logement privé. Une maison. Un hôtel particulier. Un loft géant. N'importe quoi, mais certainement pas un établissement où l'on peut se restaurer.

Je m'apprête à faire volte-face pour en informer mon amie, mais un bruit naissant depuis l'escalier me paralyse.

Je distingue d'abord des chaussures en cuir. Puis un jean cintré. Une chemise aux manches retroussées. Des avant-bras masculins. Une mâchoire c...

Bordel de merde.

Mon corps entier se prend une décharge électrique. Mon cœur explose et chaque morceau ajoute une vive douleur dans mon corps. Une chaleur ardente atteint bientôt mes yeux lorsqu'il s'arrête à cinq mètres de moi.

Son regard me pénètre avec une telle intensité que je me décompose sur place.

Aucun sourire. Pas un mot. Rien.

C'est impossible. Comment Lili aurait-elle pu savoir que... Non. Elle ne m'aurait pas tendu un piège. Elle sait ce que je pense. Elle est au courant que je l'ai chassé de ma vie. Jamais elle ne m'aurait trahie à ce point.

Je ne parviens pas à savoir ce que je ressens. De la haine envers elle, peut-être. Ou envers lui.

Au moment où il fait un pas, je recule. Mes sourcils se froncent, mon visage se contracte et une vague de lave s'étale dans ma poitrine.

Il est hors de question que je reste dans la même pièce que lui un instant de plus ; je prends le chemin de la sortie au pas de course.

— Attends.

Sa voix m'envoie une nouvelle décharge.

J'avais presque oublié ses intonations. Graves et sensuelles. Suaves à souhait. Avec une pointe d'autorité. Ça me débecte de sentir mon corps y réagir. Je secoue la tête et accélère le pas.

— S'il te plaît.

Va te faire foutre.

Ma rage refait surface.

Je ne veux pas le voir. L'entendre. Le sentir. Lui parler. Je veux l'oublier. Je l'ai oublié. J'ai tiré un trait.

Que croit-il ? Que je vais lui sourire parce qu'il réapparaît au beau milieu d'un palais ? Que je suis heureuse de le retrouver ?

Non. Et encore non.

Je m'étais promis de ne plus jamais ressentir quoi que ce soit pour quiconque après Valentin. Je voulais me consacrer à ma carrière inexistante et devenir une femme de caractère et de pouvoir. J'avais pour intention d'être forte et indépendante, de forcer le respect.

Au lieu de ça, je me suis connement fait avoir par des abdos et de la gentillesse. Un cocktail détonnant qui m'a prise par surprise.

Depuis plus de deux mois, je rejette chacune de mes pensées le concernant pour me persuader que je ne suis pas ce cliché idiot. Et pourtant si.

Je suis un putain de cliché.

Si j'étais honnête, j'admettrais que le fait de l'avoir vu avec son ex-probablement-de-nouveau-femme m'a fait bien plus de mal que je ne le pensais. Sur le coup, j'ai eu un choc, dont j'ai cru qu'il s'estomperait avec le temps. Je me suis méprise. Mon état s'apparentait en réalité à un tremblement de terre : d'abord la secousse principale, puis les répliques. Je ne les ai pas vues venir et je les ai prises de plein fouet.

Je me suis convaincue qu'il ne représentait rien. De la poussière. Un homme avec qui j'avais pris une fois du plaisir, point.

Mais c'était faux.

Avec le temps, l'amertume n'a fait que croître. Ni la déception ni la tristesse ne se sont dissipées.

Je lui en veux de m'avoir fait devenir *ce* putain de cliché. De m'avoir transformée en serpillière, tandis que lui passait à autre chose en moins de vingt-quatre heures. Je lui en veux aussi d'être parvenu à me faire ressentir ce genre d'émotions aussi vite.

— Je ne veux plus rien avoir à faire avec toi.

— Regarde-moi.

Mes yeux se plantent dans les siens. J'ai envie de tout lui balancer à la figure. De lui balancer que j'ai été faible, qu'il m'a fait du mal, mais ça serait lui donner de l'importance. Et ça, je m'y refuse.

Son corps, se rapprochant calmement du mien, fait grimper ma tension.

— Tu joues avec les gens, dis-je dans un souffle. Tu te sers d'eux pour t'amuser. Parce que c'est ça que j'ai été, n'est-ce pas ? Un passe-temps. Un imprévu qui a pimenté ta vie de P-DG. Si encore tu l'avais assumé dès le départ, ça aurait pu passer, mais tu m'as fait croire que tu étais quelqu'un de bien. C'est pour ça que je t'en veux. Tu as dû bien rire. La pauvre Chloé Martin dans le rôle de la carpette du grand Nicholas Atman ! C'est tellement drôle.

— Je n'ai pas joué avec toi.

— Bien sûr ! dis-je en riant nerveusement. J'aurais dû rester sur ma première impression et continuer de te considérer comme ce type arrogant qui s'approprie les places des autres dans les trains. Les gens comme toi sont détestables, tu sais ? On te lèche les bottes à cause de ton statut, mais humainement, tu n'es rien. Tu te sers de ta position pour manipuler les autres à ta guise. On ne s'amuse pas avec les gens. On ne gagne pas leur confiance pour le plaisir de la détruire.

Son silence me fait bouillir. Tous mes muscles tremblent. J'ai envie de le frapper, mais la seule idée de l'approcher m'en dissuade.

Nous nous dévisageons pendant quelques secondes, puis je lève les yeux au ciel, comprenant que je suis la seule à alimenter la discussion. Hors de moi, je fais volte-face.

Je traverse le couloir à grandes enjambées pour me retrouver sous la pluie battante.

Qu'il aille se faire voir ! Qu'il aille faire joujou avec les centaines de femmes qui lui courent après !

Mais pas avec moi.

Je veux qu'il sorte de ma vie. Définitivement.

Je demande au voiturier, qui doit en réalité être un gardien, de m'ouvrir la grille.

Je déteste Lili. Je ne sais pas comment elle s'est débrouillée pour récupérer l'adresse de Nick, mais elle a fait ce que je redoutais le plus. L'inconcevable.

Elle n'a rien compris.

Elle ne m'a pas écoutée.

Je connais son côté têtu, mais cette fois, elle a dépassé les bornes. Elle est censée être ma meilleure amie. Jamais je ne l'aurais envoyée chez son idiot de base ! C'est un truc qui ne se fait pas.

Et en plus, elle n'est même pas là pour que je lui fasse part du fond de ma pensée.

Chapitre 25

— Pouvez-vous ouvrir cette grille ? dis-je pour la deuxième fois à l'homme, qui reste impassible devant mes gesticulations.

— Je n'en ai pas l'autorisation, madame.

— Comment ça « pas l'autorisation » ?

Son regard glisse vers la maison tandis que je continue à taper du pied.

Nick se tient sous le porche, les mains dans les poches.

Ben tiens. Monsieur le Grand P-DG s'octroie même le droit de me séquestrer.

Je lui lance un regard noir en contractant les mâchoires. Il me répugne tellement que je suis tentée d'attraper une poignée de cailloux et de la lui balancer en pleine tête. Mais je vise très mal. Et je n'ai pas l'envie de me salir les mains.

— Ouvrez cette grille ou je l'escalade !

— Je suis désolé.

Son refus d'obtempérer me fait péter les plombs.

En transe, je l'insulte, puis m'excuse aussitôt de l'avoir insulté, et enfin retrousse les manches du trench de Lili — qui n'avait qu'à réfléchir avant d'agir.

J'attrape les barreaux de toutes mes forces et passe mes pieds dans les interstices.

Je ne resterai pas ici une seconde de plus.

Je veux m'en aller. Je veux qu'il disparaisse.

Je pousse sur mes muscles mais ne parviens qu'à glisser. Pitoyablement.

Putain de pluie ! Putain de gardien ! Putain de maison !

Je me relève et essuie mes genoux couverts de boue.

— Laisse-moi partir !

Comme il ne bouge pas, je continue à hurler.

— Mais qu'est-ce que tu veux, à la fin ! Ça suffit comme ça, non ? Allez, on a bien ri, maintenant on arrête. C'était quoi l'idée de départ ? Te taper toutes les personnes sur terre équipées d'un vagin ?

Ma remarque le fait tressaillir.

La pluie est maintenant si forte que j'ai du mal à distinguer son visage, mais ses bras qui quittent ses poches m'indiquent qu'il réagit enfin.

— Ne fais pas l'offensé ! Tu es le genre d'homme qui se soulage avec la première venue, alors qu'il n'y a qu'une seule personne qui compte à tes yeux.

Il se décide à avancer de quelques pas mais conserve une distance prudente.

— De quoi parles-tu ?

— Oh ! soupiré-je en levant les bras. Tu as besoin d'un dessin ? Il faut vraiment que tu enfonces le clou ?

Il est au milieu de l'allée.

Les trombes d'eau semblent exploser sur son pull. L'eau qui dégouline de ses cheveux le force à s'essuyer plusieurs fois le visage.

— Mais c'est quoi ton problème ? s'emporte-t-il. Pourquoi es-tu dans cet état ?

— Devine ! dis-je en riant. Ou alors va demander à ton ex-femme !

Il fronce les sourcils tandis que mon corps vibre de rage.

— C'est bon ? Tu commences à comprendre ?

— Non, dit-il calmement. Non. Je ne comprends pas.

Point de non-retour atteint.

— Mais merde, Nick ! Tu lui as dit « je t'aime » ! Ce n'était pas un baiser, pas un regard, pas un geste, c'était un « je t'aime » ! À ma connaissance, on ne lâche pas ce genre de déclaration à n'importe qui. Alors oui, je suis peut-être gnangnan ou vieux jeu, mais pour moi, ce sont des mots qui comptent. Elle t'a regardé dans les yeux, elle t'a dit ce qu'elle t'a dit et tu lui as répondu que toi aussi.

Sa non-réaction m'encourage à poursuivre, frissonnante de froid et de colère.

— Tu sais ce que ça m'a fait ? Mal. Parce que... parce que quand tu as le courage de dire je t'aime à quelqu'un, ça veut dire que tes sentiments sont tellement forts que tu n'as plus peur. C'est sincère. Tu as été sincère avec elle. Et juste un gros con avec moi !

C'est douloureux.

Je n'ai été qu'un jeu, alors qu'elle représente la réalité.

Et ça fait mal.

— C'est vrai.

Les cailloux crissent sous ses pas. Ses enjambées, lentes et sereines, devraient me faire fuir, mais je n'y parviens pas. Je suis fatiguée. Lassée de tout ça.

— C'est vrai, répète-t-il. On ne dit je t'aime qu'aux gens à qui l'on tient. On ne se livre qu'à ceux en qui on a confiance. On a peur, parfois. On ne sait pas comment seront reçus nos sentiments. On doute, on hésite, on appréhende de ne pas recevoir de sourire en retour. Mais on y va quand même. Parce qu'il y a un moment où ce sentiment est tellement fort, comme tu dis, que le risque de souffrir ne compte plus.

Les phrases philosophiques. Le grand classique.

— Eh bien, je suis vraiment très heureuse de savoir que tu as eu le courage de le lui dire. Sincèrement.

Il s'arrête à un mètre de moi.

— Ça t'a fait souffrir ?

— Que tu dises je t'aime à quelqu'un douze heures après m'avoir dit que tu rêvais de m'embrasser ? Oui. Et j'ose te le dire maintenant, parce que tout est terminé et réglé dans ma tête. Je me suis fait des montagnes pour rien. J'ai espéré que, j'ai cru que, j'ai pensé que. Voir la réalité en face m'a fait mal parce que je m'étais imaginé des choses. J'ai extrapolé, j'ai mal jugé, j'ai mal géré. J'ai fait une belle connerie. Par ta faute.

Malgré toute la douleur que je ressens, j'ai besoin de m'arrêter sur son regard une dernière fois.

L'émeraude de ses yeux me trouble toujours autant, mais je suis maintenant incapable de comprendre ce qu'ils expriment.

Il semble si calme. Si apaisé.

Une part de moi aimerait qu'il réagisse autrement. Qu'il coure vers moi et me dise que tout ça n'était qu'un malentendu. Mais il ne le fait pas.

Je pousse un profond soupir et serre les poings.

Connard. Jusqu'au bout.

Je me tourne à nouveau vers la grille en faisant un signe de la main. Cette fois, ma demande silencieuse est entendue et j'entends le grincement du métal sur le sol.

— C'était ma mère.

Je m'arrête net.

— La personne à qui j'ai dit je t'aime, c'était ma mère, répète-t-il.

Mes jambes se dérobent.

Comment...

Je me retourne. Derrière le rideau de pluie, sa silhouette semble floue.

— Je n'ai dit « je t'aime » qu'à deux reprises. La première, lors de mon mariage, et la seconde, lorsque j'ai retrouvé la femme qui m'a donné naissance. Ma mère est très proche de mon ex-femme. Elles se sont trouvées pendant le divorce. J'ai perdu ma mère de vue à ce moment-là. Quand elle est réapparue dans ma vie, j'ai voulu lui montrer qu'elle comptait toujours pour moi.

Il s'avance.

— Elle est venue à l'hôtel avec mon ex-femme, pour me convaincre de recoller les morceaux. Elle m'a dit je t'aime, je lui ai dit que moi aussi, et j'ai refusé sa demande.

La pluie tombe sur son visage.

— Je ne m'attache jamais aux gens. Tu l'as compris. Je suis le patron. La personne qu'on cherche à avoir de son côté pour gravir les échelons. On me flatte pour m'amadouer. On me déteste tout en me courtisant. C'est une chose que je ne supporte pas. Comme n'importe qui, je déteste être pris pour un imbécile.

Ses vêtements trempés collent à sa peau ; sa chemise laisse entrevoir le mouvement agité de sa cage thoracique.

— Ça n'a jamais été comme ça avec toi. Tu m'as montré tes défauts avant tout le reste. Tu as été insupportable, râleuse, butée, maladroite. Tu n'as pas cessé de me mettre en rogne. Tu m'as fait chier, Chloé.

Son visage me révèle toutes ses failles, à la manière d'un masque qui tomberait en dévoilant la vérité.

— Mais tu es quelqu'un qu'on ne peut pas oublier. Au point de faire n'importe quoi. Ce n'est pas une image quand je dis que j'ai gravi des montagnes. Je t'ai détestée de t'être montrée aussi idiote. Et tu es partie sans une explication. Mais là encore, j'ai refusé de laisser tomber, et je ne sais même pas pourquoi. Ta disparition m'a fait mal, mais je ne voulais pas que tu sortes de ma vie. J'ai appelé Valentin, j'ai suivi les infos, j'ai pris contact avec Anne pour lui proposer un contrat avec un hôtel que j'ai acheté simplement parce qu'il correspondait à ce que ton agence attendait. Je me suis rendu à la soirée. Et j'ai demandé à ta meilleure amie de te conduire ici.

Il passe la main dans ses cheveux, secouant frénétiquement la tête.

— Ce n'est pas moi qui ne comprends pas, Chloé, c'est toi. Tu es entrée dans ma vie malgré moi et je refuse de me passer de toi une minute de plus. J'aurais dû laisser tomber, sauf que j'en suis incapable.

Sa ride.

— J'ai besoin de toi, putain ! Tu peux l'accepter, ça ? Je n'arrive même pas à l'expliquer ! Tu m'as fait faire des trucs incompréhensibles ! Tu es l'une des personnes les plus insupportables que j'ai rencontrées, mais je ne veux pas imaginer que tu sortes de ma vie.

Les perles d'eau qui dégoulinent sur son visage m'empêchent de rétorquer. Elles m'hypnotisent, tombant sur des lèvres qui libèrent des paroles qui font accélérer mon cœur.

Le temps s'arrête autour de nous.

— J'ai besoin de toi, répète-t-il plus calmement.

Son visage se ferme comme pour accompagner son silence.

Il attend une réponse, mais je suis incapable de la lui donner.

Je crois que je suis en état de choc.

À défaut de trouver les mots, je m'approche de lui.

Ses yeux trahissent toute son appréhension. Sa mâchoire est crispée. J'ai l'impression que le fait d'avoir tout déballé ainsi le rend vulnérable. Il se sent vulnérable.

Je pose ma main sur son torse ; son cœur bat tellement fort que j'en ressens chaque secousse.

Ses doigts agrippent mon poignet et son regard intense ne me lâche pas. Il me prend le menton pour me faire relever la tête et passe son pouce sur ma lèvre inférieure.

— Je veux que tu sois à moi.

Je laisse échapper un sourire, bêtement.

Seul le son de la pluie nous entoure, je ne vois plus rien à part ses iris. Deux yeux d'une beauté et d'une profondeur explosives.

Son doigt continue de glisser jusqu'à ma joue. Sa paume me caresse et c'est maintenant lui qui me révèle sa fossette.

Son torse humide se colle au mien et je n'ai plus envie de me retenir ; je plaque mes lèvres sur les siennes. Retrouver la douceur de sa bouche contre la mienne, ce bien-être immédiat, cette sensation délicieuse mêlant apaisement et excitation est un bonheur indescriptible.

Toutes mes cellules partent en vrille.

Le sentir près de moi, contre moi, à moi... Je n'arrive même plus à reprendre mon souffle alors que ses mains se promènent sur mes joues, mon cou. J'attrape sa nuque dans un geste d'urgence, et je me laisse aller.

Je le force à reculer jusqu'à franchir le seuil de la maison. Nos sourires se mêlent à nos baisers et ma respiration devient définitivement incontrôlable.

Nous n'arrivons pas jusqu'au salon.

Chapitre 26

— Encore un peu...

— Nick, je dois y aller.

— Et si je passe ma main à cet endroit, susurre-t-il en me mordillant le lobe de l'oreille.

— Ça ne changera rien, dis-je en pensant précisément le contraire.

Je ferme les yeux pour retrouver un semblant de concentration.

— Nick...

— Je ne fais rien, ment-il en soufflant sur ma nuque.

C'est ce qu'il m'a dit toute la nuit. C'est aussi la raison pour laquelle je n'ai pas fermé l'œil.

— Ça ne marche plus, dis-je en m'asseyant sur le lit pour retrouver mes vêtements. Nick !

Sa bouche chemine le long de mon épaule.

— C'est ta faute, se justifie-t-il en laissant glisser un doigt le long de ma colonne vertébrale.

Au moment où il m'attrape pour que je me retrouve sur son torse, je n'ai soudainement plus aucun intérêt pour mon boulot.

— Juste cinq minutes, sourit-il.

Son sourire est plein de promesses qu'il respectera, maintenant, je le sais.

J'arrive à l'agence avec une heure trente de retard.

Je souris à Günter, je souris à la plante, je souris à l'escalier. Je n'arrête pas de sourire. J'essaie de me contrôler, mais impossible de repositionner mes lèvres à l'horizontale.

Dans le genre quiproquo, celui-ci représente l'apothéose. L'œuvre de ma vie. Le feu d'artifice du n'importe quoi. Le bouquet final. En même temps, la réceptionniste des Sœurs Suzette m'avait appris que son ex-femme était au chalet... Et puis, il faut avouer que sa mère a un visage dépourvu de rides. Figé dans le Botox. Sans compter que, dissimulée derrière mon sapin, je ne voyais que partiellement la scène.

Conclusion de tout ça ? Je ne me cacherai plus jamais pour écouter une conversation et je ne me risquerai plus à interpréter ce que je crois voir. Fini. Stop. Trop dangereux.

— Chloé ! râle Anne. Tu es en retard !

— Je sais, gloussé-je.

Ça non plus, je ne parviens pas à le contrôler. J'ai gloussé en me levant, en me douchant, en marchant dans la rue, en prenant le métro et en allant chercher mes deux pains au chocolat et ma tarte au citron.

Je rejoins mon bureau en soupirant d'aise.

Si on résume les trois derniers mois de ma vie... Oh ! et puis merde, je n'ai même pas envie de me faire un flash-back. Je suis sur un petit nuage.

— Agence Infinite & co., Chloé Martin à l'appareil, que puis-je faire pour vous ?

Tout en engloutissant ma pâtisserie, j'écoute mon interlocuteur.

Il est tenté par l'idée de partir à l'aventure. Je passe quelques minutes à lui détailler les pires activités qu'il pourrait essayer là-bas et la discussion se conclut sur la réservation d'un séjour.

En raccrochant, je hurle de joie, les poings en l'air. L'idée frappadingue d'Anne a intéressé quelqu'un ! Il a accepté de débourser de l'argent pour vivre les plus horribles vacances de sa vie !

Je n'ai même pas le temps de me remettre de mes émotions que le téléphone sonne une nouvelle fois.

Encore un curieux. Encore un voyage.

Puis un autre dring-dring. Cette fois, un hôtel perdu en pleine brousse aimerait devenir partenaire de l'agence.

Je n'en crois pas mes oreilles !

Ça se passera de la même façon toute la journée, toute la semaine, et les mois suivants.

Les médias ont fini par nous lâcher au profit de l'histoire de la pop star retournée en garde à vue. Dommage, je commençais à m'habituer à tout cet intérêt.

Papa et maman sont devenus les idoles de leur village ; ma mère ne cesse de m'appeler pour me dire que les jeunes veulent faire des « selle filles » avec elle. À défaut de voir sa maison dans le journal du dimanche, elle se fait prendre en photo par des groupies qui la trouvent « trop cool ». Je pense qu'elle n'a pas perdu au change.

Christophe et Jane sont à bout. Arthémis, Grisby et Anathole leur en font voir de toutes les couleurs. Apparemment, quand l'un se met à pleurer, ses frère et sœur l'accompagnent dans un déferlement de cris et de larmes. Aux dernières nouvelles, ils ont acheté trois tututes. En plastique.

Ma sœur et sa tribu mènent toujours leur terrible existence de millionnaires sur la Côte d'Azur. Leur treizième femme de ménage a eu le malheur de ne pas retirer ses chaussures avant de monter sur un tabouret pour faire les poussières. Maman m'a dit qu'elle avait été virée. J'imagine que la quatorzième subira le même sort dans quelques jours.

Je vois un peu moins Lili en ce moment. En fait, je ne suis à la coloc qu'un soir sur deux.

Entre son boulot et le mien, nous n'avons plus vraiment le temps de partager tous nos déboires, mais il est hors de question que nous dérogions à certaines de nos habitudes. Nous finissons donc tous les samedis en terrasse, à déblatérer sur les derniers potins et à argumenter sur la nouvelle coupe de cheveux des actrices de cinéma.

J'ai arrêté le yoga. Ce truc-là n'était pas pour moi. Et puis, l'hôtel particulier de Nick est aussi équipé d'une salle de sport. Un jour, peut-être, je me servirai des tapis de course.

J'ai testé les dessous parfumés au bonbon. C'est très efficace. Bien plus qu'un déguisement de Mme Grizzli. Maman avait vu juste, pour une fois.

Quand j'ai reçu mon premier nouveau salaire, je me suis ruée dans les boutiques. J'ai un peu explosé mon compte en banque, mais j'en avais honnêtement besoin ! De plus, l'agence cartonne, je peux donc m'autoriser de petits plaisirs.

Sous la houlette de Nick, Jasaphir s'est associée à Infinite & co. Nous avons désormais deux catalogues : un pour les amateurs de voyages cracra, moisissures comprises, et un autre pour les amoureux du luxe et des hôtels de prestige.

Curieusement, Clarisse, Alice et Tom nous ont rendu visite à deux reprises. Ils nous ont présenté leurs excuses pour nous avoir lâchement abandonnées. Anne n'a rien voulu savoir et les a envoyés bouler. C'était un petit peu plus compliqué pour moi.

Tom et Alice, passe encore, mais je m'entendais bien avec Clarisse. Elle m'a prise sous son aile lorsque j'ai débarqué à l'agence et m'a toujours défendue contre Anne, à l'époque. J'ai donc fait des pieds et des mains auprès de ma nouvelle patronne pour qu'elle la réintègre dans notre équipe. Je ne sais pas comment j'ai fait, mais j'ai réussi.

Clarisse et moi travaillons désormais dans le même bureau : le bonheur le plus total ! Même plus besoin de discuter par ordinateurs interposés, nous pouvons piapiater toute la journée en face à face.

Anne ne l'avouera jamais, mais je crois qu'elle m'apprécie secrètement. Elle a engagé une assistante pour aller lui chercher ses salades romaines bio, et j'ai droit à un bonjour tous les matins. La semaine dernière, elle m'a même complimentée sur mon travail.

Oui, parce que je commence à bosser sérieusement. Enfin, entre mes douze pauses quotidiennes.

Je n'ai jamais autant aimé mon boulot. Les clients ont l'air ravis de réserver un séjour chez nous, et certains demandent même à m'avoir comme conseillère personnelle. Pour être honnête, ça n'est arrivé qu'une seule fois, et c'était Suzanne, la voisine de ma mère, mais ça compte quand même.

Je n'ai plus l'intention de retourner en Savoie. La neige et les blessures, très peu pour moi. J'y ai vécu plus d'aventures qu'en toute une vie. Il me faudra longtemps pour m'en remettre. D'ailleurs, j'ai demandé à Anne, qui a réinstauré le Choix du Mois, de ne plus m'inclure dans ce programme. Je vais avoir besoin d'une bonne année de tranquillité avant de repartir à l'attaque des pistes ou des problèmes.

Et là, maintenant, je suis en train de regarder Nick cuisiner. Mon moment préféré.

D'ordinaire, il préfère commander un repas ou m'inviter au restaurant, mais comme Valentin et Émilie nous rendent visite dans une petite heure, il s'est mis aux fourneaux.

J'adore passer mon temps à ses côtés. Lili aussi.

Ma meilleure amie l'a surnommé « l'homme de la situation ». Combiné avec un aimant à problèmes, le résultat est plutôt sympa. Je ne sais plus combien de fois elle m'a dit qu'il représentait tout ce qu'une femme pouvait attendre de mieux. Il faut dire que Nick est aux petits soins avec tout le monde.

Il a laissé Lili aménager l'une de ses chambres d'amis pour qu'elle puisse profiter de la maison lorsqu'il part en voyage d'affaires. Il l'a même autorisée à envahir ses toilettes de journaux à potins. Pour Lili, c'est le summum de la perfection.

Il n'a pas encore rencontré mes parents, mais il les a souvent au téléphone. Maman tient absolument à lui parler tous les deux jours. Je ne sais pas comment il fait pour s'y prêter avec autant de plaisir. Ils semblent bien s'entendre, en plus. Je crois que c'est parce qu'il ne moufte pas lorsqu'elle lui parle de ses nouveaux rideaux. Il l'a aussi conseillée sur la manière de convaincre Suzanne, sa voisine, d'abandonner l'idée de tailler ses haies. Bref. Pour maman, Nick est « une très belle personne ».

Et encore! Elle ne l'a jamais vu en train de couper des échalotes.

Je souris en sirotant ma bière; Nick est l'une des meilleures choses qui soient arrivées dans ma vie. Je suis bien contente d'avoir mis une claque à son ancien conseiller financier, tiens. Il ignorait à quel point il se trompait à propos de mon petit ami.

Mon petit ami.

J'ai un petit ami.

— Tu as l'air heureuse, s'amuse-t-il en observant mes yeux.

Dans tous les sens du terme. Ma vie file droit; je compte bien en profiter.

— Je suis pressée de voir les fiancés, dis-je en souriant.

J'ai le droit de garder mes petits secrets, non? Si je lui disais qu'à ses côtés je suis au septième ciel, il se sentirait pousser des ailes. Et puis, ce n'est pas vraiment un mensonge.

J'ai vraiment hâte de revoir Valentin et Émilie. Oui, même Émilie.

Si bizarre que ça puisse paraître, elle est presque devenue une amie. Et ce qui est agréable avec elle, c'est que je n'ai pas peur de lui faire des remarques.

On se parle de temps en temps au téléphone, et dès qu'elle s'embarque dans des histoires de cellulite de copines de travail, je la rembarre. De son côté, elle prend un malin plaisir à se moquer de moi quand je raconte mes péripéties dans les boutiques de lingerie pour trouver les sous-vêtements les plus sexy. C'est ce qui me plaît le plus dans cette toute nouvelle amitié : la langue de bois n'a pas sa place. Nous sommes complètement honnêtes l'une envers l'autre.

Quant à Valentin, il est de plus en plus amoureux d'elle. C'est d'ailleurs lui qui a tenu à venir dîner chez Nick ce soir, pour évoquer leurs fastueux projets de mariage.

Grande histoire.

Ils sont toujours en pleins préparatifs et ça m'a tout l'air d'être une belle galère. Ils souhaitent se passer la bague au doigt à Bali. La folie des grandeurs.

Vu que nous sommes invités, j'imagine que je vais devoir prendre l'avion. Encore une chose que je ne connais pas. Mais bon, vu les circonstances, je suis plus que prête à prendre sur moi.

J'ai fait quelques recherches : il paraît que Bali est un spot connu pour la plongée, et surtout pour ses cocktails de glace pilée à déguster sur un transat. Avec Lili, qui s'est bien évidemment invitée, nous avons d'ores et déjà décidé que nous choisirons l'option boisson fraîche plutôt que le sport intense. Je devrais peut-être entamer la liste des choses à emmener dans ma valise... Même si le voyage n'est pas pour tout de suite, je préfère parer à toute éventualité. On ne sait jamais ce qu'il peut se passer lors d'un séjour loin de chez soi.

— J'ai de la chance, dis-je à Nick en le rejoignant.

Ça, c'est à retenir.

Chloé Martin quittée par la poisse pour se lover dans une bulle de bien-être, c'était inimaginable. Quasiment du domaine de la magie.

— Moi aussi, murmure-t-il.

Il replace une mèche derrière mon oreille en me baisant le front.

Les yeux vert émeraude sont à moi. Les tablettes de chocolat de rugbyman aussi. La marque en V, n'en parlons même pas. Je la connais par cœur. J'ai même eu l'affreuse impression d'être une psychopathe, ce matin, lorsque je n'ai pu m'empêcher de baisser la couette pour l'observer. Lili m'avait demandé de la prendre en photo, mais je n'ai pas réussi. Nick s'est réveillé au moment où j'avais le portable dans les mains.

Et puis, de toute façon, c'est *ma* marque en V. J'ai fini par décréter que je ne la montrerais à personne. Égoïste jusqu'au bout.

— Je t'aime.

Ses mots me font avaler ma gorgée par le mauvais tuyau. La main sur la gorge, j'allonge plusieurs toux et m'explose la trachée au passage. Je tape sur ma poitrine pour évacuer le liquide de mes poumons tandis que Nick s'inquiète.

— Ça va ? s'enquiert-il en me frottant le dos.

Je suis en train d'étouffer, mais je ne m'en suis jamais autant moquée.

Il me quitte pour remplir un verre d'eau et revient dans la seconde.

— Tu... as... dit quoi ? dis-je en envoyant des postillons à la bière, les yeux prêts à sortir de leurs orbites sous le coup de l'asphyxie.

— Bois.

— Répète... ce... que tu as... dit.

Ses yeux se mettent à pétiller lorsqu'il me tend le verre. Je me contrains à avaler aussi vite que possible et m'essuie la bouche.

Calmement, il m'attrape le torse et me fait asseoir sur le plan de travail.

Un des avantages à avoir un ancien sportif comme petit ami : l'impression d'être légère comme une plume.

Il pose ses mains de chaque côté de mon visage et me sourit. De ses deux fossettes.

— Je t'ai dit que je t'aimais.

J'ai bien entendu. C'est encore plus électrisant.

— Je ne pensais pas que ça te ferait cet effet-là, s'amuse-t-il.

Il plaisante ? Si je me souviens bien, il n'a offert ce genre de déclarations que deux fois dans sa vie, ça valait bien un étranglement.

— Dis-le encore une fois.

Il laisse échapper un petit rire avant de relever mon menton de son index.

— Mademoiselle Chloé Martin, je suis fou amoureux de vous. Je vous aime et ne peux pas me passer de vous.

Je vais exploser. Tout mon corps a soudainement envie de se trémousser dans tous les sens, mais la scène serait ridicule. Je me retiens donc en ne faisant gigoter que mes pieds.

Mes doigts parcourent sa barbe de trois jours puis je l'attire à moi.

— J'ai un repas à préparer, dit-il dans un souffle, laissant son nez jouer avec le mien.

— Très bien, dis-je en repoussant ses muscles.

Je saute au sol et me dirige vers les baies vitrées. J'allume les spots extérieurs qui illuminent la piscine.

Je tourna la nuque, lui lance un regard aguicheur par-dessus mon épaule et retire mon pull.

— Tu n'as pas le droit de faire ça.

Je le vois se mordre la lèvre avant de s'approcher. Ses doigts jouent avec mon chemisier. Mon soutien-gorge. Ma peau.

— Je pensais que tu avais un repas à préparer, lui glissé-je à l'oreille.

— Ils adoreront les pizzas.

Si je vous dis que j'ai une vie parfaite, vous me croyez?

Composé et édité par HarperCollins France.

Achevé d'imprimer en France par CPI
en février 2018.

Dépôt légal : octobre 2017
N° d'impression : 2035464

Pour limiter l'empreinte environnementale de ses livres, HarperCollins France s'engage à n'utiliser que du papier fabriqué à partir de bois provenant de forêts gérées durablement et de manière responsable.